八大山人「松鹿圖」——八大山人姓朱，是明朝宗室，生於明天啟五年。題款「八大山人」四字連書，「八大」兩字既似「哭」字又似「笑」字，「山人」似為「之」字。「哭之笑之」意謂明朝覆滅，哭笑不得，含義對清朝似非全盤否定。

顧炎武畫像

北京顧炎武祠

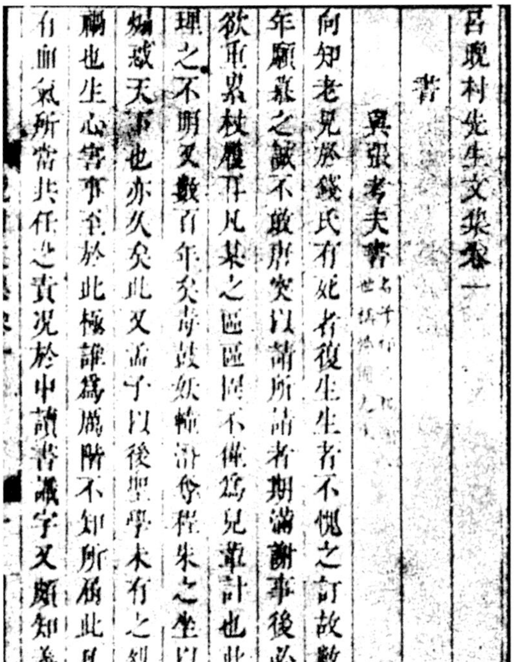

呂晚村先生文集卷一
書
與張考夫書
向知老兄歷錢氏有死者復生生者不愧之訂故數
年願慕之誠不敢唐突以請所請者期滿謝事後必
欲戒衆杖履耳凡某之區區固不僅為兄輩計也此
理之不明又數百年矣毒鼓妖幢滔夸程朱之堂以
煽惑天下也亦久矣此又孟子以後聖學未有之烈
禍也生心害事至於此極誰爲厲階不知所届此凡
有血氣所當共任之責況於中讀書識字又頗知義

《呂晚村文集》之一頁

呂留良像

查慎行畫像

黄宗羲畫像

此兩圖及前頁顧炎武畫像、第七冊之吳梅村畫像，均錄自《清代學者象傳》，廣東番禺葉蘭台繪。葉氏所繪圖像，皆細心參照圖中人子孫家傳之寫真或卷冊，俱有根據。

清代民間演劇——左下角有人打架，拉人腰帶之頑皮小孩似為韋小寶。

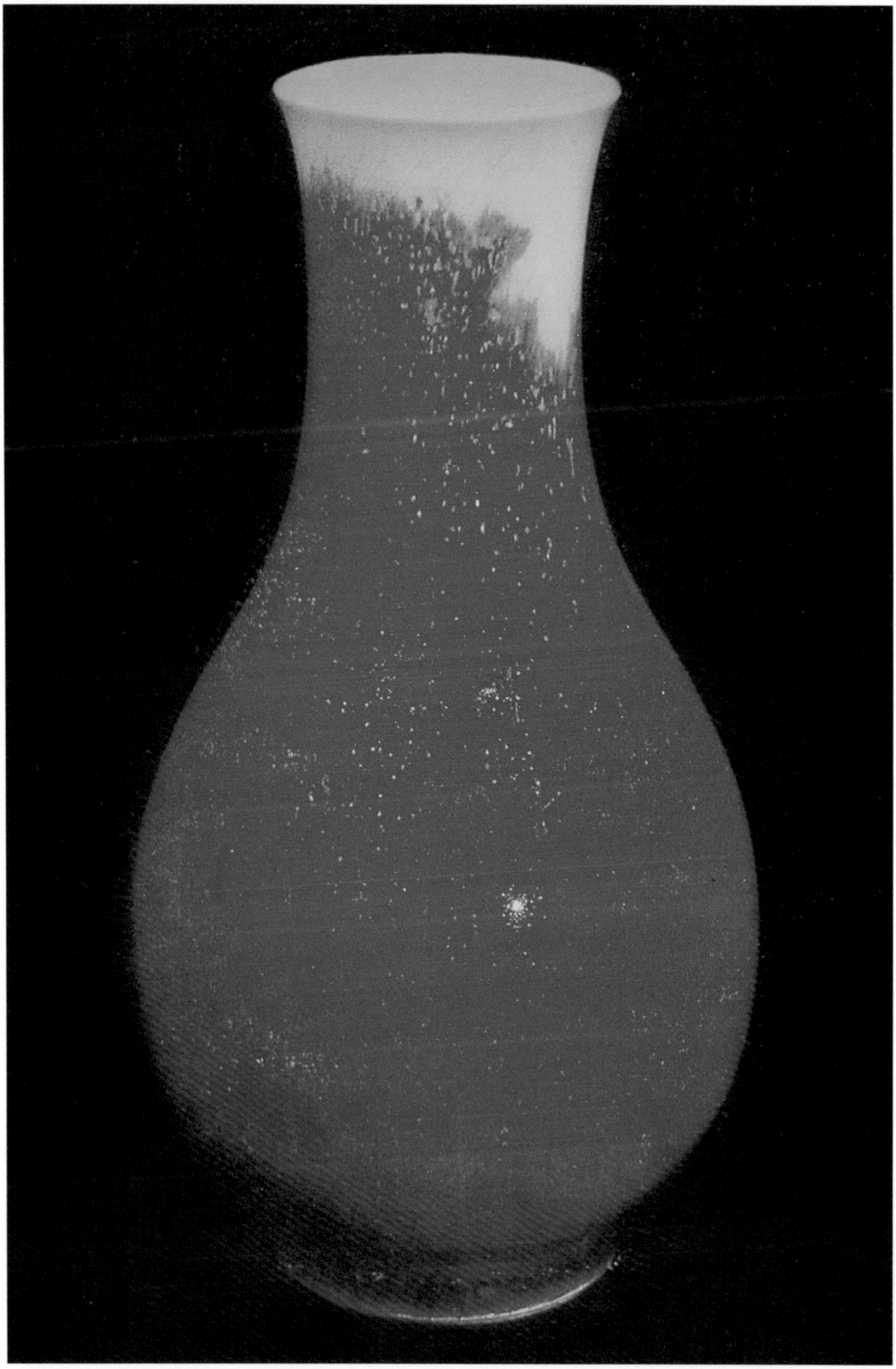

康熙年間瓷器——瓷器製作常能反映世代興衰，此寶石紅色彩後世甚難仿製。

查士標「煙江疊嶂圖」──查士標，字二聰，書畫均擅。本圖作於康熙己巳年，該年簽訂尼布楚條約。

滿清旗兵的裝束。

清朝的四名高級太監，左第二人穿七品補服，第三人穿六品補服。

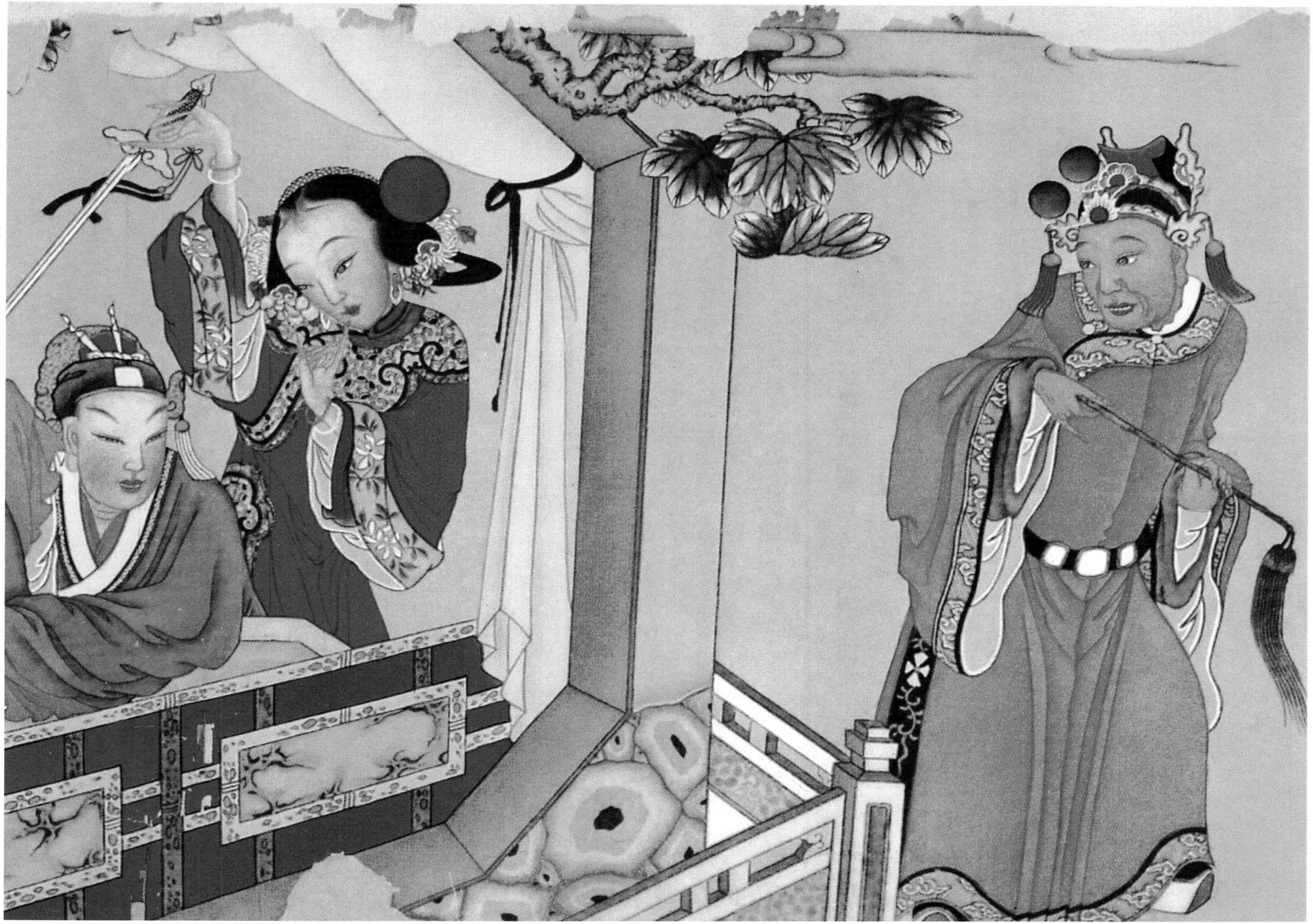

清代年畫——圖中所繪為戲劇「百花公主」，右為舞台上的太監。韋小寶看得戲多，以為皇宮中的太監也是如此裝束，以致見到海老公等太監時不知其身分。

大字版

# 鹿鼎記

金庸

① 初立大功

鹿鼎記(大字版)/金庸作. -- 二版.
-- 臺北市：遠流, 2017.10
冊； 公分. --(大字版金庸作品集；63–72)

ISBN 978-957-32-8144-3 (全套：平裝).

857.9 106016876

大字版金庸作品集63

# 鹿鼎記 (1)初立大功 「公元2006年金庸新修版」

*The Duke of the Mount Deer, Vol. 1*

作　　者／金　庸



封面設計／唐壽南　內頁插畫／姜雲行

發 行 人／王 榮 文
出版・發行／遠流出版事業股份有限公司
臺北市中山北路一段11號13樓
電話／25710297　傳真／25710197　郵撥／0189456-1

□2006年10月1日　初版一刷
□2022年3月16日　二版四刷

大字版 每冊380元（本作品全十冊，共3800元）
〔另有典藏版共36冊（不分售），平裝版共36冊，新修版共36冊，新修文庫版共72冊〕



ISBN 978-957-32-8144-3（套：大字版）
ISBN 978-957-32-8134-4（第一冊：大字版）
Printed in Taiwan

YLib 遠流博識網
http://www.ylib.com E-mail:ylib@ylib.com

# 「金庸作品集」新序

金庸

小說是寫給人看的。小說的內容是人。

小說寫一個人、幾個人、一羣人、或成千成萬人的性格和感情。他們的性格和感情從橫面的環境中反映出來，從縱面的遭遇中反映出來，從人與人之間的交往與關係中反映出來。長篇小說中似乎只有《魯濱遜飄流記》，才只寫一個人，寫他與自然之間的關係，但寫到後來，終於也出現了一個僕人「星期五」。只寫一個人的短篇小說多些，尤其是近代與現代的新小說，寫一個人在與環境的接觸中表現他外在的世界、內心的世界，尤其是內心世界。有些小說寫動物、神仙、鬼怪、妖魔，但也把他們當作人來寫。

西洋傳統的小說理論分別從環境、人物、情節三個方面去分析一篇作品。由於小說作者不同的個性與才能，往往有不同的偏重。

基本上，武俠小說與別的小說一樣，也是寫人，只不過環境是古代的，主要人物是有武功的，情節偏重於激烈的鬬爭。任何小說都有它所特別側重的一面。愛情小說寫男女之間與性有關的感情和行動，寫實小說描繪一個特定時代的環境與人物，《三國演義》與《水滸》一類小說敘述大羣人物的鬬爭經歷，現代小說的重點往往放在人物的心理過程上。

小說是藝術的一種，藝術的基本內容是人的感情和生命，主要形式是美，廣義的、美學上的美。在小說，那是語言文筆之美、安排結構之美，關鍵在於怎樣將人物的內心世界通過某種形式而表現出來。甚麼形式都可以，或者是作者主觀的剖析，或者是客觀的敘述故事，從人物的行動和言語中客觀的表達。

讀者閱讀一部小說，是將小說的內容與自己的心理狀態結合起來。同樣一部小說，有的人感到強烈的震動，有的人卻覺得無聊厭倦。讀者的個性與感情，與小說中所表現的個性與感情相接觸，產生了「化學反應」。

武俠小說只是表現人情的一種特定形式。作曲家或演奏家要表現一種情緒，用鋼琴、小提琴、交響樂、或歌唱的形式都可以，畫家可以選擇油畫、水彩、水墨、或版畫的形式。問題不在採取甚麼形式，而是表現的手法好不好，能不能和讀者、聽者、觀賞者的心靈相溝通，能不能使他的心產生共鳴。小說是藝術形式之一，有好的藝術，也有不好的藝術。

好或者不好，在藝術上是屬於美的範疇，不屬於眞或善的範疇。判斷美的標準是美，是感情，不是科學上的眞或不眞（武功在生理上或科學上是否可能），道德上的善或不善，也不是經濟上的值錢不值錢，政治上對統治者的有利或有害。當然，任何藝術作品都會發生社會影響，自也可以用社會影響的價值去估量，不過那是另一種評價。

在中世紀的歐洲，基督教的勢力及於一切，所以我們到歐美的博物院去參觀，見到所有中世紀的繪畫都以聖經故事爲題材，表現女性的人體之美，也必須通過聖母的形象。直到文藝復興之後，凡人的形象才大量在繪畫和文學中表現出來，所謂文藝復興，是在文藝上復興希臘、羅馬時代對「人」的描寫，而不再集中於描寫天使與聖人。

中國人的文藝觀，長期以來是「文以載道」，那和中世紀歐洲黑暗時代的文藝思想是一致的，用「善或不善」的標準來衡量文藝。《詩經》中的情歌，要牽強附會地解釋爲諷刺君主或歌頌后妃。對於陶淵明的〈閒情賦〉，司馬光、歐陽修、晏殊的相思愛戀之詞，或惋惜地評之爲白璧之玷，或好意地解釋爲另有所指。他們不相信文藝所表現的是感情，認爲文字的唯一功能只是爲政治或社會價值服務。

我寫武俠小說，只是塑造一些人物，描寫他們在特定的武俠環境（中國古代的、缺乏法治的、以武力來解決爭端的不合理社會）中的遭遇。當時的社會和現代社會已大不相同，人的性格和感情卻沒有多大變化。古代人的悲歡離合、喜怒哀樂，仍能在現代讀者的心靈中引起相應的情緒。讀者們當然可以覺得表現的手法拙劣，技巧不夠成熟，描寫殊不深刻，以美學觀點來看是低級的藝術作品。無論如何，我不想載甚麼道。我在寫武俠小說的同時，也寫政治評論，也寫與歷史、哲學、宗教有關的文字，那與武俠小說完全不同。涉及思想的文字，是訴諸讀者理智的，對這些文字，才有是非、眞假的判斷，讀者或許同意，或許只部份同意，或許完全反對。

對於小說，我希望讀者們只說喜歡或不喜歡，只說受到感動或覺得厭煩。我最高興的是讀者喜愛或憎恨我小說中的某些人物，如果有了那種感情，表示我小說中的人物已和讀者的心靈發生聯繫了。小說作者最大的企求，莫過於創造一些人物，使得他們在讀者心中變成活生生的、有血有肉的人。藝術是創造，音樂創造美的聲音，繪畫創造美的視覺形象，小說是想創造人物、創造故事，以及人的內心世界。假使只求如實反映外在世界，那麼有了錄音機、照相機，何必再要音樂、繪畫？有了報紙、歷史書、記錄電視片、社會調查統計、醫生的病歷紀錄、黨部與警察局的人事檔案，何必再要小說？

武俠小說雖說是通俗作品，以大衆化、娛樂性強爲重點，但對廣大讀者終究是會發生影響的。我希望傳達的主旨，是：愛護尊重自己的國家民族，也尊重別人的國家民族；和平友好，互相幫助；重視正義和是非，反對損人利己；注重信義，歌頌純眞的愛情和友誼；歌頌奮不顧身的爲了正義而奮鬥；輕視爭權奪利、自私可鄙的思想和行爲。武俠小說並不單是讓讀者在閱讀時做「白日夢」而沉緬在偉大成功的幻想之中，而希望讀者們在幻想之時，想像自己是個好人，要努力做各種各樣的好事，想像自己要愛國家、愛社會、幫助別人得到幸福，由於做了好事、作出積極貢獻，得到所愛之人的欣賞和傾心。

武俠小說並不是現實主義的作品。有不少批評家認定，文學上只可肯定現實主義一個流派，除此之外，全應否定。這等於是說：少林派武功好得很，除此之外，甚麼武當派、崆峒派、太極拳、八卦掌、彈腿、白鶴派、空手道、跆拳道、柔道、西洋拳、泰拳等等全部應當廢除取消。我們主張多元主義，既尊重少林武功是武學中的泰山北斗，而覺得別的小門派也不妨並存，它們或許並不比少林派更好，但各有各的想法和創造。愛好廣東菜的人，不必主張禁止京菜、川菜、魯菜、徽菜、湘菜、維揚菜、杭州菜、法國菜、意大利菜等等派別，所謂「蘿蔔青菜，各有所愛」是也。不必把武俠小說提得高過其應有之份，也不必一筆抹殺。甚麼東西都恰如其份，也就是了。

我寫這套總數三十六冊的《作品集》，是從一九五五年到七二年，前後約十五、六年，包括十二部長篇小說，兩篇中篇小說，一篇短篇小說，一篇歷史人物評傳，以及若干篇歷史考據文字。出版的過程很奇怪，不論在香港、臺灣、海外地區，還是中國大陸，都是先出各種各樣翻版盜印本，然後再出版經我校訂、授權的正版本。在中國大陸，在「三聯版」出版之前，只有天津百花文藝出版社一家，是經我授權而出版了《書劍恩仇錄》。他們校印認眞，依足合同支付版稅。我依足法例繳付所得稅，餘數捐給了幾家文化機構及支助圍棋活動。這是一個愉快的經驗。除此之外，完全是未經授權的，直到正式授權給北京三聯書店出版。「三聯版」的版權合同到二〇〇一年年底期滿，以後中國內地的版本由廣州出版社出版，主因是港粵鄰近，業務上便於溝通合作。

翻版本不付版稅，還在其次。許多版本粗製濫造，錯訛百出。還有人借用「金庸」之名，撰寫及出版武俠小說。寫得好的，我不敢掠美；至於充滿無聊打鬥、色情描寫之作，可不免令人不快了。也有些出版社翻印香港、臺灣其他作家的作品而用我筆名出版發行。我收到過無數讀者的來信揭露，大表憤慨。也有人未經我授權而自行點評，除馮其庸、嚴家炎、陳墨三位先生功力深厚、兼又認眞其事，我深爲拜嘉之外，其餘的點評大都與作者原意相去甚遠。好在現已停止出版，出版者道歉賠償，糾紛已告結束。

有些翻版本中，還說我和古龍、倪匡合出了一個上聯「冰比冰水冰」徵對，眞正是大開玩笑了。漢語的對聯有一定規律，上聯的末一字通常是仄聲，以便下聯以平聲結尾，但「冰」字屬蒸韻，是平聲。我們不會出這樣的上聯徵對。大陸地區有許許多多讀者寄了下聯給我，大家浪費時間心力。

爲了使得讀者易於分辨，我把我十四部長、中篇小說書名的第一個字湊成一副對聯：「飛雪連天射白鹿，笑書神俠倚碧鴛」。（短篇《越女劍》不包括在內，偏偏我的圍棋老師陳祖德先生說他最喜愛這篇《越女劍》。）我寫第一部小說時，根本不知道會不會再寫第二部；寫第二部時，也完全沒有想到第三部小說會用甚麼題材，更加不知道會用甚麼書名。所以這副對聯當然說不上工整，「飛雪」不能對「笑書」，「連天」不能對「神俠」，「白」與「碧」都是仄聲。但如出一個上聯徵對，用字完全自由，總會選幾個比較有意思而合規律的字。

有不少讀者來信提出一個同樣的問題：「你所寫的小說之中，你認爲哪一部最好？最喜歡哪一部？」這個問題答不了。我在創作這些小說時有一個願望：「不要重複已經寫過的人物、情節、感情，甚至是細節。」限於才能，這願望不見得能達到，然而總是朝著這方向努力，大致來說，這十五部小說是各不相同的，分別注入了我當時的感情和思想，主要是感情。我喜愛每部小說中的正面人物，爲了他們的遭遇而快樂或惆悵、悲傷，有時會非常悲傷。至於寫作技巧，後期比較有些進步。但技巧並非最重要，所重視的是個性和感情。

這些小說在香港、臺灣、中國內地、新加坡曾拍攝爲電影和電視連續集，有的還拍了三、四個不同版本，此外有話劇、京劇、粵劇、音樂劇等。跟著來的是第二個問題：「你認爲哪一部電影或電視劇改編演出得最成功？劇中的男女主角哪一個最符合原著中的人物？」電影和電視的表現形式和小說根本不同，很難拿來比較。電視的篇幅長，較易發揮；電影則受到更大限制。再者，閱讀小說有一個作者和讀者共同使人物形象化的過程，許多人讀同一部小說，腦中所出現的男女主角卻未必相同，因爲在書中的文字之外，又加入了讀者自己的經歷、個性、情感和喜憎。你會在心中把書中的男女主角和自己或自己的情人融而爲一，而每個讀者性格不同，他的情人肯定和你的不同。電影和電視卻把人物的形象固定了，觀衆沒有自由想像的餘地。我不能說那一部最好，但可以說：把原作改得面目全非的最壞，最自以爲是，最瞧不起原作者和廣大讀者。

武俠小說繼承中國古典小說的長期傳統。中國最早的武俠小說，應該是唐人傳奇的《虬髯客傳》、《紅線》、《聶隱娘》、《崑崙奴》等精彩的文學作品。其後是《水滸傳》、《三俠五義》、《兒女英雄傳》等等。現代比較認眞的武俠小說，更加重視正義、氣節、捨己爲人、鋤強扶弱、民族精神、中國傳統的倫理觀念。讀者不必過份推究其中某些誇張的武功描寫，有些事實上是不可能的，只不過是中國武俠小說的傳統。聶隱娘縮小身體潛入別人的肚腸，然後從他口中躍出，誰也不會相信是眞事，然而聶隱娘的故事，千餘年來一直爲人所喜愛。

我初期所寫的小說，漢人皇朝的正統觀念很強。到了後期，中華民族各族一視同仁的觀念成爲基調，那是我的歷史觀比較有了些進步之故。這在《天龍八部》、《白馬嘯西風》、《鹿鼎記》中特別明顯。韋小寶的父親可能是漢、滿、蒙、回、藏任何一族之人。即使在第一部小說《書劍恩仇錄》中，主角陳家洛後來也對回教增加了認識和好感。每一個種族、每一門宗教、某一項職業中都有好人壞人。有壞的皇帝，也有好皇帝；有很壞的大官，也有眞正愛護百姓的好官。書中漢人、滿人、契丹人、蒙古人、西藏人……都有好人壞人。和尚、道士、喇嘛、書生、武士之中，也有各種各樣的個性和品格。有些讀者喜歡把人一分爲二，好壞分明，同時由個體推論到整個羣體，那決不是作者的本意。

歷史上的事件和人物，要放在當時的歷史環境中去看。宋遼之際、元明之際、明清之際，漢族和契丹、蒙古、滿族等民族有激烈鬪爭；蒙古、滿人利用宗教作爲政治工具。小說所想描述的，是當時人的觀念和心態，不能用後世或現代人的觀念去衡量。我寫小說，旨在刻畫個性，抒寫人性中的喜愁悲歡。小說並不影射甚麼，如果有所斥責，那是人性中卑污陰暗的品質。政治觀點、社會上的流行理念時時變遷，不必在小說中對暫時性的觀念作價值判斷。人性卻變動極少。

在劉再復先生與他千金劉劍梅合寫的《父女兩地書》（共悟人間）中，劍梅小姐提到她曾和李陀先生的一次談話，李先生說，寫小說也跟彈鋼琴一樣，沒有任何捷徑可言，是一級一級往上提高的，要經過每日的苦練和積累，讀書不夠多就不行。我很同意這個觀點。我每日讀書至少四五小時，從不間斷，在報社退休後連續在中外大學中努力進修。這些年來，學問、知識、見解雖有長進，才氣卻長不了，因此，這些小說雖然改了三次，相信很多人看了還是要嘆氣。正如一個鋼琴家每天練琴二十小時，如果天份不夠，永遠做不了蕭邦、李斯特、拉赫曼尼諾夫、巴德魯斯基，連魯賓斯坦、霍洛維茲、阿胥肯那吉、劉詩昆、傅聰也做不成。

這次第三次修改，改正了許多錯字訛字、以及漏失之處，多數由於得到了讀者們的指正。有幾段較長的補正改寫，是吸收了評論者與研討會中討論的結果。仍有許多明顯的缺點無法補救，限於作者的才力，那是無可如何的了。讀者們對書中仍然存在的失誤和不足之處，希望寫信告訴我。我把每一位讀者都當成是朋友，朋友們的指教和關懷，自然永遠是歡迎的。

二〇〇二年四月　於香港

# 目錄

那書生奔到船頭，提起竹篙，揮手擲出。月光之下，竹篙猶似飛蛇，急射而前。但聽得瓜管帶「啊」的一聲長叫，竹篙已揷入他後心，將他釘在地下，篙身兀自不住晃動。

# 第一回　縱橫鉤黨清流禍　峭蒨風期月旦評

北風如刀，滿地冰霜。

江南近海濱的一條大路上，一隊清兵手執刀槍，押著七輛囚車，衝風冒寒，向北而行。前面三輛囚車中分別監禁的是三個男子，都作書生打扮，一個是白髮老者，兩個是中年人。後面四輛中坐的是女子，最後一輛囚車中是個少婦，懷中抱著個女嬰。女嬰啼哭不休。她母親溫言呵慰，女嬰只是大哭。囚車旁一名清兵惱了，伸腿在車上踢了一腳，喝道：「再哭，再哭！老子踢死你！」那女嬰一驚，哭得更加響了。

離開道路數十丈處有座大屋，屋簷下站著一個中年文士，一個十一二歲的小孩。那文士見到這等情景，不禁長嘆一聲，眼眶也紅了，說道：「可憐，可憐！」

那小孩問道：「爸爸，他們犯了甚麼罪？」那文士道：「又犯了甚麼罪？昨天和今朝，已逮去了三十幾人，都是我們浙江有名的讀書人，個個都是無辜株連。」他說到「無辜株連」四字，聲音壓得甚低，生怕給押送囚車的官兵聽見了。那小孩道：「那個小女孩還在吃奶，難道也犯了罪？眞沒道理。」那文士道：「你懂得官兵沒道理，眞是好孩子。唉，人爲刀俎，我爲魚肉，人爲鼎鑊，我爲麋鹿！」

那小孩道：「爸，你前幾天教過我，『人爲刀俎，我爲魚肉』，就是給人家斬割屠殺的意思。人家是切菜刀，是砧板，我們就是魚和肉。『人爲鼎鑊，我爲麋鹿』這兩句話，意思也差不多麼？」那文士道：「正是！」見官兵和囚車去遠，拉著小孩的手道：「外面風大，我們回屋裏去。」當下父子二人走進書房。

那文士提筆蘸上了墨，在紙上寫了個「鹿」字，說道：「鹿雖是龐然大物，性子卻極和平，只吃青草樹葉，從不傷害別的野獸。兇猛的野獸要傷牠吃牠，牠只有逃跑，倘若逃不了，便只有給人家吃了。」又寫了「逐鹿」兩字，說道：「因此古人常常拿鹿來比喻天下。世上百姓都溫順善良，只有給人欺壓殘害的份兒。《漢書》上說：『秦失其鹿，天下共逐之。』那就是說，秦朝失了天下，羣雄並起，大家爭奪，最後漢高祖打敗了楚霸王，就得了這隻又肥又大的鹿。」

那小孩點頭道：「我明白了。小說書上說『逐鹿中原』，就是大家爭著要做皇帝的意思。」那文士甚是歡喜，點了點頭，在紙上畫了一隻鼎的圖形，道：「古人煮食，不用灶頭鍋子，用這樣三隻腳的鼎，下面燒柴，捉到了鹿，就在鼎裏煮來吃。皇帝和大官都很殘忍，心裏不喜歡誰，就說他犯了罪，把他放在鼎裏活活煮死。《史記》中記載藺相如對秦王說：『臣知欺大王之罪當誅也，臣請就鼎鑊。』就是說：『我該死，將我在鼎裏燒死了罷！』」

那小孩道：「小說書上又常說『問鼎中原』，這跟『逐鹿中原』好像意思差不多。」

那文士道：「不錯。夏禹王收九州之金，鑄了九口大鼎。當時的所謂『金』其實是銅。每一口鼎上鑄了九州的名字和山川圖形，後世爲天下之主的，便保有九鼎。《左傳》上說：『楚子觀兵於周疆。定王使王孫滿勞楚子。楚子問鼎之大小輕重焉。』只有天下之主，方能擁有九鼎。楚子只是楚國的諸侯，他問鼎的輕重大小，便是心存不軌，想取周王之位而代之。」

那小孩道：「所以『問鼎』、『逐鹿』，便是想做皇帝。『未知鹿死誰手』，就是不知那一個做成了皇帝。」那文士道：「正是。到得後來，『問鼎』、『逐鹿』這四個字，也可借用於別處，但原來的出典，是專指做皇帝而言。」說到這裏，嘆了口氣，道：「咱們做老百姓的，總是死路一條。『未知鹿死誰手』，只不過未知是誰來殺了這頭鹿。這頭鹿，卻是死定了的。」

他說著走到窗邊，向窗外望去，見天色陰沉沉地似要下雪，嘆道：「老天爺何其不仁，數百個無辜之人，在這冰霜遍地的道上行走。下起雪來，可又多受一番折磨了。」

忽見南邊大道上兩個人頭戴斗笠，並肩而來，走到近處，認出了面貌。那文士大喜，道：「是你黃伯伯、顧伯伯來啦！」快步迎將出去，叫道：「梨洲兄、亭林兄，那一陣好風，吹得你二位光臨？」

右首一人身形微胖，臉色皓白，頦下一部黑鬚，姓黃名宗羲，字梨洲，浙江餘姚人氏。左首一人又高又瘦，面目黝黑，姓顧名炎武，字亭林，江蘇崑山人氏。黃顧二人都是當世大儒，明亡之後，心傷國變，隱居不仕，這日連袂來到崇德。顧炎武走上幾步，說道：「晚村兄，有一件要緊事，特來和你商議。」

這文士姓呂名留良，號晚村，世居浙江杭州府崇德縣，也是明末清初一位極有名的隱逸。他見黃顧二人臉色凝重，又知顧炎武向來極富機變，臨事鎮定，既說是要緊事，自然非同小可，拱手道：「兩位請進去先喝三杯，解解寒氣。」當下請二人進屋，吩咐那小孩：「葆中，去跟娘說，黃伯伯、顧伯伯到了，先切兩盤羊膏來下酒。」

不多時，那小孩呂葆中和兄弟毅中搬出三副杯筷，布在書房桌上。一名老僕奉上酒菜。呂留良待三人退出，關上了書房門，說道：「黃兄、顧兄，先喝三杯！」

黃宗羲神色慘然，搖了搖頭。顧炎武卻自斟自飲，一口氣連乾了六杯。

呂留良道：「二位來此，可是和『明史』一案有關嗎？」黃宗羲道：「正是！」顧炎武提起酒杯，高聲吟道：「『清風雖細難吹我，明月何嘗不照人？』晚村兄，你這兩句詩眞是絕唱！我每逢飲酒，必誦此詩，必浮大白。」

呂留良心懷故國，不肯在清朝做官。當地大吏仰慕他聲名，保薦他為「山林隱逸」，應徵赴朝爲官，呂留良誓死相拒，大吏不敢再逼。後來又有一名大官保薦他爲「博學鴻儒」，呂留良眼見若再相拒，顯是輕侮朝廷，不免有殺身之禍，於是削髮爲僧，做了假和尚。地方官員見他意堅，就此不再勸他出山。「清風、明月」這兩句詩，譏刺滿清，懷念前明，雖不敢刊行，但在志同道合的朋輩間傳誦已遍，此刻顧炎武又讀了出來。

黃宗羲輕輕擊桌，讚道：「眞是好詩！」舉起酒杯，也喝了一杯。呂留良道：「兩位謬讚了。」

顧炎武一抬頭，見到壁上掛著一幅高約五尺、寬約丈許的大畫，繪的是一大片山水，筆勢縱橫，氣象雄偉，不禁喝了聲采，畫上只題了四個大字：「如此江山」，說道：「看這筆路，當是二瞻先生的丹青了。」呂留良道：「正是。」那「二瞻」姓査，名士標，是明末清初的一位大畫家，也和顧黃呂諸人交好。黃宗羲道：「這等好畫，如何卻無題跋？」呂留良嘆道：「二瞻先生此畫，頗有深意。只是他爲人穩重謹愼，既不落款，亦無題跋。他上月在舍間盤桓，一時興到，畫了送我，兩位便題上幾句如何？」

顧黃二人站起身來，走到畫前仔細觀看，只見大江浩浩東流，兩岸峯巒無數，點綴著奇樹怪石，只畫中雲氣瀰漫，山川雖美，卻令人一見之下，胸臆間頓生鬱積之意。

顧炎武道：「如此江山，淪於夷狄。我輩忍氣吞聲，偷生其間，實令人悲憤塡膺。晚村兄何不便題詩一首，將二瞻先生之意，表而出之？」呂留良道：「好！」當即取下畫來，平鋪於桌。黃宗羲研起了墨。呂留良提筆沉吟半晌，便在畫上振筆直書。頃刻詩成，詩云：

「其爲宋之南渡耶？如此江山眞可恥。其爲崖山以後耶？如此江山不忍視。吾今始悟作畫意，痛哭流涕有若是。以今視昔昔猶今，呑聲不用枚銜嘴。畫將臯羽西台淚，研入丹青提筆泚。所以有畫無詩文，詩文盡在四字裏。嘗謂生逢洪武初，如瞽忽瞳跛可履。山川開霽故壁完，何處登臨不狂喜？」

書完，擲筆於地，不禁淚下。

顧炎武道：「痛快淋漓，眞是絕妙好辭。」呂留良道：「這詩殊無含蓄，算不得好，也只是將二瞻先生之原意寫了出來，好敎觀畫之人得知。」黃宗羲道：「何日故國重光，那時『山川開霽故壁完』，縱然是窮山惡水，也足令人觀之大暢胸懷，眞所謂『何處登臨不狂喜』了！」顧炎武道：「此詩結得甚妙！終有一日驅除胡虜，還我大漢山河，比之徒抒悲憤，更加令人氣壯。」

黃宗羲慢慢將畫捲起，說道：「這畫是掛不得了，晚村兄須得妥爲收藏才是。倘若給吳之榮之類奸人見到，官府查究起來，晚村兄固然麻煩，還牽累了二瞻先生。」

顧炎武拍桌罵道：「吳之榮這狗賊，我眞恨不得生食其肉。」呂留良道：「二位枉顧，說道有件要緊事。我輩書生積習，作詩題畫，卻擱下了正事。不知究是如何？」黃宗羲道：「我二人此來，乃是爲了二瞻先生那位本家伊璜先生。小弟和顧兄前日得到訊息，原來這場『明史』大案，竟將伊璜先生也牽連在內。」呂留良驚道：「伊璜兄也受了牽連？」

黃宗羲道：「是啊。我二人前晚匆匆趕到海寧袁花鎭，伊璜先生卻不在家，說是出外訪友去了。亭林兄眼見事勢緊急，忙囑伊璜先生家人連夜躲避；想起伊璜先生和晚村兄交好，特來探訪。」呂留良道：「他……他卻沒來。不知到了何處？」顧炎武道：「他如在府上，這會兒自已出來相見。我已在他書房的牆壁上題詩一首，他若歸家，自然明白，知所趨避，怕的是不知訊息，在外露面，給公人拿住，那可糟了。」

黃宗羲道：「這『明史』一案，令我浙西名士幾乎盡遭毒手。清廷之意甚惡，晚村兄名頭太大，亭林兄與小弟之意，要勸晚村兄暫且離家遠遊，避一避風頭。」

呂留良氣憤憤的道：「韃子皇帝倘若將我捉到北京，拚著千刀萬剮，好歹也要痛罵他一場，出了胸中這口惡氣，才痛痛快快的就死。」

顧炎武道：「晚村兄豪氣干雲，令人好生欽佩。怕的是見不到韃子皇帝，卻死於一般下賤的奴才手裏。再說，韃子皇帝只是個小孩子，甚麼也不懂的，朝政大權，盡操於權臣鰲拜之手。兄弟和梨洲兄推想，這次『明史』一案所以如此大張旗鼓，雷厲風行，當是鰲拜意欲挫折我江南士人之氣。」

呂留良道：「兩位所見甚是。淸兵入關以來，在江北橫行無阻，一到江南，卻處處遇到反抗，尤其讀書人深知華夷之防，不斷跟他們搗蛋。鰲拜乘此機會，要對我江南士子大加摧殘。哼，野火燒不盡，春風吹又生，除非他把咱們江南讀書人殺得乾乾淨淨。」

黃宗羲道：「是啊。因此咱們要留得有用之身，和韃子周旋到底，倘若徒逞一時血氣之勇，反倒墮入韃子的算中了。」

呂留良登時省悟，黃顧二人冒寒枉顧，一來固是尋覓查伊璜，二來是勸自己出避，生怕自己一時按捺不住，枉自送了性命，良友苦心，實深感激，說道：「二位金石良言，兄弟那敢不遵？明日一早，兄弟全家便出去避一避。」黃顧二人大喜，齊聲道：「自該如此。」

呂留良沉吟道：「卻不知避向何處才好？」只覺天涯茫茫，到處是韃子的天下，直無一片乾淨土地，沉吟道：「桃源何處，可避暴秦？桃源何處，可避暴秦？」顧炎武道：「當今之世，便眞有桃源樂土，咱們也不能獨善其身，去躱了起來……」呂留良不等他辭畢，拍案而起，大聲道：「亭林兄此言責備得是。國家興亡，匹夫有責，暫時避禍則可，但若去躲在桃花源裏，逍遙自在，忍令億萬百姓在韃子鐵蹄下受苦，於心何安？兄弟失言了。」

顧炎武微笑道：「兄弟近年浪跡江湖，著實結交了不少朋友。大江南北，見聞所及，不但讀書人反對韃子，而販夫走卒、屠沽市井之中，也到處有熱血滿腔的豪傑。晚村兄要是有意，咱三人結伴同去揚州，兄弟給你引見幾位同道中人如何？」呂留良大喜，道：「妙極，妙極！咱們明日便去揚州，二位少坐，兄弟去告知拙荊，讓她收拾收拾。」說著匆匆入內。

不多時呂留良回到書房，道：「『明史』一案，外間雖傳說紛紛，但一來傳聞未必確實，二來說話之人又顧忌甚多，不敢盡言。兄弟獨處蝸居，未知其詳，到底是何起因？」

顧炎武嘆了口氣，道：「這部明史，咱們大家都是看過的了，其中對韃子不大恭敬，那也是有的。此書本是出於我大明朱國楨朱相國之手，說到關外建州衛之事，又如何會對韃子客氣？」呂留良點頭道：「聽說湖州莊家花了幾千兩銀子，從朱相國後人手中將明史原稿買了來，以己名刊行，不想竟釀此大禍。」顧炎武道：「此中詳情，兄弟倒曾打聽明白。」於是將「明史案」的前因後果，原本說出來。

浙西杭州、嘉興、湖州三府，處於太湖之濱，通稱杭嘉湖，地勢平坦，土質肥沃，盛產稻米蠶絲。湖州府的首縣今日稱爲吳興縣，淸時分爲烏程、歸安兩縣。自來文風甚盛，歷代才士輩出，梁時將中國字分爲平上去入四聲的沈約，元代書畫皆臻極品的趙孟頫，都是湖州人氏。當地又以產筆著名，湖州之筆，徽州之墨，宣城之紙，肇慶端溪之硯，文房四寶，天下馳名。

湖州府有一南潯鎭，雖是一個鎭，卻比尋常州縣還大，鎭上富戶極多，著名的富室大族之中有一家姓莊。其時莊家的富戶名叫莊允城，生有數子，長子名叫廷鑨，自幼愛好詩書，和江南名士才子多所結交。到得順治年間，莊廷鑨因讀書過勤，忽然眼盲，尋遍名醫，無法治愈，自是鬱鬱不歡。

忽有一日，鄰里有一姓朱的少年攜來一部手稿，說是祖父朱相國的遺稿，向莊家抵押，求借數百兩銀子。莊家素來慷慨，對朱相國的後人一直照顧，既來求借，當即允諾，也不要他用甚麼遺稿抵押。但那姓朱少年說道借得銀子之後，要出門遠遊，這部祖先的遺稿帶在身邊，恐有遺失，存在家裏又不放心，要寄存在莊家。莊允城便答允了。那姓朱少年去後，莊允城爲替兒子解悶，叫家中淸客讀給他聽。

朱國楨這部明史稿，大部分已經刊行，流傳於世，這次他孫子攜來向莊家抵押的，是最後的許多篇列傳。莊廷鑨聽淸客讀了數日，很感興味，忽然想起：「昔時左丘明也是盲眼之人，卻因一部史書《左傳》，得享大名於千載之後。我今日眼盲，閒居無聊，何不也撰述一部史書出來，流傳後世？」

大富之家，辦事容易，他既興了此念，當即聘請了好幾位士人，將那部明史稿從頭至尾的讀給他聽。他認為何處當增，何處當刪，便口述出來，由賓客筆錄。

但想自己眼盲，無法博覽羣籍，這部明史修撰出來，如內容謬誤過多，不但大名難享，反為人譏笑，於是又花了大批銀兩，延請不少通士鴻儒，再加修訂，務求盡善盡美。有些大有學問之人非錢財所能請到，莊廷鑨便輾轉託人，卑辭相邀。太湖之濱向來文士甚多，受到莊家邀請的，一來憐其眼盲，感其意誠；二來又覺修撰明史乃一件美事，大都到莊家來作客十天半月，對稿本或正其誤，或加潤飾，或撰寫一兩篇文字。因此這部明史確是匯集不少大手筆之力。書成不久，莊廷鑨便即去世。

莊允城心傷愛子之逝，即行刊書。清代刊印一部書，著實不易，要招請工匠，雕成一塊塊木版，這才印刷成書。這部明史卷帙浩繁，雕工印工，費用甚鉅。好在莊家有的是錢，撥出幾間大屋作為工場，多請工匠，數年間便將書刊成了，書名叫作《明書輯略》，撰書人列名為莊廷鑨，請名士李令晳作序。所有曾經襄助其事的學者也都列名其上，有茅元銘、吳之銘、吳之鎔、李礽濤、茅次萊、吳楚、唐元樓、嚴雲起、蔣麟徵、韋金祐、韋一園、張雋、董二酉、吳炎、潘檉章、陸圻、查繼佐、范驤等，共一十八人。書中又提到此書是根據朱氏的原稿增刪而成，不過朱國楨是明朝相國，名頭太大，不便直書其名，因此含含糊糊的只說是「朱氏原稿」。

《明書輯略》經過這許多文人學士撰改修訂，是以體例精備，敘述詳明，文字又華瞻雅致，書出後大獲士林讚譽。莊家又是志在揚名，書價取得極廉。原稿中涉及滿洲之時，本有不少攻訐指摘的言語，修史諸人早知干禁，已一一刪去，但讚揚明朝的文字卻也在所不免。當時明亡未久，讀書人心懷前朝，書一刊行，立即就大大暢銷。莊廷鑨之名噪於江北江南。莊允城雖有喪子之痛，但見兒子成名於身後，自是老懷彌慰。

也是亂世之時，該當小人得志，君子遭禍。湖州歸安縣的知縣姓吳名之榮，在任內貪贓枉法，百姓恨之切齒，終於爲人告發，朝廷下令革職。吳之榮做了一任歸安縣知縣，雖然搜刮了上萬兩銀子，但革職的廷令一下，他東賄西賂，到處打點，才免得抄家查辦的處分，這上萬兩贓款卻也已蕩然無存，連隨身家人也走得不知去向。他官財兩失，只得向各家富室一處處去打秋風，說道爲官清苦，此番丟官，連回家也沒有盤纏，沒法成行。有些富人爲免麻煩，便送他十兩八兩銀子。待得來到富室朱家，主人朱佑明卻是個嫉惡如仇的正直君子，非但不送儀程，反狠狠譏刺，說道閣下在湖州做官，百姓給你害得好苦，我朱某就算有錢，也寧可去周濟給閣下害苦了的貧民。吳之榮雖然惱怒，卻也無法可施，他既已遭革職，無權無勢，又怎再奈何得了富家巨室？當下又來拜訪莊允城。

莊允城平素結交清流名士，對這贓官很瞧不起，見他到來求索，冷笑一聲，封了一兩銀子給他，說道：「依閣下平素爲人，這兩銀子本是不該送的，只是湖州百姓盼望閣下早去一刻好一刻，多一兩銀子，能早走片刻，也是好的。」

吳之榮心下怒極，一瞥眼見到大廳桌上放得有一部《明書輯略》，心想：「這姓莊的愛聽奉承，人家只要一讚這部明史修得如何如何好，白花花的銀子雙手捧給人家，再也不皺一皺眉頭。」便笑道：「莊翁厚賜，卻之不恭。兄弟今日離別湖州，最遺憾的便是沒法將『湖州之寶』帶一部回家，好讓敝鄉孤陋寡聞之輩大開眼界。」

莊允城問道：「甚麼叫做『湖州之寶』？」吳之榮笑道：「莊翁這可太謙了。士林之中，紛紛都說，令郎廷鑨公子親筆所撰的那部《明書輯略》，史才、史識、史筆，無一不是曠古罕有，左馬班莊，乃古今良史四大家。這『湖州之寶』，自然便是令郎親筆所撰的明史了。」

吳之榮前一句「令郎親筆所撰」，後一句「令郎親筆所撰」，把莊允城聽得心花怒放。他明知此書並非兒子親作，內心不免遺憾，吳之榮如此說，正是大投所好，心想：「人家都說此人貪贓，是個齷齪小人，但他畢竟是個讀書人，眼光倒是有的。原來外間說鑨兒此書是『湖州之寶』，這話倒是第一次聽見。」不由得笑容滿臉，說道：「榮翁說甚麼左馬班莊，古今四大良史，兄弟讀書少了，還請指教。」吳之榮見他臉色頓和，知道馬屁已經拍上，心下暗暗歡喜，說道：「莊翁未免太謙了。左丘明作《左傳》，司馬遷作《史記》，班固作《漢書》，都是傳誦千載的名作，自班固而後，大史家就沒有了。歐陽修作《五代史》，司馬光作《資治通鑑》，文章雖佳，才識終究差了。直到我大清盛世，令郎親筆所撰這部煌煌巨作《明書輯略》出來，方始有人能和左丘明、司馬遷、班固三位前輩並駕齊驅，『四大良史，左馬班莊』，這句話便由此而生。」

莊允城笑容滿面，連連拱手，說道：「謬讚，謬讚！不過『湖州之寶』這句話，畢竟當不起。」吳之榮正色道：「怎麼當不起？外間大家都說：『湖州三寶史絲筆，還是莊史居第一』！」蠶絲和毛筆是湖州兩大名產，吳之榮品格卑下，卻有三分才情，出口成章，將「莊史」和湖絲、湖筆並稱。莊允城聽得更加歡喜。

吳之榮又道：「兄弟來到貴處做官，兩袖清風，一無所得。今日老著臉皮，要向莊翁求一部明史，作爲舍下傳家之寶。日後我吳家子孫日夕誦讀，自必才思大進，光宗耀祖，全仗莊翁之厚賜了。」莊允城笑道：「自當奉贈。」吳之榮又談了幾句，不見莊允城有何舉動，當下又將這部明史大大恭維了一陣，其實這部書他一頁也未讀過，只是史才如何如何了得，史識又如何如何超卓，不著邊際的瞎說。莊允城道：「榮翁且請寬坐。」一回進內堂。

過了良久，一名家丁捧了一個包裹出來，放在桌上。吳之榮見莊允城尚未出來，忙將包裹掂了一掂，那包裹雖大，卻輕飄飄地，內中顯然並無銀兩，心下好生失望。過得片刻，莊允城回到廳上，捧起包裹，笑道：「榮翁瞧得起敝處的土產，謹以相贈。」

吳之榮謝了，告辭出來，沒回到客店，便伸手到包裹中一陣掏摸，摸到的竟是一部書、一束生絲、幾十管毛筆。他費了許多唇舌，本想莊允城在一部明史之外，另有幾百兩銀子相贈，可是贈送的竟是他信口胡謅的「湖州三寶」，心下暗罵：「他媽的，南潯這些財主，都如此小氣！也是我說錯了話，倘若我說湖州三寶乃是金子銀子和明史，豈不大有所獲？」

氣憤憤的回到客店，將包裹往桌上一丟，倒頭便睡，一覺醒來，天已大黑，客店中吃飯的時候已過，他又捨不得另叫飯菜，愁腸飢火，兩相煎熬，再也睡不著覺，當下解開包裹，翻開那部《明書輯略》閱看。看得幾頁，眼前金光一閃，赫然出現一張金葉。吳之榮一顆心怦怦亂跳，揉了揉眼細看，卻不是金葉是甚麼？當下一陣亂抖，從書中抖了十張金葉出來，每一張少說也有五錢重，十張金葉便有五兩黃金。其時金貴，五兩黃金抵得二百兩銀子。

吳之榮喜不自勝，尋思：「這姓莊的果然狡獪，他怕我討得這部書去，隨手拋棄，翻也不翻，因此將金葉子夾在書中，看是誰讀他兒子這部書，誰便有福氣得此金葉。是了，我便多讀幾篇，明天再上門去，一面謝他贈金之惠，一面將書中文章背誦幾段，大讚而特讚。他心中一喜，說不定另有幾兩黃金相送。」

當下剔亮油燈，翻書誦讀，讀到明萬曆四十四年，後金太祖努兒哈赤即位，國號金，建元「天命」，突然間心中一凜：「我太祖於丙辰建元，從這一年起，就不該再用明朝萬曆年號，該當用大金天命元年才是。」

一路翻閱下去，只見丁卯年後金太宗即位，書中仍書「明天啓七年」，不作「大金天聰元年」。丙子年後金改國號爲清，改元崇德，這部書中仍作「崇禎九年」，不書「大清崇德元年」；甲申年書作「崇禎十七年」，不書「大清順治元年」。又看清兵入關之後，書中於乙酉年書作「隆武元年」、丁亥年書作「永曆元年」，那隆武、永曆，乃明朝唐王、桂王的年號，作書之人明明白白仍奉明朝正朔，不將清朝放在眼裏。他看到這裏，不由得拍案大叫：「反了，反了，這還了得！」

一拍之下，桌子震動，油燈登時跌翻，濺得他手上襟上都是燈油。黑暗之中，突然靈機一動，不禁大喜若狂：「這不是老天爺賜給我的一注横財？升官發財，皆由於此。」想到開心處，不由得大聲叫喚起來。忽聽得店伴拍門叫道：「客官，客官，甚麼事？」

吳之榮笑道：「沒甚麼！」點燃油燈，重新翻閱。這一晚直看到雄鷄啼叫，這才和衣上床，卻又在書中找了七八十處忌諱犯禁的文字出來，便在睡夢之中，也不住嘻笑。

換朝改代之際，當政者於這年號正朔，最是著意。最犯忌者，莫過於文字言語之中，引人思念前朝。《明書輯略》記敘的是明代之事，以明朝年號紀年，原無不合，但當文字禁網極密之際，卻是極大的禍端。參與修史的學者文士，大都只助修數卷，未能通閱全書，而修撰最後數卷之人，偏是對清朝痛恨入骨，決不肯在書中用大清年號。莊廷鑨是富室公子，雙眼又盲，未免粗疏，終予小人以可乘之隙。

次日中午，吳之榮便即乘船東行，到了杭州，在客店中寫了一張稟帖，連同這部明史，送入將軍松魁府中。他料想松魁收到稟帖後，便會召見。其時滿清於檢舉叛逆，賞賜極厚，自己立此大功，開復原官固是意料中事，說不定還會連升三級。不料在客店中左等右等，一連等上大半年，日日到將軍府去打探消息，卻如石沉大海一般，後來那門房竟厲聲斥責，不許他再上門囉唕。

吳之榮心焦已極，莊允城所贈金葉兌換的銀子已耗用了不少，告發卻沒半點結果，心中又煩惱，又詫異。這日在杭州城中閒逛，走過文通堂書局門口，踱進去想看看白書，以消永日，見書架上陳列著三部《明書輯略》，心想：「難道我所找出的岔子，還不足以告倒莊允城嗎？且再找幾處大逆不道的文字出來，明日再寫一張稟帖，遞進將軍府去。」浙江巡撫是漢人，將軍則是滿洲人，他生怕巡撫不肯興此文字大獄，是以定要向滿洲將軍告發。

他打開書來，只看得幾頁，不由得嚇了一跳，全身猶如墮入冰窖，一時宛如丈二和尙摸不著頭腦，只見書中各處犯忌的文字竟已全然無影無蹤，自大清太祖開國以後，也都改用了大金大淸的年號紀年，至於攻訐建州衛都督（滿淸皇帝祖宗的親戚），以及大書隆武、永曆等年號的文字，更已一字不見。但文字前後貫串，書頁上乾乾淨淨，更無絲毫塗改痕跡，這戲法如何變來，當眞奇哉怪也。

他雙手捧書，在書鋪中只呆呆出神，過得半晌，大叫一聲：「是了！」眼見此書書頁封函，潔白嶄新，向店倌一問，果然是湖州販書客人新近送來，到貨還不過七八天。他心道：「這莊允城好厲害！當眞是錢可通神。他收回舊書，重行鐫版，另刊新書，將原書中所有干犯禁忌之處，盡行刪削乾淨。哼，難道就此罷了不成？」

吳之榮所料果然不錯。原來杭州將軍松魁不識漢字，幕府師爺見到吳之榮的稟帖，登時嚇出一身冷汗，情知此事牽連重大之極，拿著稟帖的雙手竟不由自主的顫抖不已。

這幕客姓程，名維藩，浙江紹興人氏。明淸兩朝，官府的幕僚十之八九是紹興人，是以「師爺」二字之上，往往冠以「紹興」，稱爲「紹興師爺」。這些師爺先跟同鄉先輩學到一套秘訣，此後辦理書啓刑名錢穀，處事便十分老到。官府中所有公文，均由師爺手擬，大家既是同鄉，下級官員的公文呈到上級衙門去，便不易受挑剔批駁。因此大小新官上任，最要緊的便是重金禮聘一位紹興師爺。明淸兩朝，紹興人做大官的並不多，卻操縱了中國庶政達數百年之久，實是中國政治史上的一項怪事。那程維藩宅心忠厚，信奉「公門之中好修行」的名言。那是說官府手操百姓生殺大權，師爺擬稿之際幾字略重，便能令百姓家破人亡，稍加開脫，即可使之死裏逃生，因之在公門中救人，比之在寺廟中修行效力更大。他見這明史一案倘若釀成大獄，蘇南浙西不知將有多少人喪身破家，當即向將軍告了幾天假，星夜坐船，來到湖州南潯鎮上，將此事告知莊允城。

莊允城陡然大禍臨頭，自是魂飛天外，登時嚇得全身癱軟，口涎直流，不知如何是好，過了良久，這才站起身來，雙膝跪地，向程維藩叩謝大恩，然後向他問計。

程維藩從杭州坐船到南潯之時，反覆推考，已思得良策，心想這部《明書輯略》流傳已久，隱瞞是瞞不了的，唯有施個釜底抽薪之計，一面派人前赴各地書鋪，將這部書盡數收購回來銷毀，一面趕開夜工，另鐫新版，刪除所有諱忌之處，重印新書，行銷於外。官府追究之時，將新版明史拿來一查，發覺吳之榮所告不實，便可消弭一場橫禍了。當下便將此計說了出來。莊允城驚喜交集，連連叩頭道謝。程維藩又教了他不少關節，某某官府處應送禮若干，某某衙門處應如何疏通，莊允城一一受教，再送程維藩一筆厚禮。

程維藩回到杭州，隔了一個多月，才將原書及吳之榮的稟帖移送浙江巡撫朱昌祚，輕描淡寫的批了幾個字，說道投稟者是因贓已革知縣，似有挾怨吹求之嫌，請撫台大人詳查。

吳之榮在杭州客店中苦候消息之時，莊允城的銀子卻如流水價使將出去。其時莊允城的重賂，已經送到將軍衙門、巡撫衙門、學政衙門和湖州知府衙門。朱昌祚接到公事，這等刊書之事，屬學政該管，壓了十多天後，才移牒學政胡尚衡。學政衙門的師爺先擱上大半個月，又告了一個月病假，這才慢吞吞的擬稿發文，將公事送到湖州府去。湖州府學官又躭擱了二十幾天，才移文歸安縣和烏程縣的學官，要他二人申覆。那兩個學官也早得到莊允城的大筆賄賂，其時新版明史也已印就，二人將兩部新版書繳了上去，回稟：「該書平庸粗疏，無裨世道人心，然細查全書，尚無諱禁犯例之處。」層層申覆，就此不了了之。

吳之榮直到在書鋪中發現了新版明史，方知就裏，心想唯有弄到一部原版明史，才能重揭此案。杭州各家書鋪之中，原版書早給莊家買淸，當下前赴浙東偏僻州縣搜購，豈知仍然一部也覓不到。他窮愁潦倒，只得廢然還鄉。也是事有湊巧，旅途之中，卻在一家客店中見到店主人正在搖頭晃腦的讀書，一看之下，所讀的便是這部《明書輯略》，借來一翻，竟是原版。這一下大喜過望，心想若向客店主人求購，一來他未必肯售，二來手頭銀錢無多，買不起，只好偷。深夜之中悄悄起床，偷了書便即溜出店門，心想浙江全省有關官員都已受了莊允城之賄，一不做，二不休，索性告到北京城去。

吳之榮來到北京，便寫了稟帖，告到禮部、都察院、通政司三處衙門，說明莊家如何賄賂官員，改鐫新版。

不料在京中等不到一個月，三處衙門先後駁覆下來，都稱細查莊廷鑨所著《明書輯略》一書，內容並無違禁犯例，該革職知縣吳之榮所告，並非實情，顯係挾嫌誣告，至於賄賂官員云云，更係捕風捉影之辭。那通政司的批駁更加嚴厲，說道：「該吳之榮以貪墨被革，遂以天下清官，皆如彼之貪。」原來莊允城受了程維藩之教，早將新版明史送到了禮部、都察院、通政司三處衙門，有關官吏師爺，也早已送了厚禮打點。

吳之榮又碰了一鼻子灰，眼見回家已無盤纏，勢將流落異鄉。其時清廷對待漢人文士極爲嚴峻，文字中稍有犯禁，便即處死，吳之榮所告的若是尋常文人，早已得手，偏生遇著的對手是富豪之家，這才阻難重重。既無退路，心想拚著坐牢，也要將這件案子幹到底，當下又寫了四張稟帖，分呈軍機處的四位顧命大臣；同時又在客店中寫了數百張招紙，揭露此事，在北京城中到處張貼。他這一著卻大是行險，倘若官府追究起來，說他危言聳聽，擾亂人心，不免有殺頭的重罪。

那四個顧命大臣，名叫索尼、蘇克薩哈、遏必隆、鰲拜，均是清朝的開國功臣。順治皇帝逝世之時，遺詔命這四大臣輔政。其中鰲拜最爲兇橫，朝中黨羽極衆，清廷大權，幾乎盡操於他一人之手。他生怕敵黨對其不利，是以派出無數探子，在京城內外打探動靜。這日得到密報，說道北京城中出現許多招貼，揭發浙江莊姓百姓著書謀叛，大逆不道，浙江官員受賄、置之不理等情。

鰲拜得悉之下，立即查究，登時雷厲風行的辦了起來。便在此時，吳之榮的稟帖也已遞入鰲拜府中。他當即召見吳之榮，詳問其事，再命手下漢人幕客細閱吳之榮所呈繳客店中偷來的那部原版明史，所言果是實情。

鰲拜以軍功而封公爵、做大官，向來歧視漢官和讀書人，掌握大權後便想辦幾件大案，鎮懾人心，不但使漢人不敢興反叛之念，也令朝中敵黨不敢有甚異動，當即派出欽差，赴浙江查究。這一來，莊家全家固然逮入京中，連杭州將軍松魁、浙江巡撫朱昌祚以下所有大小官員，也都革職查辦。在明史上列名的文學之士，無一不鋃鐺入獄。

顧炎武在呂留良家中，將此案的來龍去脈詳細道來，呂留良聽得只是嘆息。當晚三人聯榻長談，議論世事，說到明末魏忠賢等太監陷害忠良，把持朝政，種種倒行逆施，終至明室覆亡，入清後漢人慘遭屠戮，禍難方深，無不扼腕切齒。

次日一早，呂留良全家和顧黃二人登舟東行。江南中產以上人家，家中都自備有船，江南水鄉，河道四通八達，密如蛛網，一般人出行都是坐船，所謂「北人乘馬，南人乘舟」，自古已然。

到得杭州後，自運河折而向北，這晚在杭州城外聽到消息，清廷已因此案而處決了不少官員百姓：莊廷鑨已死，開棺戮屍；莊允城在獄中不堪虐待而死；莊家全家數十口，十五歲以上的盡數處斬，妻女發配瀋陽，給滿洲旗兵爲奴。前禮部侍郎李令皙爲該書作序，凌遲處死，四子處斬。李令皙的幼子剛滿十六歲，法司見殺得人多，心腸軟了，命他減供一歲，按照清律，十五歲以下者得免死充軍。那少年道：「我爹爹哥哥都死了，我也不願獨生。」終於不肯易供，一併處斬。松魁、朱昌祚入獄候審，幕客程維藩凌遲棄市。歸安、烏程的兩名學官處斬。因此案牽連，冤枉而死的人亦不計其數。湖州府知府譚希閔到任還只半月，朝廷說他知情不報，受賄隱匿，和推官李煥、訓導王兆禎同處絞刑。

吳之榮對南潯富人朱佑明心下懷恨最深，那日去打秋風，給他搶白了一場，逐出門來，當下向辦理此案的法司聲稱，該書注明依據「朱氏原稿增刪潤飾而成」，這朱氏便是朱佑明了；又說他的名字「朱佑明」，顯是心存前明，咒詛本朝。這一來，朱佑明和他五個兒子同處斬首，朱家的十餘萬財產，清廷下令都賞給吳之榮。

最慘的是，所有雕版的刻工、印書的印工、裝釘的釘工，以及書賈、書鋪的主人、賣書的店員、買書的讀者，查明後盡皆處斬。據史書記載，其時蘇州滸墅關有一個榷貨主事（關吏）李尚白，喜讀史書，聽說蘇州閶門書坊中有一部新刊的明史，內容很好，派一個工役去買。工役到時，書店主人外出，那工役便在書鋪隔壁一家姓朱的老者家中坐著等候，等到店主回來，將書買回。李尙白讀了幾卷，也不以爲意。過了幾個月，案子發作，一直查究到各處販書買書之人。其時李尙白在北京公幹，以購逆書之罪，在北京立即斬決。書店主人和奉命買書的工役斬首。連那隔壁姓朱老者也受牽累，說他既知那人來購逆書，何以不即舉報，還讓他在家中閒坐？本應斬首，姑念年逾七十，免死，和妻子充軍邊遠之處。

至於江南名士，因莊廷鑨慕其大名、在書中列名參校者，同日凌遲處死，計有茅元錫等十四人。所謂凌遲處死，乃是一刀一刀，將其全身肢體肌肉慢慢切割下來，直至犯人受盡痛苦，方才處死。因這一部書而家破人亡的，當眞難以計數。

呂留良等三人得到消息，憤恨難當，切齒痛罵。黃宗羲道：「伊璜先生列名參校，這一會只怕也難逃此劫。」他三人和查伊璜向來交好，都十分掛念。

這一日舟至嘉興，顧炎武在城中買了一份邸報，上面詳列明史一案中獲罪諸人的姓名。卻見上諭中有一句道：「查繼佐、范驤、陸圻三人，雖列名參校，然事先未見其書，免罪不究。」顧炎武將邸報拿到舟中，和黃宗羲、呂留良三人同閱，嘖嘖稱奇。

黃宗羲道：「此事必是大力將軍所爲。」呂留良道：「大力將軍是誰？倒要請教。」黃宗羲道：「兩年之前，兄弟到伊璜先生家中作客，但見他府第煥然一新，庭園寬大，陳設富麗，與先前大不相同。府中更養了一班崑曲戲班子，聲色曲藝，江南少見。兄弟和伊璜先生向來交好，說得上互託肝膽，便問起情由。伊璜先生說出一段話來，確是風塵中的奇遇。」當下便將這段故事轉述了出來。

查繼佐，字伊璜。（《觚賸》一書中有〈雪遘〉一文，述此奇事，開首說：「浙江海寧查孝廉，字伊璜，才華豐艷，而風情瀟洒，常謂滿眼悠悠，不堪愁對，海內奇傑，非從塵埃中物色，未可得也。」）這一天家居歲暮，命酒獨酌，不久下起雪來，越下越大。查伊璜獨飲無聊，走到門外觀賞雪景，見有個乞丐站在屋簷下避雪，這丐者身形魁梧，骨格雄奇，只穿一件破單衫，在寒風中卻絲毫不以爲意，只是臉上頗有鬱怒悲憤之色。查伊璜心下奇怪，便道：「這雪非一時能止，請進來喝一杯如何？」那乞丐道：「甚好！」查伊璜便邀他進屋，命書僮取出杯筷，斟了杯酒，說道：「請！」那乞丐舉杯便乾，讚道：「好酒！」

查伊璜給他連斟三杯，那丐者飲得極爲爽快。查伊璜最喜的是爽快人，心下歡喜，說道：「兄台酒量極好，不知能飲多少？」那乞丐道：「酒逢知己千杯少，話不投機半句多。」這兩句雖是熟套語，但在一個乞丐口中說出來，卻令查伊璜暗暗稱異，當即命書僮捧出一大罈紹興女兒紅來，笑道：「在下酒量有限，適才又已飲過，不能陪兄暢飲。老兄喝一大碗，我陪一小杯如何？」那乞丐道：「這也使得。」

當下書僮將酒燙熱，分斟在碗中杯內。查伊璜喝一杯，那乞丐便喝一大碗。待那乞丐喝到二十餘碗時，臉上仍無甚酒意，查伊璜卻已頹然醉倒。要知那紹興女兒紅酒入口溫和，酒性卻頗厲害。紹興人家生下兒子女兒，便釀酒數罈至數十罈不等，埋入地下，待女兒長大嫁人，將酒取出宴客，那酒其時已作琥珀色，稱爲「女兒紅」。想那酒埋藏十七八年以至二十餘年，自然醇厚之極。至於生兒子人家所藏之酒，稱爲「狀元紅」，盼望兒子日後中狀元時取出宴客。狀元非人人可中，多半是在兒子娶媳婦時用以饗客了。酒坊中釀酒用以販賣的，也襲用了狀元紅、女兒紅之名。

書僮將查伊璜扶入內堂安睡，那乞丐自行又到屋簷之下。次晨查伊璜醒轉，忙去瞧那乞丐時，只見他負手而立，正在欣賞雪景。一陣北風吹來，查伊璜只覺寒入骨髓，那乞丐卻泰然自若。查伊璜道：「天寒地凍，兄台衣衫未免過於單薄。」當即解下身上的羊皮袍子，披在他肩頭，又取了十兩銀子，雙手捧上，說道：「些些買酒之資，兄台勿卻。何時有興，請再來喝酒。昨晚兄弟醉倒，未能掃榻留賓，簡慢勿怪。」那乞丐接過銀子，說道：「好說。」也不道謝，揚長而去。

第二年春天，查伊璜到杭州遊玩。一日在一座破廟之中，見到有口極大的古鐘，少說也有四百來斤，他正在鑒賞鐘上所刻的文字花紋，忽有一名乞丐大踏步走進佛殿，左手抓住鐘鈕，向上一提，一口大鐘竟然離地數尺。那乞丐在鐘下取出一大碗肉、一大缽酒來，放在一旁，再將古鐘置於原處。查伊璜見他如此神力，不禁駭然，仔細看時，竟然便是去冬一起喝酒的那乞丐，笑問：「兄台還認得我嗎？」那乞丐向他望了一眼，笑道：「啊，原來是你。今日我來作東，大家再喝個痛快，來來來，喝酒。」說著將土缽遞了過去。

查伊璜接過土缽，喝了一大口，笑道：「這酒挺不錯啊。」那乞丐從破碗中抓起一大塊肉，道：「這是狗肉，吃不吃？」查伊璜雖覺骯髒，但想：「我既當他是酒友，倘若推辭，未免瞧他不起了。」當下伸手接過，咬了一口，咀嚼之下，倒也甘美可口。兩人便在破廟中席地而坐，將土缽遞來遞去，你喝一口，我喝一口，吃肉時便伸手到碗中去抓，不多時酒肉俱盡。那乞丐哈哈大笑，說道：「只可惜酒少了，醉不倒孝廉公。」

查伊璜道：「去年冬天在敝處邂逅，今日又再無意中相遇，實是有緣。兄台神力驚人，原來是一位海內奇男子，得能結交你這位朋友，小弟好生喜歡。兄台有興，咱們到酒樓去再飲如何？」那乞丐道：「甚妙，甚妙！」兩人到西湖邊的樓外樓酒樓，呼酒又飲，不久查伊璜又即醉倒。待得酒醒，那乞丐已不知去向。

那是明朝崇禎末年之事，過得數年，清兵入關，明朝覆亡。查伊璜絕意進取，只在家中閒居，一日忽有一名軍官，領兵四名，來到查府。

查伊璜吃了一驚，只道是禍事上門，豈知那軍官執禮甚恭，說道：「奉廣東省吳軍門之命，有薄禮奉贈。」查伊璜道：「我和貴上素不相識，只怕是弄錯了。」那軍官取出拜盒，拿出一張大紅泥金名帖，上寫「拜上查先生伊璜，諱繼佐」，下面寫的是「眷晚生吳六奇頓首百拜」。查伊璜心想：「我連這吳六奇的名字也沒聽見過，為何送禮於我？」當下沉吟不語。那軍官道：「敝上說道，些些薄禮，請查先生不要見笑。」說著將兩隻朱漆燙金的圓盒放在桌上，俯身請安，便即別去。

查伊璜打開禮盒，赫然是五十兩黃金，另一盒中卻是六瓶洋酒，酒瓶上綴以明珠翡翠，華貴非凡。查伊璜一驚更甚，追出去要那軍官收回禮品，武人步快，早去得遠了。

查伊璜心下納悶，尋思：「飛來橫財，非福是禍，莫非有人陷害於我？」當下將兩隻禮盒用封條封起，藏於密室。查氏家境小康，黃金倒也不必動用，只是久聞洋酒之名，不敢開瓶品嘗，未免心癢。

過了數月，亦無他異。這一日，卻有一名身穿華服的貴介公子到來。那公子不過十七八歲，精神飽滿，氣宇軒昂，帶著八名從人，一見查伊璜，便即跪下磕頭，口稱：「查世伯，姪子吳寶宇拜見。」查伊璜忙即扶起，道：「世伯之稱，可不敢當，不知尊大人是誰？」那吳寶宇道：「家嚴名諱，上六下奇，現居廣東省通省水陸提督之職，特命小姪造府，恭請世伯到廣東盤桓數月。」

查伊璜道：「前承令尊大人厚賜，心下好生不安。說來慚愧，兄弟生性疏闊，記不起何時和令尊大人相識。兄弟一介書生，素來不結交貴官。公子請少坐。」說著走進內室，將那兩隻禮盒捧了出來，道：「還請公子攜回，實在不敢受此厚禮。」他心想這吳六奇在廣東做提督，必是慕己之名，欲以重金聘去做幕客。這人官居高位，為滿洲人作鷹犬，欺壓漢人，倘若受了他金銀，污了自己清白，當下臉色之間頗為不豫。

吳寶宇道：「家嚴吩咐，務必請到世伯。世伯倘若忘了家嚴，有一件信物在此，世伯請看。」在從人手中接過一個包裹，打了開來，卻是一件十分敝舊的羊皮袍子。

查伊璜見到舊袍，記得是昔年贈給雪中奇丐的，這才恍然，原來這吳六奇將軍，便是當年共醉的酒友，心中一動：「韃子佔我天下，若有手握兵符之人先建義旗，四方響應，說不定便能將韃子逐出關外。這奇丐居然還記得我昔日一飯一袍之惠，不是沒良心之人，我若動以大義，未始沒有指望。男兒建功報國，正在此時，至不濟他將我殺了，卻又如何？」當下欣然就道，來到廣州。

吳六奇將軍接入府中，神態極是恭謹，說道：「六奇流落江南，得蒙查先生不棄，當我是個朋友。請我喝酒，送我皮袍，倒是小事，在那破廟中肯和我同鉢喝酒，手抓狗肉，那才是真正瞧得起我了。六奇其時窮途潦倒，到處遭人冷眼，查先生如此熱腸相待，登時令六奇大為振奮。得有今日，都是出於查先生之賜。」查伊璜淡淡的道：「但在晚生看來，今日的吳將軍，卻也不見得就比當年的雪中奇丐高明了。」

吳六奇一怔，也不再問，只道：「是，是！」當晚大開筵席，遍邀廣州城中的文武官員與宴，推查伊璜坐了首席，自己在下首相陪。

廣東省自巡撫以下的文武百官，見提督大人對查伊璜如此恭敬，無不暗暗稱異。那巡撫還道查伊璜是皇帝派出來微服察訪的欽差大臣，否則吳六奇平素對人十分倨傲，何以對這個江南書生卻這等恭謹？酒散之後，那巡撫悄悄向吳六奇探問，這位貴客是否朝中紅員。吳六奇微微一笑，說道：「老兄當眞聰明，鑒貌辨色，十有九中。」這句話本來意存譏刺，說他這第十次卻猜錯了。豈知那巡撫竟會錯了意，只道查伊璜眞是欽差，心想這位查大人在吳提督府中居住，已給他巴結上了，吳提督和自己向來不甚投機，如欽差大人回京之後，奏本中對我不利，那可糟糕；回去後備了一份重禮，次日清晨，便送到提督府來。

吳六奇出來見客，說道查先生昨晚大醉未醒，撫台的禮物一定代爲交到，一切放心，不必多所掛懷。巡撫一聽大喜，連聲稱謝而去。消息傳出，衆官員都知巡撫大人送了份厚禮給查先生。這位查先生是何來頭，不得而知，但連巡撫都送厚禮，自己豈可不送？數日之間，提督府中禮物有如山積。吳六奇命帳房一一照收，卻不令查先生得知。他每日除了赴軍府辦理公事外，總是陪著查伊璜喝酒。

這一日傍晚時分，兩人又在花園涼亭中對坐飲酒。酒過數巡，查伊璜道：「在府上叨擾多日，已感盛情，晚生明日便要北歸了。」吳六奇道：「先生說那裏話來？先生南來不易，若不住上一年半載，決不放先生回去。明日陪先生到五層樓去玩玩。廣東風景名勝甚衆，幾個月內，遊覽不盡。」

查伊璜乘著酒意，大膽說道：「山河雖好，已淪夷狄之手，觀之徒增傷心。」吳六奇臉色微變，道：「先生醉了，早些休息罷。」查伊璜道：「初遇之時，我敬你是個風塵豪傑，足堪爲友，豈知竟是失眼了。」吳六奇問道：「如何失眼？」查伊璜朗聲道：「你具大好身手，不爲國爲民出力，卻助紂爲虐，作韃子的鷹犬，欺壓我大漢百姓，此刻兀自洋洋得意，不以爲恥。查某未免羞與爲友。」說著霍地站起。

吳六奇道：「先生禁聲，這等話給人聽見了，可是一場大禍。」查伊璜道：「我今日還當你是朋友，有一番良言相勸。你如不聽，不妨便將我殺了。查某手無縛鷄之力，反正難以相抗。」吳六奇道：「在下洗耳恭聽。」查伊璜道：「將軍手綰廣東全省兵符，正是起義反正的良機。登高一呼，天下響應，縱然大事不成，也教韃子破膽，轟轟烈烈的幹它一場，才不負了你天生神勇，大好頭顱。」

吳六奇斟酒於碗，一口乾了，說道：「先生說得好痛快！」雙手一伸，嗤的一聲響，撕破了自己袍子衣襟，露出黑毛毿毿的胸膛，撥開胸毛，卻見肌膚上刺著八個小字：「天父地母，反淸復明。」

查伊璜又驚又喜，問道：「這……這是甚麼？」

吳六奇掩好衣襟，說道：「適才聽得先生一番宏論，可敬可佩。先生不顧殞身滅族的大禍，披肝瀝膽，向在下指點，在下何敢再行隱瞞？在下本在丐幫，此刻是天地會的洪順堂紅旗香主，誓以滿腔熱血，反淸復明。」

查伊璜見了吳六奇胸口刺字，更無懷疑，說道：「原來將軍身在曹營心在漢，適才言語冒犯，多有得罪。」吳六奇大喜，心想這「身在曹營心在漢」，那是將自己比作關雲長了，道：「這等比喻，可不敢當。」查伊璜道：「不知何謂丐幫，何謂天地會？倒要請教。」

吳六奇道：「先生請再喝一杯，待在下慢慢說來。」當下二人各飲了一杯。

吳六奇道：「那丐幫由來已久，自宋朝以來，便是江湖上的一個大幫。幫中兄弟均是行乞爲生，就算是家財豪富之人，入了丐幫，也須散盡家資，過叫化子的生活。幫中幫主以下是四大長老，其下是前後左右中五方護法。在下位居左護法，在幫中算是八袋弟子，位份已頗不低。後來因和一位姓孫的長老不和，打起架來，在下其時酒醉，失手將他打得重傷。不敬尊長已大犯幫規，毆傷長老更屬大罪，幫主和四長老集議之後，將在下斥革出幫。那日在府中相遇，先生邀我飲酒，其時在下初遭斥逐，心中好生鬱悶，承先生不棄，還當在下是個朋友，胸懷登時舒暢了不少。」查伊璜道：「原來如此。」

吳六奇道：「第二年春，在西湖邊上再度相逢，先生折節下交，譽我是海內奇男子。在下苦思數日，心想我不容於丐幫，江湖上朋友都瞧我不起，每日裏爛醉如泥，自暴自棄，眼見數年之間，就會醉死。這位查先生卻說我是個奇男子，我吳六奇難道就此一蹶不振，再無出頭之日？過不多時，淸兵南下，我心下憤激，不明是非，竟去投效淸軍，立了不少軍功，殘殺同胞，思之好生慚愧。」

查伊璜正色道：「這就不對了。兄台不容於丐幫，獨往獨來也好，自樹門戶也好，何苦出此下策，前去投效淸軍？」吳六奇道：「在下愚魯，當時未得先生教誨，幹了不少錯事，當眞該死之極。」查伊璜點頭道：「將軍旣然知錯，將功贖罪，也還不遲。」

吳六奇道：「後來滿淸席捲南北，我也官封提督。兩年之前，半夜裏忽然有人闖入我臥室行刺。這刺客武功不是我對手，給我拿住了，點燈一看，竟然便是昔年給我打傷的那位丐幫孫長老。他破口大罵，說我卑鄙無耻，甘爲異族鷹犬。他越罵越兇，每一句話都打中了我心坎。這些話有時我也想到了，明知自己的所作所爲很是不對，深夜撫心自問，好生慚愧，只是自己所想，遠不如他罵得那麼明白痛快。我嘆了口氣，解開他給我封住的穴道，說道：『孫長老，你罵得很對，你這就去罷！』他頗爲詫異，便即越窗而去。」

查伊璜道：「這件事做得對了！」

吳六奇道：「其時提督衙門的牢獄之中，關得有不少反淸的好漢子。第二天淸早，我尋些藉口，一個個將他們放了，有的說是捉錯了人，有的說不是主犯，從輕發落。過了一個多月，那孫長老半夜又來見我，開門見山的問我，是否已有悔悟之心，願意反清立功。我拔出刀來，一刀斬去左手兩根手指，說：『吳六奇決心痛改前非，今後聽從孫長老號令。』」伸出左手，果然無名指和小指已然不見，只剩下三根手指。

查伊璜大拇指一豎，讚道：「好漢子！」

吳六奇繼續說道：「孫長老見我意誠，又知我雖然生性魯莽，說過的話倒是從未食言，便道：『很好，待我回覆幫主，請幫主的示下。』十天之後，孫長老又來見我，說幫主和四長老會商，決定收我回幫，重新由一袋弟子做起。又說丐幫已和天地會結盟，同心協力，反清復明。那天地會是臺灣國姓爺鄭大帥手下謀主陳永華陳先生所創，近年來在福建、浙江、廣東一帶好生興旺。孫長老為我引見會中廣東洪順堂香主，投入天地會。天地會查了我一年，交我辦了幾件要事，見我確然忠心不貳，最近陳先生從臺灣傳下訊來，封我為洪順堂紅旗香主之職。」

查伊璜雖不明天地會的來歷，但臺灣國姓爺延平郡王鄭成功孤軍抗清，精忠英勇，天下無不知聞。這天地會既是他手下謀主陳永華所創，自是同道中人，當下不住點頭。

吳六奇又道：「國姓爺昔年率領大軍，圍攻金陵，可惜寡不敵眾，退回臺灣，但留在江浙閩三省不及退回的舊部官兵卻著實不少。陳先生暗中聯絡老兄弟，組成了這天地會，會裏的口號是『天父地母，反淸復明』，那便是在下胸口所刺的八個字。尋常會中兄弟，身上也不刺字，在下所以自行刺字，是學一學當年岳武穆『盡忠報國』的意思。」

查伊璜心下甚喜，連喝了兩杯酒，說道：「兄台如此行爲，才眞正不愧爲海內奇男子之稱了。」吳六奇道：「『海內奇男子』五字，愧不敢當。只要查先生肯認我是朋友，姓吳的便已快活不盡。我們天地會總舵主陳永華陳先生，又有一個名字叫作陳近南，那才眞是響噹噹的英雄好漢，江湖上說起來無人不敬，有兩句話說得好：『平生不識陳近南，就稱英雄也枉然。』在下尙未見過陳總舵主之面，算不了甚麼人物。」

查伊璜想像陳近南的英雄氣概，不禁神往，斟了兩杯酒，說道：「來，咱們來爲陳總舵主乾一杯！」

兩人一口飲乾。查伊璜道：「查某一介書生，於國於民，全無裨益。只須將軍那一日乘機而動，奮起抗淸，查某必當投效軍前，稍盡微勞。」

自這日起，查伊璜在吳六奇府中，與他日夜密談，商討抗淸的策略。吳六奇說道：天地會的勢力已逐步擴展到北方諸省，各個大省之中都已開了香堂。查伊璜在吳六奇幕中直躭了六七月之久，這才回鄉。回到家裏，卻大吃一驚，舊宅旁竟起了好大一片新屋，原來吳六奇派人攜了廣東大小官員所送的禮金，來到浙江查伊璜府上大興土木，營建樓台。

查伊璜素知黃宗羲和顧炎武志切興復，奔走四方，聚合天下英雄豪傑，共圖反清，因此將這件事毫不隱瞞的跟他說了。

黃宗羲在舟中將這件事源源本本的告知了呂留良，說道：「此事若有洩漏，給韃子們先下手爲強，伊璜先生和吳將軍固是滅族之禍，而反清的大業更是折了一條棟樑。」呂留良道：「除了你我三人之外，此事自是決不能吐露隻字，縱然見到伊璜先生，也決不能提到廣東吳將軍的名字。」黃宗羲道：「伊璜先生和吳將軍有這樣一段淵源，朝中大臣對吳將軍倚畀正殷，吳將軍出面給伊璜先生說項疏通，朝廷非賣他這個面子不可。」呂留良道：「黃兄所見甚是，只不知陸圻、范驤二人，如何也和伊璜先生一般，說是『未見其書，免罪不究』？難道他二人也有朝中有力者代爲疏通嗎？」黃宗羲道：「吳將軍替伊璜先生疏通，若單提一人，只怕惹起疑心，拉上兩個人來陪襯一下，也未可知。」呂留良笑道：「這等說來，陸范二人只怕直到此刻，還不知這條命是如何拾來的。」顧炎武點頭道：「江南名士能多保全一位，也就多保留一份元氣。」（按：《聊齋誌異》中有〈大力將軍〉一則，敘查伊璜遇吳六奇，結語說：「後查以修史一案，株連被收，卒得免，皆將軍力也。」評語稱：「厚施而不問其名，眞俠烈古丈夫哉。而將軍之報，慷慨豪爽，尤千古所僅見。如此胸襟，自不應老於溝瀆。以是知兩賢之相遇，非偶然也。」《觚賸》一書中敘此事云：

「先是苕中有富人莊廷鑨者，購得朱相國史稿，博求三吳名士，增益修飾，刊行於世，前列參閱姓氏十餘人，以孝廉夙負重名，亦借列焉。未幾私史禍發，凡有事於是書者，論置極典。吳力為孝廉奏辯得免。」至於吳六奇參與天地會事，正史及過去稗官皆所未載。）

他三人所談，乃當世最隱秘之事，其時身在運河舟中，後艙中只呂氏母子三人，黃宗羲又是壓低了嗓子而說，自不虞為旁人竊聽，舟既無牆，也不怕隔牆有耳了。不料顧炎武一句話剛說完，忽聽得頭頂喋喋一聲怪笑。三人大吃一驚，齊喝：「甚麼人？」卻更無半點聲息。三人面面相覷，均想：「難道眞有鬼怪不成？」

三人中顧炎武最為大膽，也學過一點粗淺的防身武藝，一凝神間，伸手入懷，摸出一柄匕首，推開艙門，走上船頭，凝目向船篷頂瞧去，突然間船篷竄起一條黑影，撲將下來。顧炎武喝道：「是誰？」舉匕首向那黑影刺去。但覺手腕一痛，已給人抓住，跟著後心酸痲，已給人點中了穴道，匕首脫手，人也給推進了船艙之中。

黃宗羲和呂留良見顧炎武給人推進艙來，後面站著一個黑衣漢子，心中大驚，見那漢子身材魁梧，滿面獰笑。呂留良問道：「閣下黑夜之中，擅自闖入，是何用意？」

那人冷笑道：「多謝你們三個挑老子升官發財啦。吳六奇要造反，查伊璜要造反，鰲少保得知密報，還不重重有賞？嘿嘿，三位這就跟我上北京去作個見證。」

呂顧黃三人暗暗心驚，均深自悔恨：「我們深宵在舟中私語，還是給他聽見了，我們行事魯莽，死不足惜，這一下累了吳將軍，可壞了大事。」

呂留良道：「閣下說甚麼話，我們可半點不懂。你要誣陷好人，儘管自己去幹，要想拉扯上旁人，那可不行。」他已決意以死相拚，如給他殺了，那便死無對證。

那大漢冷笑一聲，突然欺身向前，在呂留良和黃宗羲胸口各點一點，呂黃二人登時也都動彈不得。那大漢哈哈一笑，說道：「衆位兄弟，都進艙來罷，這一次咱們前鋒營立的功勞可大著啦。」後梢幾個人齊聲答應，進來了四人，都是船家打扮，一齊哈哈大笑。

顧黃呂三人面面相覷，知道前鋒營是皇帝的親兵，不知如何，這幾人竟早就跟上了自己，扮作船夫，一直在船篷外竊聽。黃宗羲和呂留良也還罷了，顧炎武這十幾年來足跡遍神州，到處結識英雄豪傑，眼光可謂不弱，對這幾名船夫卻竟沒留神。

只聽一名親兵叫道：「船家掉過船頭，回杭州去，有甚麼古怪，小心你的狗命。」後梢上那掌舵的梢公應道：「是！」

掌舵梢公是個六七十歲的老頭兒，顧炎武僱船時曾跟他說過話，這梢公滿臉皺紋，彎腰如弓，確是長年搖櫓拉縴的模樣，當時見了便毫不起疑。沒想到這老梢公雖是貨眞價實，他手下的船夫卻都掉了包，自是在衆親兵威逼之下，無可奈何，只怪自己但顧得和黃呂二人高談闊論，陷身危局而不自知。

那黑衣大漢笑道：「顧先生、黃先生、呂先生，你三位名頭太大，連京裏大老們也知道啦，否則我們也不會跟上了你們，哈哈！」轉頭向四名下屬道：「咱們得了廣東吳提督謀反的眞憑實據，這就趕緊去海寧把那姓查的抓了來。這三個反賊倔強得緊，逃是逃不了的，得提防他們服毒跳河。你們一個釘住一個，有甚麼岔子，干係可不小。」那四人應道：「是，謹遵瓜管帶吩咐。」瓜管帶道：「回京後見了鰲少保，人人不愁升官發財。」一名親兵笑道：「那都是瓜管帶提拔栽培，單憑我們四個，怎有這等福份？」

船頭忽然有人嘿嘿一笑，說道：「憑你們這四個渾蛋，原也沒這等福份。」船艙門呼的一聲，向兩旁飛開，一個三十來歲的書生現身艙口，負手背後，臉露微笑。

瓜管帶喝道：「官老爺們在這裏辦案，你是誰？」那書生微笑不答，邁步踏進船艙。刀光閃動，兩柄單刀分從左右劈落。那書生閃身避過，隨即欺向瓜管帶，揮掌拍向他頭頂。瓜管帶忙伸左臂擋格，右手成拳，猛力擊出。那書生左腳反踢，踹中了一名親兵胸口，那親兵大叫一聲，登時鮮血狂噴。另外三名親兵舉刀或削或剁。船艙中地形狹窄，那書生施展擒拿功夫，劈擊勾打，喀的一聲響，一名親兵給他掌緣劈斷了頸骨。瓜管帶右掌拍出，擊向那書生後腦。那書生反過左掌，砰的一聲，雙掌相交，瓜管帶背心重重撞上船艙，船艙登時塌了一片。那書生連出兩掌，拍在餘下兩名親兵的胸口，喀喀聲響，二人肋骨齊斷。

瓜管帶縱身從船艙缺口中跳將出去。那書生喝道：「那裏走？」左掌急拍而出，眼見便將擊到他背心，不料瓜管帶正在此時左腳反踢，這一掌恰好擊在他的足底，一股掌力反而推著他向前飛出。瓜管帶急躍竄出，見岸邊有一株垂柳掛向河中，當即抓住柳枝，一個倒翻觔斗，飛過了柳樹。

那書生奔到船頭，提起竹篙，揮手擲出。月光之下，竹篙猶似飛蛇，急射而前。但聽得瓜管帶「啊」的一聲長叫，竹篙已插入他後心，將他釘在地下，篙身兀自不住晃動。

那書生走進船艙，解開顧黃呂三人的穴道，將四名親兵的死屍拋入運河，重點燈燭。顧黃呂三人不住道謝，問起姓名。

那書生笑道：「賤名適才承蒙黃先生齒及，在下姓陳，草字近南。」

注：

本書的寫作時日是一九六九年十月廿三日到一九七二年九月廿二日。開始寫作之時，文化大革命的文字獄高潮雖已過去，但慘傷憤懣之情，兀自縈繞心頭，因此在構思新作之初，自然而然的想到了文字獄。

我自己家裏有過一場歷史上著名的文字獄。我的一位祖先查嗣庭，於清雍正四年以禮部侍郎被派去做江西省正考官，出的試題是「維民所止」。這句話出於《詩經·商頌·玄鳥》：「邦畿千里，維民所止。」意思說，國家廣大的土地，都是百姓所居住的，含有愛護人民之意。那本來是一個很尋常的題目，但有人向雍正皇帝告發，說「維止」兩字是「雍正」兩字去了頭，出這試題，用意是要殺皇帝的頭。雍正那時初即位，皇位經過激烈鬥爭而得來，自己又砍了不少人的頭，不免心虛，居然憑了「拆字」的方法，將查嗣庭全家逮捕嚴辦。查嗣庭大受拷掠，死在獄中，雍正還下令戮屍，兒子也死在獄中，家屬流放，浙江全省士人不准參加舉人與進士的考試六年。查嗣庭的哥哥查慎行後來得以放歸，不久即去世。

另有一種說法是，查嗣庭作了一部書，書名《維止錄》。有一名太監向雍正說「維止」兩字是去「雍正」兩字之頭。又據說《維止錄》中有一則筆記：「康熙六十一年某月日，天大雷電以風，予適乞假在寓，忽聞上大行，皇四子已即位，奇哉。」「大行」是皇帝逝世，皇四子就是雍正，書中用到「奇哉」兩字，顯然是譏刺雍正以不正當手段篡位。《維止錄》中又記載，杭州附近的諸橋鎮，有一座漢關帝廟，廟聯是：「荒村古廟猶留漢，野店浮橋獨姓諸。」諸、朱兩字同音，雍正認爲是漢人懷念前明。至於查嗣庭在江西出的試題，首題是《論語》：「君子不以言舉人，不以人廢言」，第三題是《孟子》：「山徑之蹊間，介然用之而成路，爲間不用，則茅塞之矣。今茅塞子之心矣。」這時候正在行保舉，廷旨說他有意訕謗，三題茅塞於心，廷旨謂其「不知何指，居心殊不可問。」

雍正的上諭中說：「查嗣庭……朕令在內庭行走，後授內閣學士，見其語言虛詐，兼有狼顧之相，料其心術不端。今閱江西試錄所出題目，顯係心懷怨望，諷刺時事之意。料其居心乖張，平日必有記載，遣人查其寓所行李中，有日記二本，悖亂荒唐、怨誹捏造之語甚多。又於聖祖之用人行政，大肆訕謗……熱河偶發水，則書淹死官員八百餘人，又書雨中飛蝗蔽天；此一派荒唐之言，皆未有之事。……著即拿問，交三法司嚴審定擬。」雍正所公開的罪名是：看其相而料其心術不端；諷刺時事；日記中記錄天災。

據後代史家考證，查嗣庭之受牽累，主因還不在文字獄，文字之禍只不過是雍正的藉口。雍正之得位，據說道路不正，他登基後，大舉整肅與他爭位的太子黨、允禩黨、允禵黨等官員。查嗣庭據說是太子黨的索額圖一派，所以雍正掌權後要置之死地。

本書初在《明報》發表時，第一回稱爲「楔子」，回目是查慎行的一句詩「如此冰霜如此路」。查慎行本名嗣璉，是嗣庭的親哥哥，他和二弟嗣瑮、三弟嗣庭都是翰林。此外堂兄嗣韓是榜眼，姪兒查昇是侍講，也都是翰林。查慎行的大兒子克建、堂弟嗣珣都是進士。當時稱爲「一門七進士、叔姪五翰林」，門戶科第甚盛。

查慎行和嗣瑮因受胞弟文字獄之累，都於嚴冬奉旨全家自故鄉赴京投獄。當時受到牽連的還有不少名士，查慎行在投獄途中寫詩贈給一位同科中進士的難友，有兩句是：「如此冰霜如此路，七旬以外兩同年。」

查慎行在清朝算得是第一流詩人，置之唐人宋人間大概只能算第二流了。清人王士禎、趙翼、紀曉嵐等都評他的詩與陸遊並駕齊驅，互有長短，恐怕有點過譽。康熙皇帝很喜歡他的詩，他中舉後三次考不中進士，康熙召他進宮，在南書房當直。進宮之後再考，才中二甲第二名進士，這時他的堂兄、二弟、姪兒、兒子都已中了進士。和查慎行癸未年（康熙四十二年）同科中進士的有他堂弟嗣珣，以及同鄉陳世倌（《書劍恩仇錄》中陳家洛的父親）。查慎行和二弟嗣瑮都是黃宗羲的弟子。

查慎行有《敬業堂詩集》五十卷，續集六卷。他在北京獄中之時，仍不斷作詩，今錄其獄中詩數首，以見其詩風一斑：

〈哭三弟潤木〉：「家難同時聚，多來送汝終，吞聲自兄弟，泣血到孩童。地出陰寒洞，天號慘澹風。莫嗟泉路遠，父子獲相逢。」（原註：上姪先一日卒。）（按：潤木即查嗣庭，其子早一日死。）

〈閏三月朔作〉：「年光何與衰翁事，也復時時喚奈何。為百草憂春雨少，替千花惜曉風多。」（按：「春雨少」暗指朝廷少恩，「曉風多」指政事嚴苛。）

五言絕句：「南所對北監，傳是錦衣獄。賸有圍外人，追思璫禍酷。」（按：「璫禍」指明末魏忠賢等太監陷害無辜。）「蟲以臭得名，橫行罪難掩，均爲血肉害，蟣蝨當未滅。」「人間有桃杏，悵望春維暮。風捲飛花來，誰家庭下樹。」（原註：清明前一日大風，杏花數片，吹入牆內。）

〈敗羣鵲〉：「朝喳喳，暮嚄嚄，鵲聲喜，烏聲惡。兒童打烏不打鵲，道是紇干生處樂維南（按：紇干，山名，積雪極寒）。兩鵲鷙不仁，占巢高樹旁無鄰，有如鷹化爲鳩眼未化，以猛濟貪四顧圖併吞，每當下食羣退避，六國何敢爭強秦？我欲驅使去，舉火兼巢焚，一回一嘆還逡巡。天生萬物何物無敗羣？吁嗟乎！天生萬物何物無敗羣？」

〈春已盡矣，孤柳尚未舒條，閒步其下偶成〉：「圍外新葉樹，出牆高亭亭，畫地乃爲牢，獨來伴拘囹。我衰何足道，日夜望汝榮。已經三月餘，衆眼終未青。將毋學病叟，爾作支離形？並生天地間，草木非無情。寄語後栽者，勿依問囚廳。」

查慎行的詩篇中極多同情平民疾苦之作，甚至對禽獸草木也寄以同情心。《敬業堂詩集》當時公開刊行，獄中諸詩也都保留，可見即在清朝統治最嚴酷之時，禁網之密，對文字的檢查，仍遠遠不及文化大革命時的厲害。

本書五十回的回目都是集查慎行詩中的對句。《敬業堂詩集》篇幅雖富，但要選五十聯七言句來標題每一回的故事內容，倒也不大容易。這裏所用的方法，不是像一般集句那樣從不同詩篇中選錄單句，甚至是從不同作者的詩中選集單句，而是選用一個人詩作的整個聯句。有時上一句對了，下一句無關，或者下一句很合用，上一句卻用不著，只好全部放棄。因此有些回目難免不很貼切。有些集句出於古體詩，古體詩的平仄與近體詩不同，有些對聯因之對得也不貼切。所以要集查愼行的詩，因爲這些詩大都是康熙曾經看過的（「獄中詩」自是例外），康熙又曾爲查愼行題過「澹遠堂」三字的匾額。

古人寫文章提到自己祖先，決不直呼其名，通常在字號或官銜之下加一「公」字。記得我小時候在家裏聽長輩談論祖先，說到查愼行時稱「初白太公」，說到查昇時稱「聲山太公」。現代人寫白話文，不必這樣迂了。

本書回目中有生僻詞語或用典故的，在每回文末稍作注解，以助年輕讀者了解。本回回目中，「鈎黨」是「牽連陷害」，「縱橫鈎黨清流禍」的意思是：對許多有名的讀書人株連迫害。「峭蒨」是高峻鮮明，形容人格高尚、風采俊朗，「峭蒨風期月旦評」的意思是：賢豪風骨之士，當會得到見識高超之人的稱譽。

韋小寶嚇得魂不附體，牢牢抓住馬尾，但覺耳旁風生，身子不住倒退，大叫大嚷：「乖乖我媽媽囉，辣塊媽媽不得了，茅十八，你再不拉住馬頭，老子……」

# 第二回　絕世奇事傳聞裏　最好交情見面初

揚州城自古為繁華勝地，唐時杜牧有詩云：「十年一覺揚州夢，贏得青樓薄倖名。」古人云人生樂事，莫過於「腰纏十萬貫，跨鶴上揚州。」自隋煬帝開鑿運河，後人鑿至杭州，揚州地居運河之中，為蘇浙漕運必經之地，也即是朝廷命脈的所在。明清之季，又為鹽商大賈所聚居，殷富甲於天下。

清朝康熙初年，揚州瘦西湖畔的鳴玉坊乃青樓名妓匯聚之所。這日正是暮春天氣，華燈初上，鳴玉坊各家院子中傳出一片絲竹和歡笑之聲，中間又夾著猜枚行令、唱曲鬧酒，笙歌處處，一片昇平景象。

突然之間，坊南坊北同時有五六人大聲吆喝：「各家院子生意上的朋友、姑娘們，來花錢玩兒的朋友們，大夥兒聽者：我們來找一個人，跟旁人並不相干，誰都不許亂叫亂動。不聽吩咐的，可別怪我們不客氣！」一陣吆喝之後，鳴玉坊中立時靜了片刻，跟著各處院子中喧聲四起，女子驚呼聲、男子叫嚷聲，亂成一團。

麗春院中正大排筵席，十餘名大鹽商坐了三桌，每人身邊都坐著一名妓女，衆人聽到這呼喝聲，人人臉色大變。齊問：「甚麼事？」「是誰？」「是官府查案嗎？」突然大門上擂鼓也似的打門聲響了起來，衆龜奴嚇得沒了主意，不知是否該去開門。

砰的一聲，大門撞開，擁進十七八名大漢。

這些大漢短裝結束，白布包頭，青帶纏腰，手中拿著明晃晃的鋼刀或是鐵尺鐵棍。衆鹽商一見，便認出是販私鹽的鹽梟。當時鹽稅甚重，倘若逃漏鹽稅，販賣私鹽，獲利頗豐。揚州一帶是江北淮鹽的集散之地，一般亡命之徒成羣結隊，逃稅販鹽。這些鹽梟極是兇悍，遇到大隊官兵時一鬨而散，逢上小隊官兵，一言不合，抽出兵刃，便與對壘。是以官府往往眼開眼閉，不加干預。衆鹽商知道鹽梟向來只販賣私鹽，並不搶劫行商或做其他歹事，平時與百姓買賣鹽斤，也都公平誠實，並不仗勢欺人，今日忽然這般強兇霸道的闖進鳴玉坊來，無不又驚惶，又詫異。

鹽梟中一個五十餘歲的老者說道：「各位朋友，打擾莫怪，在下賠禮。」說著抱拳自左至右、又自右至左的拱了拱手，跟著朗聲道：「天地會姓賈的朋友，賈老六賈老兄，在不在這裏？」說著眼光向衆鹽商臉上逐一掃去。

眾鹽商遇上他的眼光，都神色惶恐，連連搖頭，心下卻也坦然：「他們江湖上幫會自夥裏鬧事尋仇，跟旁人可不相干。」

那鹽梟老者提高聲音叫道：「賈老六，今兒下午，你在瘦西湖旁酒館中胡說八道，說甚麼揚州販私鹽的人沒種，不敢殺官造反，就只會走私漏稅，做些沒膽子的小生意。你灌飽了黃湯，大叫大嚷，說道揚州販私鹽的要是不服，儘管到鳴玉坊來找你便是。我們這可不是來了嗎？賈老六，你是天地會的好漢子，怎地做了縮頭烏龜啦？」

其餘十幾名鹽梟跟著叫嚷：「天地會的好漢子，怎麼做了縮頭烏龜？」「辣塊媽媽，你們到底是天地會，還是縮頭會哪？」

那老者道：「這是賈老六一個兒胡說八道，可別牽扯上天地會旁的好朋友們。咱們販私鹽的，原只掙一口苦飯吃，哪及得上天地會的英雄好漢？可是咱們縮頭烏龜倒是不做的。」

等了好一會，始終不聽得那天地會的賈老六搭腔。那老者喝道：「各處屋子都去瞧瞧，見到那姓賈的縮頭老兄，便把他請出來。這人臉上有個大刀疤，好認得很。」眾鹽梟轟然答應，便一間間屋子去搜查。

忽然東邊廂房中有個粗豪的聲音喝道：「誰在這裏大呼小叫，打擾老子尋快活？」眾鹽梟紛紛呼喝：「賈老六在這裏了！」「賈老六，快滾出來！」「他媽的，這狗賊好大膽子！」

東廂房那人哈哈大笑，說道：「老子不姓賈，只是你們這批傢伙胡罵天地會，老子可聽著不順耳。老子不是天地會的，卻知道天地會的朋友們個個是英雄好漢。你們這些販私鹽的，跟他們提鞋兒、抹屁股也不配。」

衆鹽梟氣得哇哇大叫，三名漢子手執鋼刀，向東廂房撲了進去。卻聽得「唉唷」、「啊喲」連聲，三人一個接一個的倒飛出來，摔在地下。一名大漢手中鋼刀反撞自己額頭，鮮血長流，登時暈去。跟著又有六名鹽梟先後搶進房去，但聽得連聲呼叫，那六人一個個又都給摔了出來。這些人兀自喝罵不休，卻已沒人再搶進房去。

那老者走上幾步，向內張去，朦朧中見一名虬髯大漢坐在床上，頭上包了白布，臉上並無刀疤，果然不是賈老六。那老者大聲問道：「閣下好身手，請問尊姓大名？」房內那人罵道：「你爺爺姓甚麼叫甚麼，老子自然姓甚麼叫甚麼。好小子，連你爺爺的姓名也忘記了。」

站在一旁的衆妓女之中，突然有個三十來歲的中年妓女「格格」一聲，笑了出來。一名私鹽販子搶上一步，啪啪兩記耳光，打得那妓女眼淚鼻涕齊流。那鹽梟罵道：「他媽的臭婊子，有甚麼好笑？」那妓女嚇得不敢作聲。

驀地裏大堂旁鑽出一個十二三歲的男孩，大聲罵道：「你敢打我媽！你這死烏龜、爛王八，你出門便給天打雷劈，你手背手掌上馬上便生爛疔瘡，爛穿你手，爛穿舌頭，膿血吞下肚去，爛斷你肚腸。」

那鹽梟大怒，伸手去抓那孩子。那孩子一閃，躲到了一名鹽商後面。那鹽梟左手將那鹽商一推，將他推得摔了一交，右手一拳，往那孩子背心重重捶了下去。那中年妓女大驚，叫道：「大爺饒命！」那孩子甚是滑溜，一矮身，便從那鹽梟胯下鑽了過去，伸手抓出，正好抓住他陰囊，使勁猛揑，只痛得那大漢哇哇怪叫。那孩子卻已逃了開去。

那鹽梟氣無可洩，砰的一拳，打在那中年妓女臉上。那妓女立時暈了過去。那孩子撲到她身上，叫道：「媽，媽！」那鹽梟抓住孩子後領，將他提了起來，正要伸拳打去，那老者喝道：「別胡吵！放下小娃子。」那鹽梟放下孩子，在他屁股上踢了一腳，將他踢得幾個觔斗翻將出去，砰的一聲，撞在牆上。

那老者向那鹽梟橫了一眼，對著房門說道：「我們是青幫弟兄，只因天地會一位姓賈的朋友公然辱罵青幫，說在鳴玉坊中等候我們來評理，因此前來找人。閣下既不是天地會的，又跟敝幫河水不犯井水，如何便出口傷人？請閣下留下姓名，我們幫主查問起來，也好有個交代。」

房裏那人笑道：「你們要尋天地會的朋友算帳，跟我甚麼相干？我自在這裏風流快活，大家既然河水不犯井水，那便別來打擾老子興頭。不過我勸老兄一句，天地會的人，老兄是惹不起的，給人家罵了，也還是白饒，不如挾起尾巴，乖乖的去販私鹽、賺銀子罷。」那老者怒道：「江湖之上，倒沒見過你這等不講理的人。」房裏那人冷冷的道：「我講不講理，跟你有甚相干？莫非你想招郎進舍，要叫我姊夫？」

便在此時，門外悄悄閃進三個人來，也都是鹽販子打扮。一個手拿鏈子槍的瘦子低聲問道：「點子是甚麼來頭？」那老者搖頭道：「他不肯說，但口口聲聲給天地會吹大氣，說不定那姓賈的便躲在他房裏。」那瘦子一擺鏈子槍，頭一擺。那老者從腰間取出兩柄尺來長的短劍。突然之間，四人一齊衝進房中。

只聽得房中兵刃相交之聲大作，那麗春院乃鳴玉坊四大院子之一，每間房都擺設得極爲考究，梨木桌椅，紅木床榻。乒乒乓乓喀喇之聲不絕，顯是房中用具一件件碎裂。老鴇臉上肥肉直抖，口中唸佛，心痛無已。那四名鹽梟不斷吆喝呼叫，房中那客人卻默不作聲。廳堂上衆人都站得遠遠地，唯恐遭上池魚之殃。但聽得兵刃碰撞之聲越來越快，忽然有人長聲慘呼，猜想是一名鹽梟頭目受了傷。

那踢倒了孩子的大漢陰囊兀自痛得厲害，見那孩子從牆邊爬起，惱怒之下，又揮拳向他打去。那孩子側身閃避，那大漢反手一記耳光，打得那孩子轉了兩個圈。衆龜奴、鹽商眼見這鹽梟如此兇狠，再打下去，勢必要將那孩子活活打死，可是誰也不敢出言相勸。那大漢右拳舉起，又往孩子頭頂擊落。那孩子向前一衝，無地可避，便即推開廂房房門，奔了進去。廳上衆人都「啊」的一聲。那大漢一怔，卻不敢衝入房中追打。

那孩子奔進廂房，一時瞧不清楚，突然間兵刃相交，噹的一聲，迸出幾星火花，只見床上坐著一人，滿頭纏著白布繃帶，形狀可怖。他只嚇得「啊」的一聲大叫。火星閃過，房中又黑，廳上燈燭之光從房門中照映進來，漸漸看清，那頭纏繃帶之人手握單刀，揮舞格鬥。四名鹽梟頭目已只剩下兩名，兩名瘦子都躺在地下，只手握雙短劍的老者和一名魁梧漢子仍在相鬥。那孩子心想：「這人頭上受了重傷，站都站不起來，打不過這些私鹽販子的。老子得趕快逃走。但不知媽媽怎樣了？」

他想起母親爲人毆辱，氣往上衝，隔著廂房門大罵：「賊王八，你奶奶的雄，我操你十八代祖宗的臭鹽皮……你私鹽販子家裏鹽多，奶奶、老娘、老婆、妹子死了，都用鹽醃了起來，拿到街上當母豬肉賣，一文錢三斤，可沒人買這臭鹹肉……」廳上那鹽梟聽他罵得惡毒陰損，心下大怒，想衝進房去抓來幾拳打死，卻又不敢進房。

房中那人突然間單刀側過，唰的一聲，砍入那魁梧大漢的左肩，砍斷了肩骨。那大漢驚天動地般大聲呼叫，搖搖欲倒。那老者雙劍齊出，刺向那人胸口。那人舉刀格開，便在此時，啪的一聲悶響，那大漢一鞭擊中他右肩，單刀噹啷落地。那老者一聲吆喝，雙劍疾刺。那人左掌翻出，喀喇喇幾聲響，那老者肋骨紛斷，直飛出房，狂噴鮮血，暈倒在地。那大漢雖左肩重傷，仍然勇悍之極，舉起鋼鞭，向那人頭頂擊落。那人卻不閃避，竟似筋疲力盡，已然動彈不得。那大漢的力氣也所餘無幾，鋼鞭擊落之勢甚緩。

那孩子眼見危急，起了敵愾同仇之心，疾衝而前，抱住那大漢的雙腿，猛力向後拉扯。這大漢少說也有二百來斤，那孩子瘦瘦小小，平時休想動他分毫，但此刻他重傷之下，全仗一口氣支持，突然給那孩子一拉，一交摔倒，躺在血泊中動也不動了。

床上那人喘了幾口氣，大聲笑道：「有種的進來打！」那孩子連連搖手，要他不可再向外人挑戰。當那老者飛出房外之時，撞得廂房門忽開忽合，此刻房門兀自來回晃動，廳上燭光射進房來，照在那人虬髯如草、滿染血污的臉上，說不出的猙獰可畏。

廳上眾鹽梟瞧不清房中情形，駭然相顧，只聽得房中那人又喝：「王八蛋，你們不敢進來，老子就出來一個個殺了。」眾鹽梟一聲喊，抬起地下傷者，紛紛奪門而出。

那人哈哈大笑，低聲道：「孩子，你……你去將門閂上了。」那孩子心想這門是非閂不可的，忙應道：「是！」將房門閂上，慢慢走到床前，黑暗中只聞到一陣陣血腥氣。

那人道：「你……你……」一句話未說完，忽然身子一側，似乎暈了過去，身子搖晃，便欲掉下床來。那孩子忙搶上扶住，這人身子極重，奮力將他扶正，將他腦袋放在枕上。那人呼呼喘氣，隔了一會，低聲道：「那些販鹽的轉眼又來，我力氣未復，可得避……避他媽的一避。」伸手撐起身子，似是碰到了痛處，大聲哼叫：「啊唷喂！」

那孩子過去扶他，那人道：「拾起刀，遞給我！」那孩子拾起地下單刀，遞入他右手，那人緩緩從床上下來，身子不住搖晃。那孩子走過去，將右肩承在他左腋之下。那人道：「我要出去了，你別扶我。否則給那些販鹽的見到，連你也殺了。」那孩子道：「他媽的，殺就殺，我可不怕，咱們好朋友講義氣，非扶你不可。」那人哈哈大笑，笑聲中夾著連連咳嗽，笑道：「你跟我講義氣？」那小孩道：「幹麼不講？好朋友有福共享，有難同當。」

揚州市上茶館中頗多說書之人，講述《三國志》、《水滸傳》、《大明英烈傳》等英雄故事。這小孩日夜在妓院、賭場、茶館、酒樓中鑽進鑽出，幫人跑腿買物，揩點油水，討幾個賞錢，一有空閒，便蹲在茶桌旁聽白書。他對茶館中茶博士大叔前大叔後的叫得口甜，茶博士也就不趕他走。他聽書聽得多了，對故事中英雄好漢甚爲心醉，見此人重傷之餘，仍能連傷鹽梟頭目，心下仰慕，書中英雄常說的語句便即脫口而出。

那人哈哈大笑，說道：「這兩句話說得好。老子在江湖上聽人說過了幾千百遍，有福共享的傢伙見得多了，有難同當的人卻碰不到幾個。咱們走罷！」

那小孩子以右肩承著那人左肩，打開房門，走到廳上。衆人一見，都駭然失色，四散避開。那小孩的母親叫道：「小寶，小寶，你去那裏？」那小孩道：「我送這位朋友出門，就回來的。」那人笑道：「這位朋友！哈哈，我成了你的朋友啦！」小孩的母親叫道：「不要去，你快躲起來。」那孩子笑了笑，邁著大步走出大廳。

兩人走出麗春院，巷中靜悄悄的竟然無人，想必衆鹽梟遇上勁敵，回頭搬救兵去了。

那人轉出巷子，來到小街上，抬頭看了看天上星辰，道：「咱們向西走！」走出數丈，迎面趕來一輛驢車。那人喝道：「僱車！」趕車的停了下來，見二人滿身血污，臉有訝異疑忌之色。那人從懷中取出一錠銀子，約有四五兩重，道：「銀子先拿去！」那趕車的見銀錠不小，當即停車，放下踏板。

那人慢慢將身子移到車上，從懷中摸出一隻十兩重的元寶，交給那小孩，說道：「小朋友，我走了，這隻元寶給你。」

那小孩見到這隻大元寶，不禁骨嘟一聲，吞了口饞涎，暗暗叫道：「好傢伙！」但他聽過不少俠義故事，知道英雄好漢只交朋友，不愛金錢，今日好容易有機會做上英雄好漢，說甚麼也要做到底，可不能膿包貪錢，大聲道：「咱們只講義氣，不要錢財。你送元寶給我，便是瞧我不起。你身上有傷，我送你一程。」

那人一怔，仰天狂笑，說道：「好極，好極，有點意思！」將元寶收入懷中。那小孩爬上驢車，坐在他身旁。

車夫問道：「客官，去那裏？」那人道：「到城西，得勝山！」車夫一怔，道：「得勝山？這深更半夜去城西嗎？」那人道：「不錯！」手中單刀在車轅上輕輕一拍。

車夫心中害怕，忙道：「是，是！」放下車帷，趕驢出城。那人閉目養神，呼吸急促，有時咳嗽幾聲。

得勝山在揚州城西北三十里的大儀鄉，南宋紹興年間，韓世忠曾在此處大破金兵，因此山名「得勝」。

車夫趕驢甚急，只一個多時辰，便到了山下，說道：「客官，得勝山到啦！」那人見那山只七八丈高，不過是個小丘，咗的一聲，問道：「這便是他媽的得勝山嗎？」車夫道：「正是！」那小孩道：「這確是得勝山。我媽和姊妹們去英烈夫人廟燒香，我跟著來，曾在這裏玩過。再過去一點子路，便是英烈夫人廟了。」那英烈夫人廟供奉的是韓世忠夫人梁紅玉，揚州人又稱之爲「異娼廟」。梁紅玉年輕時做過妓女，風塵中識得韓世忠。揚州妓女每年必到英烈夫人廟燒香許願，祈禱這位宋朝的安國夫人有靈，照顧後代的同行姊妹。

那人道：「你既知道，就不會錯。下去罷。」那小孩跳下車來，扶著那人下車，見四周黑沉沉地，心道：「是了，此地是荒野，躲在這裏，那些販鹽的殺胚一定找不到。」

趕車的生怕這滿身是血之人又要他載往別處，拉轉驢頭，揚鞭欲行。那人道：「且慢，你將這個小朋友帶回城去。」車夫道：「是！」那小孩道：「我便多陪你一會。明兒一早，我好給你去買饅頭吃。」那人道：「你眞的要陪我？」那小孩道：「沒人服侍你，可不大對頭。」那人又哈哈大笑，對車夫道：「那你回去罷！」車夫忙不迭的趕車便行。

那人走到一塊巖石上坐下，見驢車走遠，四下裏更無聲息，突然喝道：「柳樹後面的兩個烏龜王八蛋，給老子滾出來。」

那小孩嚇了一跳，心道：「這裏有人？」果見柳樹後兩人慢慢走出來，兩人白布纏頭，青帶繫腰，自是鹽梟一夥了。兩人手中所握鋼刀一閃一閃，走了兩步，便即站住。那人喝道：「烏龜兒子王八蛋，從窯子裏一直釘著老子到這裏，卻不上來送死，幹甚麼了？」那小孩心道：「是了，他們要查明這人到了那裏，好搬救兵來殺他。」

那兩人低聲商議了幾句，轉身便奔。那人急躍而起，待要追趕，「噯」的一聲，復又坐倒。他重傷之餘，已無力追人。

那小孩心道：「驢車已去，我們倆沒法走遠，這兩人去通風報訊，大隊人馬殺來，那可糟糕。」突然放聲大哭，叫道：「啊喲，你怎麼死了？死不得啊，你不能死啊！」

二名鹽梟正自狂奔，忽聽得小孩哭叫，一怔之下，立時停步轉身，只聽得他大聲哭叫：「你怎麼死了？」不由得又驚又喜。一人道：「這惡賊死了？」另一人道：「他受傷很重，挨不住了。這小鬼如此哭法，自然是死了。」遠遠望去，只見那人蜷成一團，躺在地下。先一人道：「就算沒死，也不用怕他了。咱們割了他腦袋回去，豈不是大功一件？」另一人道：「妙極！」兩人手挺單刀，慢慢走近。只聽那小孩兀自搥胸頓足，放聲號啕，叫道：「老兄，你怎麼忽然死了？那些販私鹽的追來，我怎抵擋得了？」

那二人大喜，奔躍而前。一人喝道：「惡賊，死得正好！」抓住了那小孩的背心，另一人便舉刀往那人頸中砍去。突然間刀光閃動，一人腦袋飛去，抓住小孩之人自胸至腹，開了一道長長的口子。那人哈哈大笑，撐起身來。

那小孩哭道：「啊喲，這位販私鹽的朋友怎地沒了腦袋？你兩位老人家去見閻王，又有誰回去通風報訊哪？這可不是糟了嗎？」說著忍不住大笑。

那人笑道：「你這小鬼當眞聰明，哭得也眞像。若不是這麼一哭，這兩個王八蛋還眞不會過來。」那小孩笑道：「要裝假哭，還不容易？我媽要打我，鞭子還沒上身，我已哭得死去活來，她下鞭時自然不會重了。」那人道：「你娘幹麼打你？」那小孩道：「那不一定，有時是我偷了她的錢，有時爲了我作弄院中的閔婆、尤叔。」

那人嘆了口氣，說道：「這兩個探子倘若不殺，可當眞有些兒不妙。喂，剛才你假哭時，怎地不叫我老爺、大叔，卻叫我老兄？」那小孩道：「你是我朋友，自然叫你老兄。你是他媽的甚麼老爺了？你如要我叫你老爺，鬼才理你？」

那人哈哈大笑，說道：「很好！小朋友，你叫甚麼名字？」那小孩道：「你問我尊姓大名嗎？我叫小寶。」那人笑道：「你大名叫小寶，那麼尊姓呢？」那小孩眉頭一皺，說道：「我……我尊姓韋。」

這小孩生於妓院之中，母親叫做韋春芳，父親是誰，連他母親也不知道，人人一向都叫他小寶，也從來沒人問他姓氏。此刻那人忽然問起，他就將母親的姓搬了出來。這韋小寶生於妓院，長於妓院，從沒讀過書。他自稱「尊姓大名」，倒非說笑，只是聽說書的常說「尊姓大名」，不知乃是向別人說話時的尊敬稱呼，用在自己身上可不合適。

他跟著問：「那你尊姓大名叫甚麼？」那人微微一笑，說道：「你既當我是朋友，我便不能瞞你。我姓茅，茅草之茅，不是毛蟲之毛，排行第十八。茅十八便是我了。」

韋小寶「啊」的一聲，跳了起來，說道：「我聽人說過的，官府……官府不是正在捉拿你嗎？說你是甚麼江洋大盜。」茅十八嘿的一聲，道：「不錯，你怕不怕我？」韋小寶笑道：「怕甚麼？我又沒金銀財寶，你要搶錢，也不會搶我。江洋大盜又打甚麼緊？《水滸傳》上林冲、武松那些英雄好漢，也都是大強盜。」茅十八很高興，說道：「你拿我跟林冲、武松那些大英雄相比，可好得很。官府要捉拿我，你是聽誰說的？」

韋小寶道：「揚州城裏貼滿了榜文，說是捉拿江洋大盜茅十八，又是甚麼格殺不論，只要有人殺了你，賞銀二千兩，倘若有人通風報信，因而捉到你，那就少賞些，賞銀一千兩。昨天我還在茶館聽大家談論，說道你這樣大本事，要捉住你、殺了你，那是不用想了，最好是知道你的下落，向官府通風報信，領得一千兩銀子賞格，倒是一注橫財。」

茅十八側著頭看看他，嘿的一聲。

韋小寶心中閃過一個念頭：「我如得了這一千兩賞銀，我和媽娘兒倆可有得花了，鷄鴨魚肉，賭錢玩樂，幾年也花不光。」見茅十八仍側頭瞧著自己，臉上神氣有些古怪，韋小寶怒道：「你心裏在想甚麼？你猜我會去通風報信，領這賞銀？」茅十八道：「是啊，白花花的銀子，誰又不愛？」韋小寶怒罵：「操你奶奶！出賣朋友，還講甚麼江湖義氣？」茅十八道：「那也只好由得你。」

韋小寶道：「你既信不過我，爲甚麼說了眞名字出來？你頭上纏了這許多布條，跟榜文上的圖形全不同了。你不說你是茅十八，誰又認得你？」茅十八道：「你說咱們有福共享，有難同當。我如連自己姓名身分也瞞了你，還算甚麼他媽巴羔子的好朋友？」

韋小寶大喜，說道：「對極！就算有一萬兩、十萬兩銀子賞金，老子也決不會去通風報信。」心中卻想：「倘若眞有一萬兩、十萬兩銀子的賞格，出賣朋友的事要不要做？」頗有點打不定主意。

茅十八道：「好，咱們便睡一會，明日午時，有兩個朋友要來找我。我們約好在揚州城西得勝山相會，死約會，不見不散。」

韋小寶亂了一日，早已神困眼倦，聽他這麼一說，靠在樹幹上便即睡著了。

次日醒來，只見茅十八雙手按胸，笑道：「你也醒了，你把這兩個死人拖到樹後面去，將三把刀子磨一磨。」

韋小寶依言拖開死人，其時朝陽初升，這才看清楚茅十八約莫四十來歲年紀，手臂上肌肉盤虬，目閃精光，神情威猛，當下將三柄鋼刀拿到溪水之旁，蘸了水，在一塊石頭上磨了起來。心想：「對付鹽販子，有一把刀也夠了。倘若這茅老兄給人殺了，餘下兩柄刀又磨來幹甚麼？難道讓人用來殺我韋小寶嗎？」他向來懶惰，裝模作樣的磨了一會刀，道：「我去買些油條饅頭來吃。」

茅十八道：「那裏有油條饅頭賣？」韋小寶道：「過去那邊沒多遠，有個小市鎮。茅大哥，你身邊銀子，借幾兩來使使？」茅十八一笑，又取出那隻元寶，說過：「哥兒倆你的就是我的，我的就是你的，拿去使便了，說甚麼借不借的？」

韋小寶大喜，心想：「這好漢真拿我當朋友看待，便有一萬兩銀子的賞格，我也不能去報官。十萬兩呢？這倒有點兒傷腦筋。呸，憑他這副德性，值得這麼多銀子？我也不用傷腦筋啦。」接過銀子，問道：「要不要給你買甚麼傷藥？」茅十八道：「不用了，我自己有傷藥。」韋小寶道：「好，我去了。茅大哥，你放心，倘若公差捉住了我，就算殺了我腦袋，我也決不說你就是茅十八，最多說你叫『茅王八』。」茅十八罵了聲：「他媽的！」

韋小寶自言自語：「你還有兩個朋友來，最好再買一壺酒，來幾斤熟牛肉。」茅十八喜道：「有酒肉最好，快去快回，吃飽了好廝殺。」韋小寶驚道：「鹽販子知道你在這裏？就要追來？」茅十八道：「不是！我約了別的人到得勝山來打架，否則巴巴的趕來幹甚麼？」韋小寶吁了口氣，道：「你身上有傷，怎能再打架？這場架嗎，我瞧等傷好了再打不遲，只不過……只不過就怕人家不肯。」

茅十八道：「呸，人家是有名的英雄好漢，怎能不肯？是我不肯。今天是三月廿九，是不是？半年之前，這場架便約好了的。後來我給官府捉了關在牢裏，牽記著這場約會，非來不可，只好越獄趕來，越獄時殺了幾個鷹爪孫，揚州城裏才這麼鬧得亂糟糟的，懸下他媽的賞格捉拿老子。他奶奶的，偏生前天又遇上好幾個功夫很硬的鷹爪子，殺了他們三個，自己竟還受了點傷，也眞算倒足了大霉。」

韋小寶道：「好，我趕去買些吃的，等你吃飽了好打架。」當即拔足快奔，轉過山坡，奔了六七里路，見到一個小市鎭，心下盤算：「茅大哥傷得路也走不動，怎能跟人家打架？他說對方是有名的英雄好漢，武功定然了得，我怎地幫他個忙才好？」手裏捧著銀子，心癢難搔，一生之中，手裏從來沒拿過這許多銀子，須得怎生大花一場，這才痛快。走到熟肉鋪中，買了兩斤熟牛肉、一隻醬鴨，再去買了兩瓶黃酒，賸下的銀子仍是不少，又買了十來個饅頭、八根油條，只多用了二十幾文，忽想：「我去買些繩索，在地下結成了絆馬索。打架之時，對方不小心在繩索上一絆，摔倒在地，茅大哥就可一刀將他殺死。」

他想起說書先生說故事，大將上陣交鋒，馬足遭絆，摔將下來，敵將手起刀落，將之砍為兩段，便興匆匆的去買繩索。來到一家雜貨鋪前，見鋪中一排放著四隻大缸，一缸白米、一缸黃豆、一缸鹽，另一缸是碎石灰。立時想起：「去年仙女橋邊私鹽幫跟人打架，給人家用石灰撒在眼裏，登時反勝為敗。我怎地沒想到這個主意？」繩索也不買了，買了一袋石灰，負在背上，回到茅十八身邊。

茅十八躺在樹邊睡覺，聽到他腳步聲，便即醒了，打開酒瓶，喝了兩口，大聲讚好，問道：「你喝不喝？」韋小寶從不喝酒，這時要充英雄好漢，接過酒瓶便喝了一大口，只覺一股熱氣湧入肚中，登時大咳起來。茅十八哈哈大笑，說道：「小英雄喝酒的功夫可還沒學會。」忽聽得遠處有人朗聲道：「十八兄，別來好啊？」

茅十八道：「吳兄、王兄，你兩位也很清健啊！」韋小寶心中突突亂跳，抬頭向聲音來處瞧去，只見大路上兩個人快步走來，頃刻間便到了面前。

一人是老頭子，一部白鬍鬚直垂至胸，面皮紅潤泛光，沒半點皺紋。另一個是四十來歲的中年人，矮矮胖胖，是個禿子，後腦拖著條小辮子，前腦光滑如剝殼鷄蛋。

茅十八拱手道：「兄弟腿上不方便，不能起立行禮了。」那禿頭眉頭微微一皺。那老者笑道：「何必客氣？」韋小寶心想：「茅大哥為人太過老實，自己腿上有傷，怎能說給人家聽？」茅十八道：「這裏有酒有肉，兩位吃一點嗎？」那老人道：「叨擾了！」坐在茅十八身側，接過酒瓶。韋小寶大喜：「原來這兩人是茅大哥的朋友，不是跟他來打架的，那可妙得緊。待會敵人到來，這兩人也可幫著打架。」

那老者將酒瓶湊到口邊，待要喝酒，那禿頭說道：「吳大哥，這酒不喝也罷！」那老者一怔，隨即哈哈大笑，說道：「十八兄是鐵錚錚的好漢子，酒中難道還會有毒？」骨嘟、骨嘟喝了兩口，將酒瓶遞給禿頭，道：「你不喝酒，可就瞧不起好朋友了。」那禿頭神色有些猶豫，但對老者之言似是不便違拗，接過酒瓶，剛放到口邊，茅十八夾手奪過，說道：「酒不夠啦！王兄又不愛喝酒，省幾口給我。」仰頭喝了兩大口。那禿頭臉上一紅，坐下來抓起牛肉便吃。

茅十八道：「我給兩位引見一位好朋友。」指著老者道：「這位吳老爺子，大號叫作大鵬，江湖上人稱『摩雲手』，拳腳功夫，武林中大大有名。」那老者笑道：「茅兄給我臉上貼金了。」說著左右顧視，不見另有旁人，不禁頗為詫異。茅十八指著那禿子道：「這位王師傅單名一個『潭』字，外號『雙筆開山』，一對判官筆使將出來，當眞出神入化。」那禿頭道：「茅兄取笑了，在下是你的手下敗將，慚愧得緊。」

茅十八道：「不敢當。」指著韋小寶道：「這位小朋友是我新交的好兄弟……」他說到這裏，吳王二人愕然相顧，隨即一齊凝視韋小寶，看不出這個又乾又瘦的十二三歲小孩是甚麼來頭，只聽茅十八續道：「這位小朋友姓韋，名小寶，江湖上人稱……人稱，嗯，他的外號，叫作……叫作……」頓了一頓，才道：「叫作『小白龍』，水上功夫最是了得，在長江中游上三日三夜，生食魚蝦，面不改色。」

他要給這個新交的小朋友掙臉，不能讓他在外人之前顯得洩氣，有心要吹噓幾句，可是韋小寶全無武功，吳王二人都是行家，一伸手便知端的，難以瞞騙，一凝思間，便說他水上功夫厲害，吳王二人是北地豪傑，不會水性，便沒法得知眞假。他接著說道：「你們三位都是好朋友，多親近親近。」吳王二人抱拳道：「久仰，久仰！」

韋小寶依樣學樣，也抱拳道：「久仰，久仰！」又驚又喜：「茅大哥給我吹牛，其實我是甚麼江湖好漢了？跌入長江，立刻淹死！但這西洋鏡卻拆穿不得。」

四人過不多時，便將酒肉饅頭吃得乾乾淨淨。這禿頭王潭食量甚豪，初食時有些顧忌，到後來放量大嚼，他獨個兒所吃的牛肉、饅頭和油條，幾等於三人之所食。

茅十八伸衣袖抹了抹嘴，說道：「吳老爺子，這位小朋友水性固是極好，陸上功夫卻還沒學，在下只好一對二。這可不是瞧不起兩位。」吳大鵬道：「咱們這個約會，我看還是再推遲半年罷。」茅十八道：「那爲甚麼？」吳大鵬道：「茅兄身上有傷，顯不出眞功夫。老朽打贏了固然沒甚麼光采，打輸了更加沒臉見人。」

茅十八哈哈一笑，說道：「有傷沒傷，沒多大分別，再等半年，豈不牽肚掛腸？」

左手扶著樹幹，慢慢站起，右手已握單刀，說道：「吳老爺子向來赤手空拳，王兄便亮兵刃罷！」王潭道：「好！」伸手入懷，嗆啷一聲輕響，摸出一對判官筆來。

吳大鵬道：「既然如此，王賢弟，你給愚兄掠陣。愚兄要是不成，你再上不遲。」王潭應道：「是！」退開三步。吳大鵬左掌上翻，右手兜了個圈子，輕飄飄揮掌向茅十八拍來。

茅十八單刀斜劈，逕砍他左臂。吳大鵬一低頭，自他刀鋒下搶進，左手向他右臂肘下拍去。茅十八側身轉在樹旁，啪的一聲響，吳大鵬那掌擊上樹幹。這棵大樹高五六丈，樹身粗壯，給吳大鵬一拍，樹上黃葉便似雨點般撒下來。茅十八叫道：「好掌力！」單刀攔腰揮去。吳大鵬縱起身子，從半空撲將下來，白鬚飄揚，甚是好看。茅十八一招「西風倒捲」，單刀自下拖上。吳大鵬在半空中一個倒翻觔斗，躍了出去。茅十八這一刀和他小腹相距不到半尺。刀勢固然勁急，吳大鵬的閃避也迅速靈動之極。

韋小寶一生之中，打架是見得多了，但都是市井流氓抱腿拉辮、箍頸撞頭的爛打，除了昨日麗春院中茅十八惡鬥鹽梟之外，從未見過高手如此兇險的比武。但見吳大鵬忽進忽退，雙掌翻飛，茅十八將單刀舞得幻成一片銀光，擋在身前。吳大鵬幾次搶上，都給刀光逼了出去。

正門到酣處，忽聽得蹄聲響動，十餘人騎馬奔來，都是官兵打扮。十餘騎奔到近處，散將開來，將四人圍在垓心，爲首的軍官喝道：「且住！咱們奉命捉拿江洋大盜茅十八，跟旁人並不相干，都退開了！」

吳大鵬聽了，住手躍開。茅十八道：「吳老爺子，鷹爪子找上來啦！他們衝著我來，你不用理會，再上啊！」吳大鵬向衆官兵道：「這位兄台是安份良民，怎地是江洋大盜？你們認錯了人罷？」

爲首的軍官冷笑道：「他是安份良民，天下的安份良民未免太多了。茅朋友，你在揚州城裏做下了天大的案子，好漢一人做事一身當，乖乖的跟我們去罷！」

茅十八道：「你們等一等，且瞧我跟這兩位朋友分了勝敗再說。」轉頭向吳大鵬和王潭道：「吳老爺子、王兄，咱們今日非分勝負不可，再等上半年，也不知我姓茅的還有沒有性命。爽爽快快，兩位一起上罷！」

那軍官喝道：「你們兩個若不是跟茅十八一夥，快離開這是非之地，別惹事上身。」

茅十八罵道：「你奶奶的，大呼小叫幹甚麼？」

那軍官道：「茅十八，你越獄殺人，那是揚州地方官的事，本來用不著我們理會。不過聽說你在窯子裏大叫大嚷，說道天地會作亂造反的叛賊都是英雄好漢，這話可是有的？」茅十八大聲道：「天地會的朋友們當然是英雄好漢，難道倒是你這種給胡虜舐卵蛋的漢奸，反而是英雄好漢？」那軍官眼露兇光，喝道：「鰲少保派我們從北京到南方來，爲的便是捉拿天地會反賊。茅十八，你跟我們走！」說著轉頭向吳大鵬與王潭道：「兩位正在跟這逆賊相鬥，想來不是一路的了，兩位這就請便罷。」

吳大鵬道：「請教閣下尊姓大名？」那軍官在腰間一條黑黝黝的軟鞭上一拍，說道：「在下『黑龍鞭』史松，奉了鰲少保將令，擒拿天地會反賊。」

吳大鵬點了點頭，向茅十八道：「茅兄，天父地母！」茅十八睜大了雙眼，問道：「你說甚麼？」

吳大鵬微微一笑，道：「沒甚麼，茅兄，你好像不是天地會的兄弟，卻幹麼要大說天地會好話？」茅十八道：「天地會保百姓、殺胡虜，做的是英雄好漢勾當，自然是英雄好漢了。江湖上有言道：『爲人不識陳近南，就稱英雄也枉然。』陳近南陳總舵主，便是天地會的頭腦。天地會的朋友們，都是陳總舵主的手下，豈有不是英雄好漢之理？」吳大鵬道：「茅兄可識得陳總舵主麼？」茅十八怒道：「甚麼？你譏笑我不是英雄嗎？」他爲此發怒，自然是不識陳近南了。吳大鵬微笑道：「不敢。」茅十八又道：「難道你又識得陳總舵主了？」吳大鵬搖了搖頭。

史松向吳王二人問道：「你們兩個識得天地會的人嗎？要是有甚麼訊息，說了出來，我們拿到了天地會的頭目，好比那個陳近南甚麼的，鰲少保必定重重有賞。」

吳大鵬和王潭尚未回答，茅十八仰天大笑，說道：「發你媽的清秋大夢，憑你這塊料，也想去拿天地會的陳總舵主？你開口閉口的鰲少保，這鰲拜自稱是滿洲第一勇士，武功到底怎樣？」史松道：「鰲少保天生神勇，武功蓋世，曾在北京街上一拳打死一頭瘋牛，你這反賊也知道嗎？」茅十八罵道：「他奶奶的，我就不信鰲拜有這等厲害，我正要上北京去鬥他一鬥。」史松冷笑道：「憑你也配和鰲少保動手？他老人家伸一根手指頭，就將你捺死了。姓茅的，閒話別多說了，跟我們走罷！」

茅十八道：「那有這般容易？你們這裏一共一十三人，老子以一敵十三，明知打不過，也得打一打。」

吳大鵬微笑道：「茅兄怎能如此見外？咱們是以三敵十三，一個打四個，未必便輸。」史松和茅十八都是一驚。史松道：「兩位別轉錯了念頭，造反助逆，可不是好玩的。」吳大鵬笑道：「助逆那也罷了，造反卻是不敢。」史松道：「助逆即是造反！你們兩個想清楚些，是不是幫定了這反賊？」

吳大鵬道：「半年之前，茅兄和這位王兄弟約定了，今天在這裏以武會友，並將在下牽扯在內。想不到官府不識趣，將茅兄關在獄裏。他是言而有信的好漢子，今日若不踐約，此後在江湖上如何做人？他越獄殺人，都是給官府逼出來的。這叫做官逼民反，不得不反。史大人，你如賣老漢面子，那就收隊回去，待老漢和茅兄較量一下手底下功夫，明日你捉不捉他，老漢和王兄弟就管不了啦！」史松道：「不成！」

軍官隊中忽有一人喝道：「老傢伙，那有這麼多說的？」說著拔刀出鞘，雙腿一夾，縱馬衝將過來，高舉單刀，便向吳大鵬頭頂砍落。吳大鵬斜身閃過了他這一刀，右臂探出，身子縱起，抓住了他背心，順手將他摔了出去。

衆軍官大叫：「反了，反了！」紛紛躍下馬來，向吳大鵬等三人圍了上去。

茅十八大腿受傷，倚樹而立，手起刀落，便劈死了一名軍官，鋼刀橫削，又一名軍官讓他攔腰斬死。餘人見他悍勇，一時不敢逼近。史松雙手叉腰，騎在馬上掠陣。

韋小寶本給軍官圍在垓心，當史松和茅十八、吳大鵬二人說話之際，他一步一步的退出圈子。衆軍官也不知這乾瘦小孩在這裏幹甚麼，誰也不加理會。待得衆人動上手，他已躲在數丈外一株樹後，心想：「我快快逃走呢，還是在這裏瞧著？茅大哥他們只三個人，定會給這些官兵殺了。這些軍爺會不會又來殺我？」轉念又想：「茅大哥當我是好朋友，說過有難同當，有福共享。我如悄悄逃走，可太也不講義氣。」

吳大鵬揮掌劈倒一名軍官。王潭使開雙筆，和三名軍官相鬥。這時茅十八又將一名軍官右腿砍斷。這軍官倒在血泊之中，大聲呼叫喝罵，聲音淒厲。

史松一聲長嘯，黑龍鞭出手，跟著縱身下馬。他雙足尚未落地，鞭梢已向茅十八捲去。茅十八使開「五虎斷門刀」刀法，見招拆招，史松的軟鞭一連七八招厲害招數，都給他單刀擋了回來。但聽得吳大鵬長聲吆喝，一人飛了出去，啪噠一響，掉在地下，軍官中又少了一人。

這邊王潭以一敵三，卻漸落下風，左腿上給鋸齒刀拉了一條口子，鮮血急噴。他一跛一拐，浴血苦鬥。圍著吳大鵬急鬥的三人武功均頗不弱，雙刀一劍，在他身邊轉來轉去，吳大鵬的摩雲掌力一時打不到他們身上。

史松軟鞭越使越快，但始終奈何不了茅十八，突然一招「白蛇吐信」，鞭梢向茅十八右肩點去。茅十八舉刀豎擋，不料史松這一招乃是虛招，手腕抖動，先變「聲東擊西」，再變「玉帶圍腰」，黑龍鞭倏地揮向左方，隨即圈轉，自左至右，遠遠向茅十八腰間圍來。

茅十八雙腿行走不便，全仗身後大樹支撐。史松這招「玉帶圍腰」捲將過來，本來只須向前竄出，或往後縱躍，即能避過，但此刻卻非硬接硬架不可，於是單刀對準敵鞭鞭梢拍落。史松陡然放手，鬆脫鞭柄，那軟鞭一沉，忽地兜轉，迅速捲將過來，將茅十八繞在樹上，繞了三匝，噗的一聲，鞭梢擊中他右胸。史松要將茅十八生擒，以便逼問天地會的訊息，眼見吳大鵬和王潭尚未降服，急欲取下軟鞭使用，當即俯身拾起地下丟棄的一柄單刀，要砍下茅十八的右臂。

他拾刀在手，剛抬起身，驀地裏白影晃動，無數粉末衝進眼裏、鼻裏、口裏，一時氣爲之窒，跟著雙眼劇痛，猶似萬枚鋼針同時扎刺一般，待欲張口大叫，滿嘴粉末，連喉頭也嗌住了，叫不出聲來。這一下變故突兀之極，饒是他老於江湖，卻也心慌意亂，手一鬆，單刀跌落，雙手去揉擦眼睛，只一擦便即恍然：「啊喲，敵人將石灰撒入了我眼睛。」生石灰遇水即沸，立即將他雙眼燒爛，便在此地，肚腹上忽地冰涼，一柄單刀揷入了肚中。

茅十八爲軟鞭繞身，眼見無倖，陡然間白粉飛揚，史松單刀脫手，雙手去揉擦眼睛，正詫異間，只見韋小寶拾起單刀，一刀揷入史松肚中，隨即轉身又躲在樹後。

史松搖搖晃晃，轉了幾轉，翻身摔倒。幾名軍官大驚，齊叫：「史大哥，史大哥！」吳大鵬左掌一招「鐵樹開花」，掌力吐處，一名軍官飛出數丈，口中鮮血狂噴，餘下五人眼見不敵，無心戀戰，轉身便奔，連坐騎也不要了。

吳大鵬回頭說道：「茅兄當眞了得，這黑龍鞭史松武功高強，今日命喪你手！」他見史松肚腹中刀而死，想來自是茅十八所殺。

茅十八搖頭道：「慚愧！是韋小兄弟殺的。」吳王二人大爲詫異，齊聲道：「是這小孩所殺？」他二人適才忙於對付敵人，沒見到韋小寶撒石灰。地下滿是死屍鮮血，傷者身上滾得滿身是泥，雖有石灰粉末撒在地下，他二人也沒留意。

茅十八左手抓住黑龍鞭鞭梢，抖開軟鞭，呼的一聲，抽在史松頭上。史松肚腹中刀，一時未死，給這一鞭擊正天靈蓋，立時斃命。茅十八叫道：「韋兄弟，你好功夫啊！」

韋小寶從樹後轉出，想到自己居然殺了一個官老爺，心中有一分得意，倒有九分害怕。吳王二人將信將疑，上上下下的向韋小寶打量，但見他臉色蒼白，全身發抖，雙目含淚，搖搖晃晃的立足不定，只像隨時隨刻要放聲大哭，又或大叫「我的媽啊！」說甚麼也不像是殺了黑龍鞭史松之人。吳大鵬道：「小兄弟，你使甚麼招式殺了此人？」韋小寶顫聲道：「我……我……是我殺了這……官……官老爺嗎？不，不是我殺的，不……不是我……」他知殺官之罪極大，心慌意亂之下，惟有拚命抵賴。

茅十八皺起眉頭，搖了搖頭，說道：「吳老爺子、王兄，承你二位拔刀相助，救了兄弟性命。咱們還打不打？」吳大鵬道：「救命之話，休得提起。王兄弟，我看這場架是不必打了？」王潭道：「不打了！我和茅兄原沒甚麼深仇大怨，大家交上了朋友，豈不是好？茅兄武功高強，有膽量，有見識，兄弟是十分佩服的。」吳大鵬道：「茅兄，咱們就此別過，山長水遠，後會有期。茅兄十分欽佩天地會的陳總舵主，這一句話，兄弟當設法帶給陳總舵主他老人家知曉。」

茅十八大喜，搶上一步，說道：「你……你……識得陳總舵主？」

吳大鵬笑道：「我和這位王兄弟，都是天地會宏化堂屬下的小腳色。承茅大哥對敝會如此瞧得起，別說大夥兒本來沒甚麼過節，就算眞有樑子，那也是一筆勾銷了。」茅十八又驚又喜，說道：「原來……原來你果然識得陳近南。」吳大鵬道：「敝會兄弟衆多，陳總舵主行蹤無定，在下在會中職司低下，的確沒見過陳總舵主，剛才並不是有意相欺。」茅十八道：「原來如此。」

吳大鵬一拱手，轉身便行，雙掌連揚，啪啪之聲不絕，在每個躺在地下的軍官身上補了一掌，不論那軍官本來是死是活，再中了他的摩雲掌力，死者筋折骨裂，活著的也即氣絕。

茅十八低聲喝采：「好掌力！」見二人去得遠了，喃喃的道：「原來他二人倒是天地會的。」隔了一會，向韋小寶道：「去牽匹馬過來！」

韋小寶從未牽過馬，見馬匹身軀高大，心中害怕，從馬匹身後慢慢挨近。茅十八喝道：「向著馬頭走過去。你從馬屁股後過去，馬兒要飛腿踢你。」韋小寶繞到馬前，伸手去拉韁繩，那馬倒甚馴良，跟著他便走。

茅十八撕下衣襟，裹了右臂的傷口，左手在馬鞍上一按，躍上馬背，說道：「你回家去罷！」韋小寶問道：「你到那裏去？」茅十八道：「你問來幹麼？」韋小寶道：「咱們既是朋友，我自然要問問。」茅十八臉一沉，罵道：「你奶奶的，誰是你朋友？」

韋小寶退了一步，小臉兒脹得通紅，淚水在眼中滾來滾去，不明白他爲甚麼好端端突然大發脾氣。

茅十八喝道：「你爲甚麼用石灰撒在那史松眼裏？」聲音嚴厲，神態更十分兇惡。

韋小寶很害怕，退了一步，顫聲道：「我……我見他要殺你。」茅十八問道：「石灰那裏來的？」韋小寶道：「我……我買的。」茅十八道：「買石灰來幹甚麼？」韋小寶道：「你說要跟人打架，我見你身上有傷，所以……所以買了石灰粉幫你。」茅十八大怒，罵道：「小雜種，你奶奶的，這法子那裏學來的？」

韋小寶的母親是娼妓，不知生父是誰，最恨的就是人家罵他小雜種，不由得怒火上衝，也罵道：「你奶奶的老雜種，我操你茅家十七八代老祖宗！烏龜王八蛋，你管我從那裏學來的？你這臭王八，死不透的老甲魚……」一面罵，一面躲到了樹後。

茅十八雙腿一夾，縱馬過來，長臂伸處，便將他後頸抓住，提了起來，喝道：「小鬼，你還罵不罵？」韋小寶雙足亂踢，叫道：「你這賊王八，臭烏龜，路倒屍，給人斬上一千刀的豬玀……」他生於妓院之中，南腔北調的罵人言語，學了不計其數，這時怒火上衝，滿口污言穢語。

茅十八更加惱怒，啪的一聲，重重打了他一個耳光。韋小寶放聲大哭，罵得更響了，突然之間，張口在茅十八手背上狠狠咬了一口。茅十八手背一痛，脫手將他摔在地下。韋小寶發足便奔，口中兀自罵聲不絕。茅十八縱馬自後緩緩跟來。

韋小寶雖跑得不慢，但他人小步短，怎撇得下馬匹跟蹤？奔得十幾丈，便已氣喘力竭，回頭看時，茅十八的坐騎和他相距已不過丈許，心中一慌，失足跌倒，索性便在地下打滾，大哭大叫。他平日在妓院之中，街巷之間，時時和人爭鬧，打不過時便耍這無賴手段，對手都是大人，總不成繼續追打，將他打死？生怕被人說以大欺小，只好搖頭退開。

茅十八道：「你起來，我有話跟你說。」韋小寶哭叫：「我偏不起來，死在這裏也不起來！」茅十八道：「好！我放馬過來，踹死了你！」

韋小寶最不受人恐嚇，人家說「我一拳打死你，我一腳踢死你」這等言語，他幾乎每天都會聽到一兩次，根本就沒放在心上，當即大聲哭叫：「打死人啦，大人欺侮小孩哪！烏龜王八蛋騎了馬要踏死我啦！」茅十八一提馬韁，坐騎前足騰空，人立起來。韋小寶一個打滾，滾了開去。茅十八笑罵：「小鬼，你畢竟害怕。」韋小寶叫道：「我怕了你這狗入的，不是英雄好漢！」

茅十八見他如此憊賴，倒也沒法可施，笑道：「憑你也算英雄好漢？好啦，你起來，我不打你了。我走啦！」韋小寶站起身來，滿臉都是眼淚鼻涕，叫道：「你打我不要緊，可不能罵我小雜種。」茅十八笑道：「你罵我的話，還多了十倍，更難聽十倍，大家扯直，就此算了。」韋小寶伸衣袖抹了抹臉，當即破涕為笑，說道：「你打我耳光，我咬了你一口，大家扯直，就此算了。你去那裏？」

茅十八道：「我上北京。」韋小寶奇道：「上北京？人家要捉你，怎麼反而自己送上門去？」茅十八道：「我老是聽人說，那鰲拜是滿洲第一勇士，他媽的，還有人說他是天下第一勇士。我可不服氣，要上北京去跟他比劃比劃。」

韋小寶聽他說要去跟滿洲第一勇士比武，這熱鬧不可不看，平時在茶館中，聽茶客說起天子腳下北京的種種情狀，心下早就羨慕，又想自己殺了史松，官老爺查究起來可不是玩的，雖然大可賴在茅十八身上，但萬一拆穿西洋鏡，那可乖乖不得了，還是溜之大吉的爲妙，說道：「茅大哥，我求你一件事，成不成？這件事不大易辦，只怕你不敢答允。」

茅十八最恨人說他膽小，登時氣往上衝，罵道：「你奶奶的，小……」他本想罵「小雜種」，總算及時收口，道：「甚麼敢不敢的？你說出來，我一定答允。」又想自己性命是他所救，天大的難事也得幫他。

韋小寶道：「大丈夫一言既出，甚麼馬難追，你說過的話，可不許反悔。」茅十八道：「自然不反悔。」韋小寶道：「好！你帶我上北京去。」茅十八奇道：「你也要上北京？去幹甚麼？」韋小寶道：「我要看你跟那個鰲拜比武。」

茅十八連連搖頭，道：「從揚州到北京，路隔千里，官府又在懸賞捉我，一路上十分兇險，我怎能帶你？」韋小寶道：「我早知道啦，你答允了的事定要反悔。你帶著我，官府容易捉到你，你自然不敢了。」茅十八大怒，喝道：「我有甚麼不敢？」韋小寶道：「那你就帶我去。」茅十八道：「帶著你累贅得很。你又沒跟你媽說過，她豈不掛念？」韋小寶道：「我常幾天不回家，媽從來也不掛念。」

茅十八一提馬韁，縱馬便行，說道：「你這小鬼頭花樣眞多。」

韋小寶大聲叫道：「你不敢帶我去，因爲你打不過鰲拜，怕我見到了丟臉！」茅十八怒火衝天，兜轉馬頭，喝道：「誰說我打不過鰲拜？」韋小寶道：「你不敢帶我去，自然因爲怕我見到你打輸了的醜樣。你給人家打得爬在地下，大叫：『鰲拜老爺饒命，求求鰲拜大人饒了小人茅十八的狗命！』給我聽到，羞也羞死了！」

茅十八氣得哇哇大叫，縱馬衝將過來，一伸手，將韋小寶提起，橫放鞍頭，怒道：「我就帶你去，且看是誰大叫饒命。」韋小寶大喜，道：「我若不是親眼目睹，猜想起來，大叫饒命的定然是你，不是鰲拜。」

茅十八提起左掌，在他屁股上重重打了一記，喝道：「我先要你大叫饒命！」韋小寶痛得「啊」的一聲大叫，笑道：「狗爪子打人，倒是不輕！」

茅十八哈哈大笑，說道：「小鬼頭，眞拿你沒法子。」韋小寶半點也不肯吃虧，道：「老鬼頭，我也眞拿你沒法子。」茅十八笑道：「我帶便帶你上北京，可是一路上你須得聽我言語，不可胡鬧。」韋小寶道：「誰胡鬧了？你入監牢、出監牢、殺鹽販子、殺軍官，還不算胡鬧？」茅十八笑道：「我說不過你，認輸便是。」將韋小寶放在身前鞍上，縱馬過去，又牽了一匹馬，辨明方向，朝北而行。

韋小寶從未騎過馬，初時有些害怕，但靠在茅十八身上，準定不會摔下來，騎了五六里路後，膽子大了，說道：「我騎那匹馬，行不行？」茅十八道：「你會騎便騎，不會騎乘早別試，小心摔斷了你腿。」

韋小寶要強好勝，吹牛道：「我騎過好幾十次馬，怎麼不會騎？」從馬背上跳下，走到另一匹馬左側，一抬右足，踏入了馬鐙，腳上使勁，翻身上了馬背。不料上馬須得先以左足踏鐙，他以右足上鐙，這一上馬背，竟是臉朝馬屁股。

茅十八哈哈大笑，脫手放開了韋小寶坐騎的韁繩，揮鞭往那馬後腿上打去，那馬放蹄便奔。韋小寶嚇得魂不附體，險些掉下馬來，雙手牢牢抓住馬尾，兩隻腳夾住馬鞍，身子伏在馬背之上，但覺耳旁風生，身子不住倒退。幸好他人小體輕，抓住馬尾後竟沒掉下馬來，口中自是大叫大嚷：「乖乖我媽媽囉，辣塊媽媽不得了，茅十八，你再不拉住馬頭，老子操你十八代臭祖宗了，啊喲，啊喲……」

這馬在官道上直奔出三里有餘，勢道絲毫不緩，轉了個彎，前面右首岔道上一輛騾車緩緩行來，車後跟著一匹白馬，馬上騎著個二十七八歲的漢子。這一車一馬走上大道，也向北行。韋小寶的坐騎無人指控，受驚之下，向那一車一馬直衝過去，相距越來越近。趕車的車夫大叫：「是匹瘋馬！」忙要將騾車拉到一旁相避。那乘馬漢子掉轉馬頭，韋小寶的坐騎也已衝到了跟前。那漢子一伸手，扣住了馬頭。那馬奔得正急，這漢子膂力甚大，一扣之下，那馬立時站住，鼻中大噴白氣，卻不能再向前奔。

車中一個女子聲音問道：「白大哥，甚麼事？」那漢子道：「有匹馬溜了韁，馬上有個小孩，也不知是死是活。」

韋小寶翻身坐起，轉頭說道：「自然是活的，怎麼會死？」只見這漢子一張長臉，雙目炯炯有神，穿一襲青綢長袍，帽子上鑲了塊白玉，衣飾打扮顯是個富家子弟。韋小寶出身微賤，最憎有錢人家子弟，在地下重重吐了口唾沫，說道：「他媽的，老子倒騎千里馬，騎得正快活，卻碰到攔路屍，阻住了……阻住了老子……」一口氣喘不過來，伏在馬臀上大咳。那馬屁股一聳，左後腿倒踢一腳。韋小寶「啊喲」一聲，滑下馬來，大叫：「唉唷喂，唉唷喂！」

那漢子先前聽韋小寶出口傷人，正欲發作，便見他狼狽萬分的摔下馬來，微微一笑，轉過馬頭，隨著騾車自行去了。茅十八騎馬趕上來，大叫：「小鬼頭，你沒摔死麼？」韋小寶道：「摔倒沒摔死，老子倒騎馬兒玩，卻給個臭小子攔住路頭，氣得半死。唉唷喂……」哼哼唧唧的爬起身來，膝頭一痛，便即跪倒。茅十八縱馬近前，拉住他後領，提上馬去。

韋小寶吃了這苦頭，不敢再說要自己乘馬了。兩人共騎，馳出三十餘里，見太陽已到頭頂，到了一個小市鎮上。茅十八慢慢溜下馬背，再抱了韋小寶下馬，到一家飯店去打尖。

韋小寶在妓院中吃飯，向來是坐在廚房門檻上，捧隻青花大碗，白米飯上堆滿嫖客吃剩下來的鷄鴨魚肉。菜餚雖不少，卻從來不曾跟人並排坐在桌邊好好吃過一頓飯。這時見茅十八當他是平起平坐的朋友，眼前雖只幾碗粗麵條，一盤炒鷄蛋，心中卻也大樂。

他吃了半碗麵，只聽得門外馬嘶人喧，擁進十七八個人來，瞧模樣是官面上的。韋小寶暗暗吃驚，低聲道：「是官兵，怕是來捉你的。咱們快逃！」茅十八哼了一聲，放下筷子，伸手按住刀柄。卻見這羣人對他並不理會，一疊連聲的只催店小二快做菜做飯。

小鎮上的小飯店中無甚菜餚，便只醬肉、薰魚、鹵水豆腐乾、炒鷄蛋。那羣人中爲首的吩咐取出自己帶來的火腿、風鷄佐膳。一人說道：「咱們在雲南一向聽說，江南是好地方，穿的是綾羅綢緞，吃的是山珍海味，我瞧啊，單講吃的，就未必比得上咱們昆明。」另一人道：「你老哥在平西王府享福慣了，吃的喝的，自是大不相同。那可不是江南及不上雲南，要知道，世上及得上平西王府的，可就少得很了。」衆人齊聲稱是。

茅十八臉上變色，尋思：「這批狗腿子是吳三桂這大漢奸的部下？」

只聽一個焦黃臉皮的漢子問道：「黃大人，你這趟上京，能不能見到皇上啊？」一個白白胖胖的人道：「依我官職來說，本來是見不著皇上的，不過憑著咱們王爺的面子，說不定能陛見罷！朝裏大老們，對咱們『西選』的官員總是另眼相看幾分。」另一人道：「這個當然，當世除了皇上，就數咱們王爺爲大了。」

茅十八大聲道：「喂，小寶，你可知道世上最不要臉的是誰？」韋小寶說：「我自然知道，那是烏龜兒子王八蛋！」他其實不知道，這句話等於沒說。茅十八在桌上重重一拍，說道：「不錯！烏龜兒子王八蛋是誰？」韋小寶道：「他媽的，這烏龜兒子王八蛋，他媽的不是好東西。」說著也在桌上重重一拍。茅十八道：「我教你個乖，這烏龜兒子王八蛋，是個認賊作父的大漢奸，將咱們大好江山、花花世界，雙手送了給胡虜……」

他說到這裏，那十餘名官府中人都瞪目瞧著他，有的已滿臉怒色。

茅十八道：「這大漢奸姓吳，他媽的，一隻烏龜是吳一龜，兩隻烏龜是吳二龜，三隻烏龜呢？」韋小寶大聲道：「吳三龜！」茅十八大笑，說道：「正是吳三桂這大……」

突然之間，嗆啷聲響，七八人手持兵刃，齊向茅十八打來。韋小寶忙往桌底一縮。只聽得乒乒乓乓，兵刃碰撞聲不絕，茅十八手揮單刀，已跟人鬥了起來，韋小寶見他坐在長櫈上不動，知他大腿受傷，行走不便，心中暗暗著急。過了一會，噹的一聲，一柄單刀掉在地下，跟著有人長聲慘呼，摔了出去。但對方人多，韋小寶見桌子四周一條條腿不住移動，這些腿的腳上或穿布鞋，或穿皮靴，自然都是敵人，茅十八穿的是草鞋。

只聽茅十八邊打邊罵：「吳三桂是大漢奸，你們這批小漢奸，老子不將你們殺個乾乾淨淨……啊喲！」大叫一聲，想是身上受了傷，跟著只見一人仰天倒下，胸口汩汩冒血。

韋小寶伸出手去，拾起掉在地下的一柄鋼刀，對準一隻穿布鞋的腳，一刀向腳背上剁了下去，嚓的一聲，那人半隻腳掌登時斬落。那人「啊」的一聲大叫，向後便倒。

桌子底下黑濛濛地，衆人又鬥得亂成一團，誰也不知那人因何受傷，只道是給茅十八打傷的。韋小寶見此計大妙，提起單刀，又將一人的腳掌斬斷。

那人卻不摔倒，痛楚之下，大叫：「桌子底……底下……」彎腰察看，卻給茅十八一刀背打上後腦，登時昏暈。便在此時，韋小寶又一刀斬上一人的小腿。

那人一聲大叫，左手掀開桌子，板桌連著碗筷湯麵，飛將起來。那人隨即舉刀向韋小寶當頭砍去。茅十八揮刀格開，韋小寶連爬帶滾，從人叢中鑽了出來。那小腿遭斬之人怒極，挺刀追殺過來。韋小寶大叫：「辣塊媽媽！」又鑽入一張桌子底下，那人叫道：「小鬼，你出來！」韋小寶叫道：「老鬼，你進來！」

那人怒極，伸左手又去掀桌子。突然之間，砰的一聲響，胸口中拳，身子飛了出去，卻是坐在桌旁的一人打了他一拳。

出拳之人隨即從桌上筷筒中拿起一把竹筷，一根根的擲出去。只聽得「唉唷」、「啊喲」慘呼聲不絕，圍攻茅十八的諸人紛紛爲竹筷揷中，或中眼睛、或揷臉頰，都傷在要緊之處。一人大叫：「強盜厲害，大夥兒走罷！」扶起傷者，奪門而出。跟著聽得馬蹄聲響，一行人上馬疾奔而去。

韋小寶哈哈大笑，從桌子底下鑽出，手中兀自握著那柄帶血的鋼刀。茅十八一蹺一拐的走過去，抱拳向坐在桌邊之人說道：「多謝尊駕出手相助，否則茅十八寡不敵衆，今日的事可不好辦。」韋小寶回頭看去，微微一怔，原來坐著的那人，便是先前在道上拉住了他坐騎的漢子，自己曾罵過他幾句的。

那漢子站起身來還禮，說道：「茅兄身上早負了傷，仍激於義憤，痛斥漢奸，令人好生相敬。」茅十八笑道：「我生平第一個痛恨之人，便是大漢奸吳三桂，只可惜這惡賊遠在雲南，沒法找他晦氣，今日打了他手下的小漢奸，當眞痛快。請教閣下尊姓大名。」那漢子道：「此處人多，說來不便。茅兄，咱們就此別過，後會有期。」說著轉身去扶桌邊的一個女客。那女客始終低下了頭，瞧不見她臉容。

茅十八怫然道：「你姓名也不肯說，太瞧不起人啦。」那人並不答理，扶著那女客走了出去，經過茅十八身畔時，輕輕說了一句話。

茅十八全身一震，立時臉現恭謹之色，躬身說道：「是，是。茅十八今日見到英雄，實是……實是三生有幸。」

那人竟不答話，扶著那女客出了店門，上車乘馬而去。

韋小寶見茅十八神情前倨後恭，甚覺詫異，問道：「這小子是甚麼來頭？瞧你嚇得這個樣子。」茅十八道：「甚麼小子不小子的？你嘴裏放乾淨些。」見飯店中老闆與店伴探頭探腦，店堂中一塌胡塗，滿地鮮血，說道：「走罷！」扶著桌子走到門邊，拿起一根門閂撐地，走到店門外，從店外馬樁子上解開馬韁，說道：「你扳住馬鞍，左腳先踏馬鐙子，然後上馬……對了，就是這樣。」韋小寶道：「我本來會騎馬的，好久不騎，這就忘了。那有甚麼希奇？」

茅十八一笑，躍上另一匹馬，左手牽著韋小寶坐騎的韁繩，縱馬北行，道：「我身上有傷，遇上了鷹爪對付不了。咱們不能再走官道，須得找個隱僻所在，養好了傷再說。」

韋小寶道：「剛才那人武功倒也了得，一根根竹筷擲了出去，便將人打走。茅大哥，我瞧你是及不上他了。」茅十八道：「那自然。他是雲南沐王府中的英雄，豈有不了得的？」韋小寶道：「他是雲南沐王府的嗎？我還道是天地會中那個甚麼陳總舵主呢，瞧你嚇得這副德性。」茅十八怒道：「我嚇甚麼了？小鬼頭胡說八道。我是尊敬沐王府，對他自當客氣三分。」韋小寶道：「人家可沒對你客氣哪！你問他尊姓大名，他理也不理，只說『咱們就此別過，後會有期』。」茅十八道：「他後來不是跟我說了嗎？否則的話，我怎知他是沐王府的？」韋小寶問道：「他在你耳朵邊說了句甚麼話？」

茅十八道：「他說：『在下是雲南沐王府的，姓白。』」韋小寶道：「嗯，姓白，原來是個吃白食的。」茅十八道：「小孩兒別胡說八道。」

韋小寶道：「你見了沐王府的人便嚇得魂不附體，老子可不放在心上。茅大哥，你不怕鰲拜，不怕大漢奸吳三桂，卻去怕甚麼雲南沐王府，他們當眞有三頭六臂不成？啊，我知道啦，你怕他用兩根筷子戳瞎了你一對眼睛，茅十八變成了茅瞎子。」

茅十八道：「我也不是怕他們，只不過江湖上的好漢倘若得罪了雲南沐王府，丟了性命不打緊，卻惹得萬人唾罵，給人瞧不起。」韋小寶道：「雲南沐王府到底是甚麼腳色，又有這等厲害？」茅十八道：「你不是武林中人，跟你說了，你也不懂。」韋小寶道：「他媽的，好神氣嗎？我壓根兒就不希罕。」

茅十八道：「咱們在江湖上行走，要見到雲南沐王府的人，本來已挺不容易，要他們結交，那更是千難萬難了。今天剛好碰上老子跟吳三桂的手下人動手，沐王府跟吳三桂是死對頭，他們自然要幫我。偏偏你這小子不學好，儘使些下三濫的手段，連帶老子也給人家瞧不起了。」說著不由得滿臉怒色。

韋小寶道：「啊喲，嘖嘖嘖，人家擺臭架子，不肯跟你交朋友，怎麼又怪起我來啦？」茅十八怒道：「你鑽在桌子底下，用刀子去剁人家腳背，他媽的，這又是甚麼武功了？人家英雄好漢瞧在眼裏，怎麼還能當咱們是朋友？」韋小寶道：「你奶奶的，若不是老子剁下幾隻腳底板，只怕你的性命早沒了，這時候卻又怪起我來。」

茅十八想到給雲南沐王府的人瞧得低了，越想越怒，說道：「我叫你不要跟著我，你偏要跟來。你用石灰撒人眼睛，這等下三濫的行徑，江湖上最給人瞧不起，比之下蒙藥、燒悶香，品格還低三等。我寧可給那黑龍鞭史松殺了，也不願讓你用這等卑鄙無恥的下流手段來救了性命。他媽的，你這小鬼，我越瞧越生氣。」

韋小寶這才明白，原來用石灰撒人眼睛，在江湖上是極其下流之事，自己竟犯了武林中的大忌，而鑽在桌子底下剁人腳板，顯然也不是甚麼光采武功，但給他罵得老羞成怒，惡狠狠的道：「用刀殺人是殺，用石灰殺人也是殺，又有甚麼上流下流了？要不是我這小鬼用下流手段救你，你這老鬼早就做了上流鬼啦。你的大腿可不是受了傷麼？人家用刀子剁你大腿，我用刀子剁人家腳板，大腿跟腳板，都是下身的東西，又有甚麼分別？你不願我跟你上北京，你走你的，我走我的，以後大家各不相識便是。」

茅十八見他身上又是塵土，又是血跡，心想這小孩所以受傷，全是因己而起，此地離揚州已遠，將這小孩撇在荒野之中，畢竟說不過去，何況這小孩於自己有兩番救命之德，豈能忘恩負義？便道：「好，我帶你上北京倒可以，不過你須得依我三件事。」

韋小寶大喜，說道：「依你三件事，那有甚麼打緊？大丈夫一言既出，甚麼馬難追！」他曾聽說書先生說過「駟馬難追」，但這個「駟」字總是記不起來。

茅十八道：「第一件是不許惹事生非，污言罵人，口中得放乾淨些。」韋小寶道：「那還不容易？不罵就不罵，可是倘若人家惹到我頭上來呢？」茅十八道：「好端端地，人家爲甚麼會來惹你？第二件，倘若跟人家打架，不許張口咬人，更不許撒石灰壞人眼睛，至於在地下打滾、躲在桌子底下剎人腳板、鑽人褲襠、捏人陰囊、打輸了大哭大叫、躺著裝死這種種勾當，一件也不許做。這都是給人家瞧不起的行徑，不是英雄好漢之所爲。」

韋小寶道：「我打不過人家，難道儘挨揍不還手？」茅十八道：「還手要憑眞武功，似你這等無賴流氓手段，可讓別人笑歪了嘴巴。你在妓院中鬼混，那也不打緊，跟著我行走江湖，乘早別幹這一套。」韋小寶心道：「你說打架要憑眞實武功，我一個小孩子，有甚麼眞實武功？這也不許，那也不許，還不是挨揍不還手？」

茅十八又道：「武功都是學的，誰又從娘肚子裏把武功帶出來了？你年紀還小，這時候起始練武，正來得及。你磕頭拜我爲師，我就收了你這個徒弟。我一生浪蕩江湖，從沒幾天安靜下來，好好收個徒弟。算你造化，只要你聽話，勤學苦練，將來未始不能練成一身好武藝。」說著凝視韋小寶，頗有期許之意。

韋小寶搖頭道：「不成，我跟你是平輩朋友，要是拜你爲師，豈不矮了一輩？你奶奶的，你不懷好意，想討我便宜。」

茅十八大怒，江湖之上，不知有多少人曾想拜他爲師，學他江湖上赫赫有名的「五虎斷門刀法」，只是這些人若非心術不正，便是資質不佳，又或機緣不巧，自己身有要事，無暇收徒傳藝，今日感念韋小寶救過自己性命，想授他武功，那知他竟一口拒絕，大怒之下，便欲一掌打將過去，手已提起，終於忍住不發，說道：「我跟你說，此刻我心血來潮，才肯收你爲徒，日後你便磕一百個響頭求我，我也不收啦。」

韋小寶道：「那有甚麼希罕？日後你便是磕三百個響頭求我，哀求我拜你爲師，我也還是不肯。做了你徒弟，甚麼事都得聽你吩咐，那有甚麼味道？我不要學你的武功。」

茅十八氣憤憤的道：「好，不學便不學，將來你給敵人拿住了，死不得，活不成，可別後悔。」韋小寶道：「又有甚麼後悔了？就算學成跟你一般的武功，又有甚麼好？你給黑龍鞭纏住了，動也動不得；見到雲南沐家一個吃白食的傢伙，恭恭敬敬的只想拍馬屁，跟人家結交，人家卻偏偏不睬你。我武功雖不及你，卻……」

茅十八越聽越怒，再也忍耐不住，啪的一聲，重重打了他個嘴巴。韋小寶料知他要打，竟然不哭，反而哈哈大笑，說道：「你給我說中了心事，這才大發脾氣。我問你，是不是你想跟人家交朋友，人家不睬你，你就把氣出在老子頭上？」

茅十八拿這小孩眞沒辦法，打也不是，罵也不是，撇下他不理又不是。他本是霹靂火爆的脾氣，這時只好強自忍耐，哼了一聲，鼓起了腮幫子直生氣，鬆手放開韁繩，叫道：「馬兒，馬兒，快來個老虎跳，把這小鬼頭摔個半死。」他本來要韋小寶依他三件事，但第二件便說不攏，第三件事也想不起來了。

韋小寶自行拉韁，那坐騎倒乖乖的行走，並不跟他爲難。韋小寶心下大樂，心道：「你不教我騎馬，老子可不是自己會了嗎？」又想：「今後我跟著你行走江湖，總會時時見你和人家動手打架。你不教我，難道我沒生眼珠，不會瞧麼？我不但會學你的武功，連你對頭的武功也一起學了。幾個人的武功加在一起，自然就比你強了。呸，他媽的，好希罕嗎？那吃白食的小子擲筷子的本事倒挺管用，倘若他向老子磕頭，求我學他這門功夫，老子倒不妨答應了他。他媽的，他爲甚麼要向我磕頭，求我學他這門功夫？」想到這裏，不禁嗤的一聲，笑了出來。

茅十八回頭問道：「甚麼事好笑？」韋小寶道：「我想沐王府這吃白食的小子……」茅十八道：「甚麼吃白食的小子？」韋小寶道：「他可不是姓白嗎？」茅十八道：「姓白管姓白，怎麼姓白的就吃白食？他們姓白的，在雲南沐王府中可大大的了不起哪。劉、白、方、蘇，是雲南沐王府的四大家將。」韋小寶道：「甚麼三大家將、四大家將？沐王府又是甚麼鬼東西？」茅十八道：「你口裏乾淨些成不成？江湖之上，提起沐王府，無不佩服得五體投地，甚麼鬼不鬼的？」韋小寶嗯了一聲。

茅十八道：「當年明太祖起兵反元，沐王爺沐英立有大功，平服雲南，太祖封他沐家永鎮雲南，死後封為甚麼王，子孫代代，世襲甚麼國公。」

韋小寶一拍馬鞍，大聲道：「原來雲南沐王府甚麼的，是沐英沐王爺家裏。你老說雲南沐王府，說得不清不楚，要是早說沐英沐王爺，我哪還有不知道的？沐王爺早死了幾千年啦。你也不用這麼害怕。」

茅十八道：「甚麼幾千年？胡說八道。咱們江湖上漢子敬重沐王府，倒不是為了沐英沐王爺，而是為了他的子孫沐天波。明朝末代皇帝桂王逃到雲南，黔國公沐天波，對了，記起來啦，是黔國公，他忠心耿耿，保駕護主。吳三桂這奸賊打到雲南，黔國公保了桂王逃到緬甸。緬甸的壞人要殺桂王，沐天波代主而死。這等忠義雙全的英雄豪傑，當眞古今少有。」

韋小寶道：「啊，這位沐天波老爺，原來就是《英烈傳》中沐英的子孫。沐王爺勇不可當，是太祖皇帝的愛將，這個我知道得不想再知啦。」他曾聽說書先生說《英烈傳》，徐達、常遇春、胡大海、沐英這些大將的名字，他聽得極熟，又問：「你怎不早說？我如早知沐王府便是沐英沐王爺家中，對那吃白食的朋友也客氣三分了。劉、白、方、蘇四大家將，又是甚麼人？」

茅十八道：「劉白方蘇四家，向來是沐王府的家將，祖先隨著沐王爺平服雲南。天波公護駕到緬甸，這四大家將的後人也都力戰而死。只有年幼的子弟逃了出來。我見了那位姓白的英雄所以這樣客氣，一來他幫我打退大漢奸的鷹犬……」韋小寶道：「我也幫你打退大漢奸的鷹犬，你對我怎麼又不客氣？」茅十八瞪了他一眼，說道：「二來他是忠良後人，江湖上人人敬重。倘若得罪了雲南沐家之人，豈不爲天下萬人唾罵？」韋小寶道：「原來如此，見到忠良之後，自然是要客氣些。」

茅十八道：「識得你以來，第一次聽到你說一句有道理的話。」韋小寶道：「我可不知要等到幾時，才聽到你說一句有道理的話。沐王爺銅角渡江，火箭射象，這樣的大英雄，誰不敬重？又何必要你多說個屁？」

茅十八問道：「甚麼叫做銅角渡江，火箭射象？」

韋小寶哈哈一笑，說道：「你只知道拍雲南沐王府的馬屁，原來不知道沐王爺是多大的英雄。你可知沐王爺是太祖皇帝的甚麼人？」茅十八道：「沐王爺是太祖皇帝手下大將，誰不知道？」韋小寶道：「呸，大將？大將自然是大將，難道是無名小卒？哪，太祖手下，共有六王，徐達徐王爺、常遇春常王爺，你自然知道啦，還有四王是誰？」

茅十八是草莽豪傑，於明朝開國的史實一竅不通，徐達、常遇春的名字當然聽見過，卻不知他們是甚麼六王，也不知此外還有四個甚麼王。韋小寶卻在揚州茶坊之中將這部《英烈傳》聽得滾瓜爛熟。其時明亡未久，人心思舊，卻又不敢公然談論反淸復明之事，茶坊中說書先生講述各朝故事，聽客最愛聽的便是這部敷演明朝開國、驅逐胡元的《英烈傳》。明太祖開國，最艱巨之役是和陳友諒鄱陽湖大戰，但聽客聽來興致最高的，卻是如何將蒙古兵趕出塞外，如何打得蒙古兵落荒而逃。大家耳中所聽，是明太祖打蒙古兵，心中所想，打的卻變成了淸兵。漢人大勝而韃子大敗，自然志得意滿。是以明朝開國諸功臣中，尤以徐達、常遇春、沐英三人最爲聽衆所崇拜。說書先生說到三人如何殺元兵之時，加油添醬，如火如荼，聽衆也便眉飛色舞，如醉如痴。

韋小寶見茅十八答不上來，甚是得意，說道：「還有四王，便是李文忠、鄧愈、湯和，以及沐英沐王爺。這四位王爺封的是甚麼王，跟你說了，料你也記不到，是不是？」其實他自己也根本記不起這六王封的是甚麼王。茅十八點了點頭。

韋小寶又道：「湯和是明太祖的老朋友，年紀大過太祖；鄧愈也是很早就結識了太祖，一直跟他打江山的。李文忠是太祖的外甥。沐王爺是太祖的義子，跟太祖姓朱，叫做朱英，後來立大功了，太祖叫他復姓，才叫做沐英。」茅十八道：「原來如此，那麼銅角射象甚麼的，又是怎麼一回事？」

韋小寶道：「是銅角渡江，不是銅角射象。太祖打平天下，最後只有雲南、貴州的梁王未曾降服。那梁王嘰哩咕嚕花，是元朝末代皇帝的姪兒，守住了雲南、貴州，不肯投降。」那梁王本名把匝剌瓦爾密，韋小寶記不住他的名字，隨口胡謅。茅十八雖覺奇怪，也不敢反駁。只聽韋小寶續道：「太祖皇帝龍心大怒，便點三十萬軍馬，命沐王爺帶領前去攻打，來到雲南邊界，遇到元兵。元兵的元帥叫做達里麻，此人身高十丈，頭如巴斗……」

茅十八道：「那有身高十丈之人？」韋小寶知道說溜了嘴，辯道：「韃子自然生得比咱們中國人高大些。那達里麻身披鐵甲，手執長槍，在江邊哇啦啦一聲大叫，便如半空中連打三個霹靂，只聽得撲通、撲通、撲通，響聲不斷，水花四濺。你道是甚麼事？」茅十八道：「不知道，是甚麼事？」韋小寶道：「原來達里麻哇哇大叫，聲音傳過江去，登時有十名明兵給他嚇破膽子，摔下馬來，掉進江中。沐王爺一見不對，心想再給他叫得幾聲，我軍紛紛墮江，大事不好，於是眉頭一皺，計上心來。」

韋小寶平時說話，出口便是粗話，「他媽的」三字不離口，但講到沐英平雲南的故事，學的是說書先生的口吻，粗話固然一句沒有，偶爾還來幾句半通不通的成語。

他繼續說道：「沐王爺見達里麻張開血盆大口，又要大叫，便彎弓搭箭，颼的一箭，向達里麻口中射去。沐王爺的箭法百步穿楊，千步穿口，這一箭呼呼風響，橫過了江面，直向達里麻的大嘴射到。那達里麻也是英雄好漢，見這箭來得勢道好兇，急忙低頭，避了開去。只聽得後軍齊聲吶喊：『不好了！』達里麻回頭一看，只見十名將軍胸口都穿了個洞，鮮血狂噴。卻原來沐王爺這一箭連穿十名將軍，從第一名將軍胸口射進，背後出來，又射入了第二名將軍胸口，一共穿了十人。」

茅十八搖頭道：「那有此事？沐王爺就算天生神力，一箭終究也射穿不了十個人。」韋小寶道：「沐王爺是天上星宿下凡，玉皇大帝派他來保太祖皇帝駕的，豈同凡人？你道是你茅十八嗎？這一箭一穿十，有個名堂，叫做『穿雲箭』。」

茅十八將信將疑，問道：「後來怎樣？」韋小寶道：「達里麻一見大怒，心想你會射箭，難道我就不會？提起硬弓，也一箭向沐王爺射將過來。沐王爺叫聲：『來得好！』左手兩根手指伸出，輕輕便將來箭夾住。正在此時，天空一羣大雁飛過，啼聲嘹亮，沐王爺心生一計，叫道：『我要射中第三隻雁兒的左眼！』颼的一箭，向那雁兒射去。達里麻心想：『你要射第三隻雁兒，已不容易，怎地還分左眼右眼？』抬頭看去。便在此時，沐王爺連珠箭發，三箭齊向達里麻射到。」

茅十八拍腿叫道：「妙極！這是聲東擊西的法子。」

韋小寶道：「也算達里麻命不該絕，第一箭射中他的左眼，仰後便倒，第二箭、第三箭又接連射死了韃子八名大將。韃子身上多毛，明軍叫他們毛兵毛將。沐王爺連射三箭，射死了一十八員毛將，這叫做『沐王爺隔江大戰，三箭射死毛十八！』」

茅十八一怔，道：「甚麼？」韋小寶道：「沐王爺隔江射死毛十八！」說到這裏，忍不住格格格笑了出來。茅十八這才明白，他果然是繞著彎兒在罵自己，罵道：「他媽的，胡說八道！沐王爺隔江大戰，三箭射死韋小寶！」韋小寶笑道：「那時我還沒生，沐王爺又怎射得死我？」茅十八道：「你休得亂說。達里麻左眼中箭，卻又如何？」

韋小寶道：「元兵見元帥中箭，倒下馬來，登時大亂。沐王爺正要下令大軍渡江，忽然聽得隔江響號，元兵有援兵開到，對岸亂箭齊發，只遮得天都黑了。沐王爺又生一計，派了手下四員大將，悄悄領兵到下游渡江，繞到元兵陣後，大吹銅角。」

茅十八道：「這四員大將，想必便是劉白方蘇四人了？」韋小寶也不知是與不是，卻不願被茅十八猜中，說道：「不對，那四員大將，乃是趙錢孫李。劉白方蘇四將，隨在沐王爺身邊保駕。」茅十八點頭道：「原來如此。」

韋小寶道：「沐王爺傳下號令，叫劉白方蘇四將手下兵士，齊聲吶喊，同時將小船、木排推下江中，派出一千明兵，裝腔作勢，假作渡江。元兵見明兵要渡過江來，更沒命的放箭。沐王爺當即收兵，過不到半個時辰，又派兵裝模裝樣的假渡江，元兵又再放箭。江中也不知射死了多少魚鱉蝦蟹。」

茅十八道：「這個我又不信了。射死魚兒，那也罷了。蝦兒身子細小，螃蟹甲魚身上有甲，又怎射得牠死？」韋小寶道：「你若不信，那就到前面鎮上買一隻甲魚，買一隻螃蟹，再買一隻蝦兒，用繩穿了，掛將起來，再放箭射過去，且看射得死呢還是射不死。」茅十八心想：「咱們趕路要緊，那有這等閒功夫去胡鬧。」他聽得入神，生怕韋小寶放刁不說，便道：「好，你說射得死便射得死，後來怎樣？」韋小寶道：「後來沐王爺手下的兵士，從江中拾起十八隻給射死了的、身上有毛的老甲魚，煮來吃了，便沒事了。這是沐王爺大吃毛王八！」

茅十八笑罵：「小鬼頭，偏愛繞著彎兒罵人。你說沐王爺怎生渡江。」

韋小寶道：「沐王爺見韃子兵放箭，便吩咐擂鼓吶喊，作勢渡江，如此多次，卻並不眞的渡江。只聽得韃子兵陣後銅角之聲大作，知道趙錢孫李四將已從下游渡江，繞到韃子兵陣後，這才下令殺將過去。衆兵將豎起盾牌，擋在身前，撐動小船筏子，渡江進攻。韃子兵放了大半天箭，羽箭已差不多射完啦，聽得陣後敵人殺來，主將又中箭重傷，不由得軍心大亂。沐王爺一馬當先，衝將過去。韃子兵東奔西逃，亂成一團。沐王爺見韃子兵陣中有一大將橫臥馬上，許多韃子兵前後保護，料知必是達里麻，當即拍馬追上，喝道：『韃子達里麻，還不下馬投降？』達里麻道：『我……我不是達里麻！我是茅……』沐王爺見他左眼之中插著一根羽箭，箭梢上有個金字，正是一個『沐』字，卻不是自己的羽箭是甚麼？那裏還肯客氣，輕伸猿臂，一把抓將過來，往地下一擲，喝道：『綁起來！』早有劉白方蘇四將過來，揪住達里麻，綁得結結實實。這一仗韃子兵大敗，溺死在江中的不計其數。江中的王八吃了不少長毛韃子的屍首，從此身上有毛，這種王八叫做毛王八，那是別處沒有的。」

茅十八覺得韋小寶又在罵自己了，哼了一聲，卻也不敢確定，或許雲南江中眞有毛王八亦未可知。

韋小寶道：「沐王爺大獲全勝，當即進兵梁王的京城。來到城外，只見城中無聲無息。沐王爺下令擂鼓討戰，只見城頭挑起一塊木牌，寫著『免戰』二字。」茅十八道：「原來梁王知道打不過，掛起免戰牌。」韋小寶道：「沐王爺仁慈爲懷，心想這梁王高掛免戰牌，多半是要投降，我如下令攻城，城破之後，百姓死傷必多，不如免戰三日，讓他投降，免得殺傷百姓。」茅十八一拍大腿，大聲道：「是啊，沐王爺一家永鎭雲南，與明朝同始同終，便因沐王爺愛護百姓，一片仁心，所以上天保祐。」

韋小寶道：「當晚沐王爺坐在後帳之中，挑燈夜看《春秋》。」茅十八道：「關王爺才看《春秋》，難道沐王爺也看《春秋》嗎？」韋小寶道：「大家都是王爺，自然都看《春秋》。不看《春秋》，難道看夏冬嗎？那夏冬是張飛看的書，莽張飛有勇無謀。沐王爺是天上武曲星轉世，和關王爺一般，只看《春秋》，不看夏冬。」茅十八也不知道春秋和夏冬是甚麼東西，點頭稱是。

韋小寶道：「沐王爺看了一會，忽然要小便，站起身來，拿起太祖皇帝御賜的金夜壺，正要小便，忽聽得城中傳來幾聲大吼，聲音極響，既不是虎嘯，亦不是馬嘶。沐王爺一聽，暗叫不好……」茅十八道：「那是甚麼叫聲？」韋小寶道：「你倒猜猜看。」茅十八道：「定是又有幾個韃子，好像達里麻一般，在城中大聲吼叫。」韋小寶搖頭道：「不是！沐王爺一聽之下，登時也不小便了，將金夜壺恭恭敬敬的往後帳桌上一放……」茅十八道：「怎地將便壺放在桌上？」

韋小寶道：「這是太祖皇帝御賜的金便壺，你道是尋常便壺嗎？所以沐王爺放的時候，定要恭恭敬敬。他放下便壺，立即擊鼓升帳，在前帳召集衆將官，取過一枝金批令箭，說道：『劉將官聽者：令你帶領三千士兵，連夜去捕捉田鼠，捕多者有賞，捉不到者軍法從事。』劉將官道：『得令！』接了令箭，便去捕捉田鼠。」

茅十八大奇，問道：「捕捉田鼠又幹甚麼？」韋小寶道：「沐王爺用兵如神，軍機豈可洩漏。元帥有令，照辦就是。接令的將軍倘若多問一句，沐王爺一怒之下，立刻推出帳外斬首。你要是做沐王爺手下的將官，老是這樣問長問短，便有十八顆腦袋瓜子，他媽的也都給沐王爺敎砍了。」茅十八道：「我倘若做了將官，自然不問。你又不是沐王爺，難道就問不得嗎？」

韋小寶搖手道：「問不得，問不得！沐王爺取過第二枝金批令箭，叫白將官聽令，說道：『命你帶二萬官兵，在五里之外掘下一條長坑，長二里，寬二丈，深三丈，連夜趕掘，不得有誤。』白將官領命而去。沐王爺隨即下令退兵，拔營而去，退到離城六里紮營。」

茅十八愈聽愈奇，道：「那當眞奇怪，我可半點也猜不到了。」

韋小寶道：「哼！沐王爺用兵之法倘若給你猜到，沐王爺變成茅十八，茅十八變成沐王爺了。第二日早晨，劉白二將回報：田鼠已捉到一萬多隻，長坑也已掘成。沐王爺點頭道：『好！』命探子到城邊探看動靜。午牌時分，忽聽得城中金鼓雷鳴，齊聲吶喊，探子飛馬回報：『啓稟元帥：大事不好！』沐王爺一拍桌子，喝道：『他媽的，何事驚慌？』探子道：『啓稟元帥：韃子大開北門，城中湧出幾百隻長鼻子牛妖，正向我軍衝鋒而來！』沐王爺哈哈大笑，說道：『甚麼長鼻子牛妖！再探。』探子得令而去。」

茅十八奇道：「長鼻子牛妖是甚麼傢伙？」韋小寶正色道：「我早料到你也是不識的了。這些傢伙身子比牛還大，皮粗肉厚，鼻子老長，兩根尖牙向前突出，一雙大耳朵晃啊晃的，模樣兒兇猛無比，可不是長鼻子牛妖嗎？」茅十八「嗯」了一聲，點點頭，凝思這長鼻子牛妖的模樣。韋小寶道：「沐王爺自言自語：『這探子是個胡塗蛋，少見多怪，見到駱駝說是馬背腫，見到大象說是長鼻子牛妖！』」

茅十八一怔，隨即哈哈大笑，說道：「這探子果然胡塗，竟管大象叫作長鼻子牛妖。不過他是北方人，從來沒見過大象，倒也怪不得。」

揚州城說書先生說到「長鼻子牛妖」這一節書時，茶館中必定笑聲大作，此刻韋小寶依樣葫蘆的說來，果然也引得茅十八放懷大笑。韋小寶繼續說道：「沐王爺擺開陣仗，遠遠望去，但見塵頭大起，幾百頭大象頭上都縛了尖刀，狂奔衝來，象尾上都是火光。原來雲南地近緬甸，那梁王向緬甸買了幾百頭大象，擺下了一個火象陣，用松枝縛在大象尾上，點著了火。大象受驚，便向明軍衝來。大象皮堅肉厚，弩箭射牠不倒，明軍只消一亂，韃子兵便可跟在象後，掩殺過來。明軍都是北方人，從未見過大象，一見之下，不由得心頭發慌，暗暗叫道：『牛魔王尾巴會噴火，今日大事不好了！』」

茅十八臉有憂色，沉吟道：「這火象陣果然厲害。」

韋小寶道：「沐王爺不動聲色，只微微冷笑，待得大象漸漸衝近，喝道：『放田鼠！』那一萬多隻田鼠放了出來，霎時之間，滿地都是老鼠，東奔西竄。要知道大象不怕獅熊虎豹，最怕的卻是老鼠。老鼠如鑽入了大象的耳朵，吃牠腦髓，大象半點奈何不得。眾大象一見老鼠，嚇得魂飛天外，掉頭便逃，衝入韃子陣中，只踏得韃子將官兵卒頭破腿斷。有些大象不辨東南西北，向明軍繼續衝將過來，便一一掉入陷坑。沐王爺叫道：『放火箭！』他老人家這一聲令下，只見天空中千朵萬朵火花，好看煞人。」

茅十八問道：「怎麼箭上會發火？」

韋小寶道：「你道火箭是有火的箭麼？錯了！火箭便是煙花炮仗。明軍之中，有放炮放銃用的硝磺火藥，沐王爺早一晚已傳下號令，命軍士用火藥做成煙火炮仗，射出去時，火花滿天，砰砰嘭嘭的響成一片。那些大象更加怕了，沒命價的奔跑，韃子的陣勢給大象衝了個稀巴爛，希里呼嚕，一塌胡塗。沐王爺下令擂鼓進攻，眾兵將大聲吶喊，跟著大象衝進城去。梁王帶了妃子正在城頭喝酒，等候明軍大敗的消息，卻見幾百頭大象衝進城來。梁王大叫：『咕嚕阿布吐，嗚里嗚！咕嚕阿布吐，嗚里嗚！』」

茅十八奇道：「他嗚野嗚的，叫甚麼？」

韋小寶道：「他是韃子，叫的自然是韃子話，他說：『啊喲不好了，大象起義了！』奔下城頭，看見一口井，便跳將下去，想要自殺。不料那梁王太過肥胖，肚子極大，跳下了一半，肚子塞在井口，上不上，下不下，大叫：『啊喲不好了！孤王半天吊！』」

茅十八道：「怎麼他這次不叫韃子話了？」

韋小寶道：「他叫的還是韃子話，反正你又不懂，我便改成了咱們的話。沐王爺一馬當先，衝進城來，看見一個老韃子身穿黃袍，頭戴金冠，知道必是梁王，見他一個大肚皮塞在井口，不由得哈哈大笑，抓住他頭髮，一把提起，只聞到臭氣沖天，卻原來梁王慌得很了，屎尿直流！」

茅十八哈哈大笑，說道：「小寶，你說的故事當眞好聽。原來沐王爺平雲南，全仗智勇雙全。倘若他不擺老鼠陣，梁王那火象陣衝將過來，明軍非大敗不可。」

韋小寶道：「那還用說？沐王爺打仗用老鼠，咱們打仗用石灰，哥兒倆半斤八兩。」

茅十八搖頭道：「不對！常言道兵不厭詐，打仗用計策是可以的。諸葛亮可不是會擺空城計嗎？咱們一刀一槍，行走江湖，卻須光明磊落，打仗和打架全然不同。」韋小寶道：「我看也差不多。」

兩人一路上談談說說，頗不寂寞。茅十八將江湖上種種規矩禁忌，一件件說給韋小寶聽，最後說道：「你不會武功，人家知道你不是會家子，就不會辣手對付，千萬不可冒充，反而吃虧。」韋小寶道：「我『小白龍』韋小寶只會水底功夫，伏在水底，生吃魚蝦，這陸上功夫嘛，還沒來得及學，便不怎麼考究。」茅十八哈哈大笑。

當晚兩人在一家農家借住。茅十八取出幾兩銀子給那農家，將養了十來日，身上各處傷勢大好，這才僱了大車上道。

注：「最好交情見面初」是「一見如故」的意思，並不是說初見面交情最好，後來就漸漸不好了。

一名大漢撲將過來，茅十八飛腳踢去，正中小腹，那大漢直飛出去。其餘五名大漢破口大罵，紛紛撲來。茅十八使開擒拿手法，肘撞掌劈，頃刻間打倒了四人。

# 第三回　符來袖裏圍方解　錐脫囊中事竟成

不一日到了北京，進城之時，已是午後，茅十八囑咐韋小寶說話行動，須得小心，京城之地，公差耳目衆多，可別露出了破綻。韋小寶道：「我有甚麼破綻？你自己小心別露出破綻才是。你不是要找鰲拜比武嗎？上門去找便是了。」

茅十八苦笑不答。當日說要找鰲拜比武，只是心情激盪之際的一句豪言壯語，他雖鹵莽粗豪，畢竟曾在江湖上混了二十來年，豈不知鰲拜是一人之下、萬人之上的大官，怎肯來跟他這麼個江湖漢子比武？自己武功不過是二三流腳色，鰲拜如眞是滿洲第一勇士，多半打他不過。但既已在韋小寶面前誇下海口，可不能不上北京，心想帶著這小孩在北京城裏逛得十天半月，瞧瞧京城景色，大吃大喝個痛快，送他回揚州便是。鰲拜是一定不肯跟自己比武的，然而是他不肯，可不是自己不敢，韋小寶也不能譏笑我沒種。

萬一鰲拜當眞肯比，那麼茅十八拚了這條命也就是了。

兩人來到西城一家小酒店中，茅十八要了酒菜，正飲之間，忽見酒店外走進兩個人來，一老一小，那老的約莫六十來歲，小的只十二三歲。兩人穿的服色都甚古怪，韋小寶不知他們是何等樣人，茅十八卻知他們是皇宮中的太監。

那老太監面色蠟黃，弓腰曲背，不住咳嗽，似是身患重病。小太監扶住了他，慢慢走到桌旁坐下。老太監尖聲尖氣的道：「拿酒來！」酒保喏喏連聲，忙取過酒來。

老太監從身邊摸出一個紙包，打了開來，小心翼翼的用小指甲挑了少許，溶在酒裏，把藥包放回懷中，端起酒杯，慢慢喝下，過得片刻，突然全身痙攣，抖個不住。那酒保慌了，忙問：「怎麼？怎麼？」那小太監喝道：「走開！囉裏囉唆幹甚麼？」那酒保哈腰陪笑，走了開去，卻不住打量二人。老太監雙手扶桌，牙關格格相擊，越抖越厲害，再過得片刻，連桌子也不住搖晃，桌上筷子一根根掉在地下。

小太監慌了，說道：「公公，再服一劑，好不好？」伸手到他懷中摸出了藥包，便要打開。老太監尖聲叫道：「不……不……不要！」臉上神色甚為緊迫。小太監握著藥包，不敢打開。

就在這時，店門口腳步聲響，走進七名大漢，都光著上身，穿了牛皮褲子，辮子盤在頭頂，全身油膩，晶光發亮，似是用油脂自頂至腿都塗滿了。七人肌肉虬結，胸口生著毿毿黑毛，伸出手來，無不掌巨指粗。七人分坐兩張桌子，大聲叫道：「快拿酒來，牛肉肥鷄，越快越好！」

酒保應道：「是，是！」擺上杯筷，問道：「客官，吃甚麼菜？」一名大漢怒道：「你是聾子嗎？」另一名大漢突然伸手，抓住了酒保後腰，轉臂一挺，將他舉了起來。酒保手足亂舞，嚇得哇哇大叫。七名大漢哈哈大笑。那大漢一甩手，將酒保摔到店外，砰的一聲，掉在地下。酒保大叫：「啊喲，我的媽啊！」衆大漢又齊聲大笑。

茅十八低聲道：「這是玩摔跤的。他們抓起了人，定要遠遠摔出，免得對手落在身邊，立即反攻。」韋小寶道：「你會不會摔跤？」茅十八道：「我沒學過。這種硬功夫遇上了武功好手，便沒多大用處。」韋小寶道：「那你打得過他們了？」茅十八微笑道：「跟這種莽夫有甚麼好打？」韋小寶道：「你一個打他們七個，一定要輸。」茅十八道：「他們不是我對手。」

韋小寶突然大聲叫道：「喂，大個兒們，我這個朋友說，他一個人能打贏你們七個。」茅十八忙喝：「別惹事生非。」但韋小寶最愛的偏偏就是惹事生非，見那七名大漢無緣無故的將酒保摔得死去活來，心頭有氣，聽茅十八說一人能打贏他們七個，便從中挑撥，好叫茅十八教訓教訓他們。

七名大漢齊向茅韋二人瞧來。一人問道：「小娃娃，你說甚麼？」韋小寶道：「我這朋友說，你們欺侮酒保，不算英雄好漢，有種的就跟他鬥鬥。」一名大漢怒目圓睜，對著茅十八喝道：「王八蛋，是你說的嗎？」

茅十八知道這七人是玩摔跤的滿洲人，本不想鬧事，但他一見滿洲人便心中有氣，又聽得那大漢開口罵人，提起酒壺，劈面便飛擲過去。那大漢伸手一格，豈知茅十八在這一擲之中使上了內勁，喀喇一聲，酒壺撞上他手臂，那大漢手臂劇痛，「啊喲」一聲，叫了出來。另一名大漢撲將過來，茅十八飛腳向他踢去。滿洲人摔跤極少用腿，這一腿閃避不了，正中小腹，登時直飛出去。

其餘五名大漢「混帳王八蛋」的亂罵，紛紛撲來。茅十八身形靈便，使開擒拿手法，肘撞掌劈，頃刻間打倒了四人。另一個斜身以肩頭受了茅十八一掌，伸手抓住他後腰，舉將起來，隨即將他身子倒轉，要將他頭頂往階石上搗去。茅十八雙腿連環，噗噗兩聲，都踢在他胸口。那大漢口一張，鮮血狂噴，雙手立即鬆開。

茅十八順著那大漢仰面跌倒之勢，雙足已踹上他胸口，雙掌一招「迴風拂柳」，斜劈而出，正中第一名給酒壺擲中的大漢後心，喀喇一聲響，那大漢斷了幾根肋骨，爬在桌上。茅十八一手拉住韋小寶，道：「小鬼頭，就是會闖禍，快走！」兩人發足往酒店門口奔去。

只跨出兩步，卻見那老太監彎著腰，正站在門口，茅十八伸手往他右臂輕輕一推，要想把他推開。不料手掌剛和他肩頭相觸，只覺得全身劇震，不由自主的一個踉蹌，向旁跌出數步，右腰撞上桌子，那張桌登時倒塌，這一來，帶得韋小寶也摔了出去。韋小寶大叫：「唉唷喂，我的媽啊，痛死人啦！」茅十八猛拿樁子，這才站住，只覺全身發滾，便如火燒一般。他心下大駭，看那老太監時，只見他弓腰曲背，不住咳嗽，於適才之事似乎渾若不知。

茅十八知道今日遇上了高人，對方多半身懷高明武功，竟能將自己輕輕一推之力，化爲偌大力道。武功中本有「借力反打」之術、「四兩撥千斤」之法，但都是對方有多大力量打來，便有多大力量反擊出去，這老頭兒居然可將小力化爲大力。他急忙轉身，提起兀自在大呼小叫的韋小寶，向後堂奔去。

只奔出三步，只聽得一聲咳嗽，那老太監已站在面前。茅十八一驚，足底使勁，上身向前一撲，似是向對方撲擊，身子卻已向後翻出。他雙足尚未落地，忽覺背心上有股輕柔的力量撞到，忙左手反掌擊出，卻擊了個空，身子向前撲出，摔在兩名大漢身上。

這一交摔得極重，幸好那兩名大漢又肥又壯，做了厚厚的肉墊子，才沒受傷。那兩名大漢腿骨折斷，站不起來，手臂卻是無恙，當即施展摔跤手法，將他牢牢抓住。茅十八欲待抗拒，手腳上竟使不出半點力道，原來背心穴道已給人封了。

他背脊向天，看不見身後情景，卻聽得那老太監不住咳嗽，有氣無力的責備小太監：「你又要給我服藥，那不是存心害死我嗎？這藥只要多服得半分，便要了我老命，咳……咳……咳，你這孩子，眞胡鬧。」小太監道：「孩兒實在不知道，以後不敢了。」老太監道：「還有以後？唉，也不知道再活得幾天，咳……咳……咳……」小太監道：「公公，這傢伙是甚麼來頭？只怕是反賊。」

老太監道：「你們這幾位朋友，是那裏的布庫？」一名大漢道：「回公公的話，我們都是鄭王爺府裏的。今天若不是公公出手，擒住了這反賊，我們的臉可丟得大了。」老太監哼了一聲，道：「那……那也是碰巧罷啦。咳……咳咳……你們也別驚動旁人，就將這漢子和那孩子，都送到大內尙膳監來，說是海老公要的人。」幾名大漢齊聲答應。

老太監道：「還不去叫轎子？你瞧我這等模樣，還走得動嗎？」小太監答應一聲，飛奔出去。老太監手扶桌邊，不停咳嗽。

韋小寶見茅十八被擒，想起說書先生曾道：「留得青山在，不怕沒柴燒。」須得腳底抹油，三十六著，走爲上著。他沿著牆壁，悄悄溜向後堂，見誰也沒留意到他，正自暗暗歡喜，那老公公伸指一彈，一根筷子疾飛出來，戳中他右腿的腿彎。韋小寶右腿麻軟，摔倒在地，動彈不得，張口便罵：「癆病成精老烏龜……」轉眼見到一名大漢惡狠狠的模樣，心中一嚇，此後十來句惡毒的言語都縮入了肚裏。

過不多時，門外抬來一乘轎子。小太監進來說道：「公公，轎子到啦！」老太監咳嗽連聲，在小太監扶持之下坐進轎子，兩名轎夫抬著去了。小太監跟隨在後。

七名大漢中四人受傷甚輕，當下將茅十八和韋小寶用繩索牢牢綁起。綁縛之時，不住向茅十八拳打足踢。韋小寶忍不住口中不乾不淨，但兩個重重的耳括子一打，也只好乖乖的不敢作聲。眾大漢叫了兩頂轎子來，又在二人口中塞了布塊，用黑布蒙了眼，放入轎中抬走。韋小寶只在七歲時曾跟母親去燒香時坐過轎子，此刻只好自己心下安慰：「他媽的，老子好久沒坐轎了，今日孝順兒子服侍老子坐轎，眞是乖兒子、乖孫子！」但想到不知會不會陪著茅十八一起殺頭，卻也不禁害怕發抖。

他在轎中昏天黑地，但覺老是走不完。有時轎子停了下來，有人盤問，聽得轎外的大漢總是回答：「尙膳監海老公公叫給送去的。」韋小寶不知尙膳監是甚麼東西，但那海老公似乎頗有權勢，只一提他名頭，轎子便通行無阻。有一次盤問之人揭開轎帷來張了張，說道：「是個小娃娃！」韋小寶想說：「是你祖宗！」苦於口中給塞了布塊，說不出話來。

一路行去，他迷迷糊糊幾乎睡著了，忽然轎子停住，有人道：「海公公要的人送到。」一個小孩聲音道：「是了，海公公在休息，將人放在這裏便是。」韋小寶聽他聲音，便是酒店中遇到的那小孩。只聽先前那人道：「咱們回去稟告鄭王爺，王爺必定派人來謝海老公。」那小孩道：「是了，你說海老公向王爺請安。」那人道：「不敢當。」

跟著便有人將茅十八和韋小寶從轎中拖了出來，提入屋中放下。

衆人腳步聲遠去，靜寂中卻聽得海老公幾下咳嗽之聲。韋小寶聞到一股極濃的藥味，心想：「這老鬼病得快死了，偏不早死幾日，看來還要我和茅大哥為他到閻王跟前打個先鋒。」四周靜悄悄地，除了海老公偶爾咳嗽之外，更無別般聲息。韋小寶手足遭綁，手指腳趾都已發麻，說不出的難受，偏偏海老公似乎將他二人忘了，渾沒理會。

過了良久，才聽得海老公輕聲叫道：「小桂子！」那小孩應道：「是！」韋小寶心想：「原來你這臭小子叫作小桂子，跟你爺爺的名字有個『小』字相同。」只聽海老公道：「把他二人鬆了綁，我有話盤問。」小桂子應道：「是！」

韋小寶聽得喀喀之聲，想是小桂子用刀子割斷茅十八手腳上的繩子，過了一會，自己手腳上的繩子也割斷了，跟著眼上黑布揭開。韋小寶睜開眼來，見置身之所是一間大房，房中物事稀少，只一張桌子，一張椅子，桌上放著茶壺茶碗。海老公坐在椅中，半坐半躺，雙頰深陷，眼睛也半開半閉。此時天色已黑，牆壁上安著兩座銅燭台，各點著一根蠟燭，火光在海老公蠟黃的臉上忽明忽暗的搖晃。

小桂子取出茅十八口中所塞布塊，又去取韋小寶口中的布塊。海老公道：「這小孩子嘴裏不乾不淨，讓他多塞一會。」韋小寶雙手本來已得自由，卻不敢自行挖出口中的布塊，心中所罵的污言穢語，只怕比海老公所能想像到的遠勝十倍。

海老公道：「拿張椅子，給他坐下。」小桂子到隔壁房裏搬了張椅子來，放在茅十八身邊，茅十八便即坐下。韋小寶見自己沒有座位，老實不客氣便往地下一坐。

海老公向茅十八道：「老兄尊姓大名，是那一家那一派的？閣下擒拿手法不錯，似乎不是我們北方的武功。」茅十八道：「我姓茅，叫茅十八，是江北泰州五虎斷門刀門下。」海老公點點頭，說道：「茅十八茅老兄，我也曾聽到過你的名頭。聽說老兄在揚州一帶，打家劫舍、殺官越獄，著實做了不少大事。」茅十八道：「不錯！」他對這癆病鬼老太監的驚人武功不由得不服，也就不敢出言挺撞。海老公道：「閣下來到京師，想幹甚麼事，能跟我說說嗎？」

茅十八道：「既落你手，要殺要剮，悉聽尊便，姓茅的是江湖漢子，不會皺一皺眉頭。你想逼供，可看錯人了。」海老公微微一笑，說道：「誰不知茅十八是鐵錚錚的好漢子，逼供可不敢。聽說閣下是雲南平西王的心腹親信……」

他一句話沒說完，茅十八大怒而起，喝道：「誰跟吳三桂這大漢奸有甚麼干係了？你這麼說，沒的污了我茅十八的名頭。」海老公咳嗽幾聲，微微一笑，說道：「平西王有大功於大清，主子對他很倚重，閣下若是平西王親信，咱們瞧著王爺的面子，小小過犯，也不必計較了。」茅十八大聲道：「不是，不是！茅十八跟吳三桂這臭賊黏不上半點邊兒，姓茅的決不叨這漢奸的光，你要殺便殺，若說我是吳賊的甚麼心腹親信，姓茅的祖宗都倒足了大霉。」

吳三桂帶清兵入關，以致明室淪亡，韋小寶在市井之間，聽人提起吳三桂來，總是加上幾個「漢奸」、「臭賊」、「直娘賊」的字眼，心想：「聽這老烏龜的口氣，只要茅大哥冒認是吳三桂的心腹，便可放了我們。偏偏茅大哥骨頭硬，不肯冒充。但骨頭硬，皮肉就得受苦了。常言道得好：『好漢不吃眼前虧』，吃眼前虧的自然不是好漢。咱們不妨胡說八道一番，說道吳三桂對咱哥兒倆如何如何看重，等到溜之大吉之後，再罵吳三桂的十八代祖宗不遲。」他手腳上血脈漸和，悄悄以袖子遮口，將嘴裏塞著的布塊挖了出來。

海老公正注視著茅十八的臉色，沒見到韋小寶暗中搗鬼，他見茅十八聲色俱厲，微笑道：「我還道閣下是平西王派來京師的，原來猜錯了。」

茅十八心想：「這一下在北京被擒，皇帝腳下的事，再要脫身是萬萬不能了。豹死留皮，人死留名，茅十八一死不打緊，做人可不能含糊。」見韋小寶眼睜睜的正瞧著自己，便大聲道：「老實跟你說，我在南方聽得江湖上說道，那鰲拜是滿洲第一勇士，甚麼拳斃瘋牛，腳踢虎豹，說得天花亂墜。姓茅的不服，特地上北京來，要跟他比劃比劃。」

海老公嘆了口氣，道：「你想跟鰲少保比武？鰲少保官居極品，北京城裏除了皇上、皇太后，便數鰲少保了。老兄在北京等上十年八年，也未必見得著，怎能跟他比武？」

茅十八初時還當海老公使邪術，後來背心穴道被封，直到此刻才緩緩解開，已知這是極上乘的內功武術。瞧這老太監的神情口音，自是滿人，自己連一個滿洲老病夫都打不過，還說甚麼跟滿洲第一勇士比武？他在揚州得勝山下惡戰史松等人之時，雖情勢危急，卻毫不氣餒，此刻對著這個癆病鬼太監，竟不由得豪氣盡消，終於嘆了口長氣。

海老公問道：「閣下還想跟鰲少保比武嗎？」茅十八道：「請問那鰲拜的武功，及得上尊駕幾成？」海老公微微一笑，說道：「鰲少保是出將入相的顧命大臣，富貴極品，榮華無比。我是個苦命的下賤人。跟鰲少保一個在天，一個在地，怎能相比？」他說的是二人身分地位，於武功一節竟避而不提。茅十八道：「那鰲拜的武功倘若有你一半，我就已萬萬不是對手。」海老公微笑道：「老兄說得太謙了。以老兄看來，在下的粗淺功夫，若和陳近南相比，卻又如何？」

茅十八一跳而起，問道：「你……你……你說甚麼？」海老公道：「我問的是貴會總舵主陳近南。聽說陳總舵主練有『凝血神抓』，內功之高，人所難測，只可惜緣慳一面，我這下賤人，沒福拜見陳總舵主。」茅十八道：「我不是天地會的，也沒福氣見過陳總舵主。聽說陳總舵主武功極高，到底怎樣高法，可就不知道了。」

海老公嘆了口氣，道：「茅兄，我早知你是條好漢子，以你這等好身手，卻爲甚麼不跟皇家效力？將來做提督、將軍，也不是難事。跟著天地會作亂造反，唉……」搖了搖頭，又道：「那總是沒好下場。我良言相勸，你不如臨崖勒馬，退出了天地會罷。」

茅十八道：「我……我……我不是天地會。」突然放大喉嚨，說道：「我這可不是抵賴不認。姓茅的只盼加入天地會，只一直沒人接引。江湖上有句話道：『爲人不識陳近南，就稱英雄也枉然。』海老公，這話想來你也聽到過。姓茅的是堂堂漢人，雖沒入天地會，然而決意反清復明，那有反投滿清去做漢奸的道理？你快快把我殺了罷！姓茅的殺人放火，犯下的事太大，早就該死了，只是沒見過陳近南，死了有點不閉眼。」

海老公道：「你們漢人不服滿人得了天下，原也沒甚麼不對。我敬你是一條好漢子，今日便不殺你，讓你去見了陳近南之後，死得眼閉。盼你越早見到他越好，見到之時說海老公很想見見他，要領教領教他的『凝血神抓』功夫，到底是怎生厲害，盼望他早日駕臨京師。唉，老頭兒沒幾天命了，陳總舵主再不到北京來，我便見他不到了。嘿嘿，『爲人不識陳近南，就稱英雄也枉然！』陳近南又到底如何英雄了得？江湖上竟有偌大名頭？」

茅十八聽他說竟然就這麼放自己走，大出意料之外，站了起來卻不就走。海老公道：「你還等甚麼？還不走嗎？」茅十八道：「是！」轉身去拉了韋小寶的手，想要說幾句話交代，卻不知說甚麼話才好。

海老公又嘆了口氣，道：「虧你也是在江湖上混了這麼久的人，這一點規矩也不懂。你不留點甚麼東西，就想一走了之？」

茅十八咬了咬牙，道：「不錯，是我姓茅的粗心大意。小兄弟，借這刀子一用，我斷了左手給你。」說著向小太監小桂子身旁的匕首指了指。這匕首長約八寸，是小桂子適才用來割他手腳上繩索的。

海老公道：「一隻左手，卻還不夠。」茅十八鐵青著臉道：「你要我再割下右手？」海老公點頭道：「不錯，兩隻手。本來嘛，我還得要你一對招子，咳……咳……可是你想見一見陳近南，沒了招子，便見不到人啦。這麼著，你自己廢了左眼，留下右眼！」

茅十八退了兩步，放開拉著韋小寶的手，左掌上揚，右掌斜按，擺了個「犀牛望月」的招式，心想：「你要我廢了左眼，再斷雙手，這麼個殘廢人活著幹麼？不如跟你一拚，死在你的掌底，也就是了。」

海老公兩眼全不望他，不住咳嗽，越咳越厲害，到後來簡直氣也喘不過來，本來蠟黃的臉忽然脹得通紅。小桂子道：「公公，再服一劑好麼？」海老公不住搖頭，但咳嗽仍然不止，咳到後來，忍不住站起身來，以左手抆住自己頭頸，神情痛苦已極。

茅十八心想：「此時不走，更待何時？」一縱身，拉住韋小寶的手，便往門外竄去。

海老公右手拇指和食指兩根手指往桌邊一捏，登時在桌邊上捏下一小塊木塊，嗤的一聲響，彈了出去。茅十八正自一大步跨將出去，那木片撞在他右腿「伏兔穴」上，登時右腳酸軟，跪倒在地，跟著嗤的一聲響，又是一小塊木片彈出，茅十八左腿穴道又給擊中，在海老公咳嗽聲中，和韋小寶一齊滾倒。

小桂子道：「再服半劑，多半不打緊。」海老公道：「好，好，只……只要一點兒，多了危……危險得很。」小桂子應道：「是！」伸手到他懷中取出藥包，轉身回入內室，取了一杯酒出來，打開藥包，伸出小指，用指甲挑了一些粉末。海老公道：「太……太多……」小桂子道：「是！」將指甲中一些粉末放回藥包，眼望海老公。海老公點了點頭，彎腰又大聲咳嗽起來，突然間身子向前一撲，爬在地下，不住扭動。

小桂子大驚，搶過去扶，叫道：「公公，公公，怎麼啦？」海老公喘息道：「好……好熱……扶……扶我……去水……水缸……水缸裏浸……浸……」小桂子道：「是！」用力扶他起身。兩人踉踉蹌蹌的搶入內室，接著便聽到撲通一響的濺水之聲。

這一切韋小寶都瞧在眼裏，當即悄悄站起，躡足走到桌邊，伸出小指，連挑了三指甲藥粉，傾入酒中，生怕不夠，又挑入兩指甲，再將藥包摺攏，重新打開，泯去藥粉中指甲挑動過的痕跡，只聽得小桂子在內室道：「公公，好些了嗎？別浸得太久了。」海老公道：「好熱……好……熱得火燒一般。」韋小寶見那柄匕首放在桌上，當即拿了，回到茅十八身邊，伏在地下。

過不多時，水聲響動，海老公全身濕淋淋地，由小桂子扶著，從內房中出來，仍不住咳嗽，小桂子拿起酒杯，餵到他口邊。海老公咳嗽不止，並不便喝。韋小寶一顆心幾乎要從心窩中跳將出來。海老公道：「能夠不吃……最好不……不吃這藥……」小桂子道：「是！」將酒杯放在桌上，包好藥包，放入海老公懷中。海老公跟著又大咳起來，滿臉漲得通紅，向酒杯指了指。小桂子拿起酒杯，送到他嘴邊，海老公一口喝乾。

茅十八沉不住氣，不禁「啊」的一聲。海老公道：「你……你如想……活著出去……」突然間喀喇一聲響，椅子倒塌。他身子向桌上伏去，這一伏力道奇大，喀喇、喀喇兩聲，桌子又塌，連人帶桌，向前倒了下來。

小桂子大驚，大叫：「公公，公公！」搶上去扶，背心正對著茅十八和韋小寶二人。韋小寶輕輕躍起，提起匕首，向他背心猛力戳下。小桂子低哼一聲，便即斃命。海老公卻兀自在地下扭動。

韋小寶提起匕首，對準了海老公背心，又待戳下。便在此時，海老公抬起頭來，說道：「小……小桂子，這藥不對啊。」韋小寶只嚇得魂飛天外，匕首那裏還敢戳落？海老公轉過身來，伸手抓住了韋小寶左腕，道：「小桂子，剛才的藥沒弄錯？」

韋小寶含含糊糊的道：「沒……沒弄錯……」只覺左腕便如給一道鐵箍箍住了，奇痛入骨，只嚇得抓著匕首的右手回縮尺許。

海老公顫聲道：「快……快點蠟燭，黑漆漆一團，甚麼……甚麼也瞧不見。」

韋小寶大奇，蠟燭明明點著，他為甚麼說黑漆漆一團？「莫非他眼睛瞎了？」便道：「蠟燭沒熄，公公，你……你沒瞧見嗎？」他和小桂子雖然都是孩子口音，但小桂子說的是旗人官腔，一時怎學得會，只好說得含含糊糊，盼望海老公暫不發覺。

海老公叫道：「我……我瞧不見，誰說點了蠟燭？快去點起來！」說著便放開了韋小寶手腕。韋小寶道：「是，是！」急忙走開，快步走到安在牆壁上的燭台之側，伸手撥動燭台銅圈，發出叮噹之聲，說道：「點著了！」

海老公道：「甚麼？胡說八道！為甚麼不點亮了蠟……」一句話沒說完，身子劇烈扭動，仰天摔倒。

韋小寶向茅十八急打手勢，叫他快逃。茅十八向他招手，要他同逃。韋小寶轉身走向門口，卻聽海老公呻吟道：「小……小桂子，小……桂子……你……」韋小寶應道：「是，我在這兒！」左手連揮，叫茅十八先逃出去再說，自己須得設法穩住海老公。

茅十八掙扎著想要站起，但雙腿穴道遭封，忙伸手推拿腰間和腿上穴道，勁力使去，竟沒半點動靜，心想：「我雙腿沒法動彈，只得爬了出去。這孩子鬼精靈，一個小孩兒家，旁人也不會留神，他要脫身不難，倘若跟我在一起，遇上敵人，反而累了他。」當下向韋小寶揮了揮手，雙手據地，悄悄爬了出去。

海老公的呻吟一陣輕，一陣響。韋小寶不敢便走，生怕他察覺小桂子已死，聲張起來，他手下人出動圍捕，自己和茅十八定然難以逃脫，心想：「這次禍事，都是我惹出來的。茅大哥雙腿不能行走，不知要多少時候才能逃遠。我在這　多挨一刻好一刻。只要海老烏龜不發覺我是冒牌貨，那便沒事。這老烏龜病得神志不清，等他昏過去時，我一刀殺了他，就可逃走了。」

過得片刻，忽聽得遠處傳來的篤的篤噹、的篤的篤噹的打更之聲，卻是已交初更。韋小寶見燭光閃耀，突然一亮，左首的蠟燭點到盡頭，跟著便熄了，眼見小桂子的屍首蜷曲成一團，很是害怕：「這人是我殺的，他變成了鬼，會不會找我索命？」又想：「等到天一亮，就難以脫身了，須得半夜裏乘黑逃走。」

可是海老公呻吟之聲不絕，始終不再昏迷，他仰天而臥，韋小寶膽子再大，也不敢提起匕首往他胸膛或小腹上揷下去，心知這老人武功厲害之極，只要刀尖碰到他肌膚，他立時知覺，發掌打來，自己非腦漿迸裂不可。又過一會，另外一枝蠟燭也熄了。

黑暗之中，韋小寶想到小桂子的屍首觸手可及，害怕之極，只盼儘早逃出去，但只要他身子一動，海老公便叫道：「小……小桂子，你……在這裏麼？」韋小寶只好答應：「我在這裏！」

過了大半個時辰，他躡手躡腳的走到門邊。海老公又叫：「小桂子，你上那裏去？」韋小寶道：「我……我去小便。」海老公問：「為……為甚麼不在屋裏小便？」韋小寶應道：「是，是。」

他走到內室，那是他從未到過的地方，剛進門，只走得兩步，便砰的一聲，膝頭撞在桌子腳上。海老公在外面問道：「小……桂子，你……你幹甚麼？」韋小寶道：「沒……沒甚麼！」伸出手去摸索，在桌上摸到了火刀火石，忙打著了火，點燃紙媒，見桌上放著十幾根蠟燭，當即點燃一根，插上燭台。

只見房中放著一張大床，一張小床，料想是海老公和小桂子所睡。房中有幾隻箱子，一桌一櫃，此外無甚物件。東首放著一隻大水缸，顯得十分突兀，地下濺得濕了一大片。他正在察看是否可從窗中逃出去，海老公又在外面叫了起來：「你幹麼還不小便？」

韋小寶一驚：「他怎地一停不歇的叫我？莫非他聽我的聲音不對，起了疑心？否則我小便不小便，管他屁事？」當即應道：「是！」從小床底下摸到便壺，一面小便，一面打量窗子，見窗子關得甚實，每一道窗縫都用棉紙糊住，想是海老公咳得厲害，生怕受寒，連一絲冷風也不讓進來。若用力打開窗子，海老公定然聽到，多半還沒逃出窗外，便給擒住了。

他在房中到處打量，想找尋脫身的所在，但房中連狗洞、貓洞也沒一個，倘若從外房逃走，定然會給海老公發覺，一瞥眼間，見小桂子床上腳邊放著一襲新衣，心念一動，忙脫下身上衣服，披上新衣。

海老公又在外面叫：「小桂子，你……你在幹甚麼？」韋小寶道：「來啦！來啦！」一面結扣子，一面走了出去，拾起小桂子的帽子戴在頭上，說道：「蠟燭熄了，我去點一枝。」回到內室，取了兩根蠟燭，點著了出來。

海老公嘆了口長氣，低聲道：「你當眞已點著了蠟燭？」韋小寶道：「是啊，難道你沒瞧見？」海老公半晌不語，咳嗽幾聲，才道：「我明知這藥不能多吃，只是咳得實在……實在難受，唉，雖然每次只吃一點點，可是日積月累下來，毒性太重，終於……終於眼睛出了毛病。」韋小寶心中一寬：「老傢伙不知我在他酒中加了藥粉，還道是服藥多時，積了下來，這才發作。」

只聽海老公又道：「小桂子，公公平日待你怎樣？」韋小寶半點也不知道海老公平日待小桂子怎樣，忙道：「好得很啊。」海老公道：「唔，公公現下眼睛瞎了，這世上就只有你一個人照顧我，你會不會離開公公，不……不理我了？」韋小寶道：「我……當然不會。」海老公道：「這話眞不眞啊？」韋小寶忙道：「自然半點不假。」回答得毫不猶疑，而且語氣誠懇，勢要海老公非大爲感動不可。他又道：「公公，你沒人相陪，如果我不陪你，誰來陪你？我瞧你的眼病過幾天就會好的，那也不用躭心。」

海老公嘆了口氣，道：「好不了啦，好不了啦！」過了一會，問道：「那姓茅的已逃走了？」韋小寶道：「是！」海老公道：「他帶來的那個小孩給你殺了？」韋小寶心中怦怦亂跳，答道：「是！他……他這屍首怎麼辦？」

海老公微一沉吟，道：「咱們屋中殺了人，給人知道了，查問起來，囉唆得很。你……你去將我的藥箱拿來。」韋小寶道：「是！」走進內室，不見藥箱，拉開櫃子的抽斗，一隻隻的找尋。

海老公突然怒道：「你在幹甚麼？誰……誰叫你亂開抽斗？」韋小寶嚇了一跳，心道：「原來這幾隻抽斗是開不得的。」道：「我找藥箱呢，不知放在那裏去了。」海老公怒道：「胡說八道，藥箱放在那裏都不知道。」

韋小寶道：「我……我殺了人，心……心裏害怕。你……你公公又瞎了眼睛，我……我完全胡塗了。」說到後來，竟哇的一聲哭了出來。他不知藥箱的所在，只怕單是這件事便露出了馬腳，心中著急，說哭便哭，卻也半點不難。

海老公道：「唉，這孩子，殺個人又打甚麼緊了？藥箱是在第一口箱子裏。」

韋小寶抽抽噎噎的道：「是……是……我……我怕得很。」見兩口箱子都用銅鎖鎖著，又不知鑰匙在甚麼地方，伸手在鎖扣上一推，那鎖應手而開，原來並未鎖上，暗叫：「運氣眞好！這鎖中的古怪我如又不知道，老烏龜定要大起疑心。」除下了鎖，打開箱子，見箱中大都是衣服，左邊有隻走方郎中所用的藥箱，當即取了，走到外房。

海老公道：「挑些『化屍粉』，把屍首化了。」韋小寶應道：「是。」拉出藥箱的一隻隻小抽斗，但見抽斗中盡是形狀顏色各不相同的瓷瓶，也不知那一瓶是化屍粉，問道：「是那一隻瓶子？」海老公道：「這孩子，怎麼今天甚麼都胡塗了，當眞是嚇昏了頭嗎？」韋小寶道：「我……我怕得很，公公，你的眼睛……會好嗎？」語氣中對他眼病的關切之情，著實熱切。

海老公似乎頗爲感動，伸手輕輕摸了摸他頭，說道：「那個三角形的、青色有白點的瓶子便是了。這藥粉挺貴重，只消挑一丁點便夠了。」

韋小寶應道：「是，是！」拿起那青色白點的三角瓶子，打開瓶塞，從藥箱中取了張白紙，倒了少許藥末出來，撒在小桂子的屍身之上。

可是過了半天，並無動靜。海老公道：「怎麼了？」韋小寶道：「沒見甚麼。」海老公道：「是不是撒在他血裏的？」韋小寶道：「啊，我忘了！」又倒了些藥末，撒在屍身傷口之中。海老公道：「你今天眞有些古裏古怪，連說話聲音也不同了。」

便在此時，只聽得小桂子屍身的傷口中嗤嗤發聲，升起淡淡煙霧，跟著傷口中不住流出黃水，煙霧漸濃，黃水也越流越多，發出又酸又焦的臭氣，眼見屍身的傷口越爛越大。屍身肌肉遇到黃水，便即發出煙霧，慢慢的也化而爲水，連衣服也是如此。

韋小寶只看得撟舌不下，取過自己換下來的長衫，丟在屍身上，又見自己腳下一對鞋子已然踢破了頭，忙除下小桂子的鞋子，換在自己腳上，將破鞋投入黃水。

約莫一個多時辰，小桂子的屍身連著衣服鞋襪，盡數化去，只賸下一攤黃水。韋小寶心想：「老烏龜倘若這時昏倒，那就再好也沒有了，我將他推入毒水之中，片刻之間也教他化得屍骨無存。」

可是海老公不斷咳嗽，不斷唉聲嘆氣，卻總是不肯昏倒。

眼見窗紙漸明，天已破曉，韋小寶心想：「我已換上了這身衣服，便堂而皇之的出去，也沒人認得我，那倒不用發愁。」

海老公忽道：「小桂子，天快亮了，是不是？」韋小寶道：「是啊。」海老公道：「你舀水把地下沖沖乾淨，這氣味不太好聞。」韋小寶應了，回到內室，用水瓢從水缸中舀了幾瓢水，將地下黃水沖去。

海老公又道：「待會吃過早飯，便跟他們賭錢去。」韋小寶大爲奇怪，料想這是反話，便道：「賭錢？我才不去呢！你眼睛不好，我怎能自己去玩？」海老公怒道：「誰說是玩了？我教了你幾個月，幾百兩銀子已輸掉了，爲來爲去，便是爲了這件大事，你不聽我吩咐麼？」

韋小寶不明白他的用意，只得含糊其辭的答道：「不……不是不聽你吩咐，不過你身子不好，咳得又兇，我去幹……幹這件事，沒人照顧你。」海老公道：「你給我辦妥這件事，比甚麼都強。你再擲一把試試。」韋小寶道：「擲一把？擲……擲那一把？」海老公怒道：「快拿骰子來，推三阻四的。就是不肯下苦功去練，練了這許久，老是沒長進。」

韋小寶聽說是擲骰子，精神爲之一振，他在揚州，除了聽說書，大多數時候便在跟人擲骰子賭錢，年紀雖小，在揚州街巷之間，已算得是一把好手，只不知骰子放在甚麼地方，說道：「這一天搞得頭昏腦脹，那幾粒骰子也不知放在甚麼地方了。」

海老公罵道：「不中用的東西，聽說擲骰子便嚇破了膽，輸錢又不是輸你的。那骰子不是好端端放在箱子裏嗎？」

韋小寶道：「也不知是不是。」進內室打開箱子，翻得幾翻，在一隻錦緞盒子中果然見到有隻小瓷碗，碗裏放著六粒骰子。當眞是他鄉遇故知，忍不住一聲歡呼，待得拿起六粒骰子，又是一聲歡呼。原來遇到的不但是老朋友，而且是最最親密的老朋友，這六粒骰子一入手，便知是灌了水銀的騙局骰子。

他將瓷碗和骰子拿到海老公身邊，說道：「你當眞定要我去賭錢？你一個人在這裏，沒人服侍，成嗎？」海老公道：「你少給我囉唆，限你十把之中，擲一隻『天』出來。」

當時擲骰子賭錢，骰子或用四粒，或用六粒；如用六粒，則須擲成四粒相同，餘下兩粒便成一隻骨牌，兩粒六點是「天」，兩粒一點是「地」，以此而比大小。韋小寶心想：「這骰子是灌水銀的，要我十把才擲成一隻『天』，太也小覷老子了。」但用灌水銀骰子作弊，比之灌鉛骰子可難得多了，他連擲四五把，都擲不出點子，擲到第六把上，兩粒六點，三粒三點，一粒四點，倘若這四點的骰子是三點，這隻「天」便擲出來了，他小指頭輕輕一撥，將這粒四點的撥成三點，拍手叫道：「好，好，這可不是一隻『天』嗎？」

海老公道：「別欺我瞧不見，拿過來給我摸。」伸手到瓷碗中一摸，果然六粒骰子之中四粒三點，兩粒六點。海老公道：「今天運氣倒好，給我擲個『梅花』出來。」

韋小寶提起骰子，正要擲下去時，心念一動：「聽他口氣，小桂子這小烏龜擲骰子的本事極差，我要是擲甚麼有甚麼，定會引起老烏龜的疑心。」手勁一轉，連擲了七八把都是不對，再擲一把之後嘆了口氣。

海老公道：「擲成了甚麼？」韋小寶道：「是……是……」海老公哼了一聲，伸手入碗去摸，摸到是四粒兩點，一粒四點，一粒五點，是個「九點」。海老公道：「手勁差了這麼一點兒，梅花變成了九點。不過九點也不小了。你再試試。」

韋小寶試了十七八次，擲出了一隻「長三」，那比「梅花」只差一級。海老公摸清楚之後，頗爲高興，道：「有些長進啦，去試試手氣罷。今天帶五十……五十兩銀子去。」

韋小寶適才在箱中翻尋骰子之時，已見到十來隻元寶。說到賭錢，原是他平生最喜愛之事，只是一來沒本錢，二來太愛作假，揚州市井之間，人人均知他是小騙子，除了外來的羊牯，誰也不上他的當。此刻驚魂略定，忽然能去賭錢，何況賭本竟有五十兩之多，那是連做夢也難得夢到的豪賭，更何況有騙局骰子攜去，當眞是甫出地獄，便上天堂，就算賭完要殺頭，也不肯就此逃走了。只不知對手是誰，上那裏去賭，倘若一一詢問，立時便露出了馬腳，那可是個大大的難題。

他開箱子取了兩隻元寶，每隻都是二十五兩，正自凝思，須得想個甚麼法子，才能騙出海老公的話來，忽聽得門外有人嘎聲叫道：「小桂子，小桂子！」

韋小寶走到外堂，答應了一聲。海老公低聲道：「來叫你啦，這就去罷。」韋小寶欣然正要出門，猛然間肚子裏叫一聲苦，不知高低：「那些賭鬼可不是瞎子，他們一眼便知我不是小桂子，那便如何是好？」

只聽門外那人又叫：「小桂子，你出來，有話跟你說。」

韋小寶道：「來啦！」當即回到內室，取了塊白布，纏在頭上臉上，只露出了一隻眼睛與嘴巴，向海老公道：「我去啦！」快步走出房門，只見門外一名三十來歲的漢子，低聲問道：「你怎麼啦？」韋小寶道：「輸了錢，給公公打得眼青臉腫。」那人嘻的一笑，更無懷疑，低聲問道：「敢不敢再去翻本？」韋小寶拉著他衣袖走開幾步，低聲道：「別給公公聽見。當然要翻本啦。」那人大拇指一豎，道：「好小子，有種！這就走！」

韋小寶和他並肩而行，見這人頭小額尖，臉色青白。走出數丈後，那人道：「溫家哥兒倆、平威他們都已先去了。今日你手氣得好些才行。」韋小寶道：「今天再不贏，那……那可糟了！」

一路上走的都是迴廊，穿過一處處庭院花園。韋小寶心想：「他媽的，這財主眞有錢，起這麼大的屋子。」眼見飛簷繪彩，棟樑雕花，他一生之中，那裏見過這等富麗豪華的大屋？心想：「咱麗春院在揚州，也算得上是數一數二的漂亮大院子了，比這裏可又差得遠啦。乖乖弄的東，在這裏開座院子，嫖客們可有得樂子了。不過這麼大的院子裏，如不坐滿百來個姑娘，卻也不像樣。」

韋小寶跟著那人走了好一會，走進一間偏屋，穿過了兩間房間，那人伸手敲門，篤篤篤三下，篤篤兩下，又篤篤篤三下，那門呀的一聲開了，只聽得玎玲玲、玎玲玲骰子落碗之聲，說不出的悅耳動聽。房裏已聚著五六個人，都是一般打扮，正在聚精會神的擲骰子。

一個二十來歲的漢子問道：「小桂子幹麼啦？」帶他來的那人笑道：「輸了錢，給海老公打啦。」那人嘿嘿一笑，口中嘖嘖數聲。韋小寶站在數人之後，見各人正在下注，有的一兩，有的五錢，都是竹籤籌碼。他拿出一隻元寶，買了五十枚五錢銀子的籌碼。

一人說道：「小桂子，今日偷了多少錢出來輸？」韋小寶道：「呸！甚麼偷不偷、輸不輸的？難聽得緊！」他本要烏龜兒子王八蛋的亂罵一起，但發覺自己說話的腔調跟他們太不像，罵人更易露出馬腳，心想少開口爲妙，一面留神學他們的說話。

帶他進來的那漢子拿著籌碼，神色有些遲疑。旁邊一人道：「老吳，這會兒霉莊，多押些。」老吳道：「好！」押了二兩銀子，說道：「小桂子，怎麼樣？」韋小寶心想：「最好不要人家留心自己，不要贏多，不要輸多，押也不要押得大。」於是押了五錢銀子。旁人誰也不來理他。

那做莊的是個肥胖漢子，這些人都叫他平大哥，韋小寶記得老吳說過賭客中有一人叫作平威，這平大哥自是平威了。只見他拿起骰子，在手掌中一陣抖動，喝道：「通殺！」將骰子擲入碗中。韋小寶留神他的手勢，登時放心：「此人是個羊牯！」在他心中，凡是不會行騙的賭客，便是羊牯。平威擲了六把骰子，擲出個「牛頭」，那是短牌中的大點子。

餘人順次一個個擲下去，有的賠了，有的吃了。老吳擲了個「八點」，給吃了。韋小寶每見一人擲骰，心中便叫一聲：「羊牯！」他連叫了七聲「羊牯」，登時大爲放心。

他懷中帶著海老公的水銀骰子，原擬玩到中途，換了進去，贏了一筆錢後，再設法換出來。擲假骰子的手法固然極爲難練，而將骰子換入換出，更須眼明手快，便如變戲法一般，先得引開旁人注意，例如忽然踢倒一隻櫈子、倒翻一碗茶之類，衆人眼光都去瞧櫈子瞧茶碗時，眞假骰子便掉了包。不過若是好手，自不必出到踢櫈翻茶的下等手法，通常是在手腕間暗藏六粒骰子，手指上抓六粒骰子，一把擲下，落入碗中的是腕間骰子，而手指中的六粒骰子一合手便轉入左掌，神不知、鬼不覺的揣入懷中，這門本事韋小寶卻沒學會。

有道是：「骰子灌鉛，贏錢不難；灌了水銀，點鐵成金。」水銀和鉛均極沉重，骰子一邊輕一邊重，能依己意指揮。只是鉛乃硬物，水銀卻不住流動，是以擲灌鉛骰子甚易而擲水銀骰子極難。骰子灌鉛易於爲人發覺，同時你既能擲出大點，別人亦能擲出大點，但若灌的是水銀，要甚麼點子，非用上乘手法不可，非尋常騙徒之所能。韋小寶擲灌鉛骰子有六七成把握，對付水銀骰子，把握便只一成二成。雖只一成二成，但十把中只須多贏得一兩把，幾個時辰賭將下來，自然大佔贏面。至於眞正的一流高手，則能任意投擲尋常骰子，要出幾點便是幾點，絲毫不爽，決不需借助於灌鉛灌水銀的骰子，這等功夫萬中無一，韋小寶也未曾遇上過，就算遇上了，他也看不出來。

他見入局的對手全是羊牯，心想骰子換入換出全無危險，且不忙換骰子。他入局時有兩隻二十五兩的元寶，一隻兌了籌碼，將另一隻元寶放在左手邊，以作掉換骰子的張本，又想：「小桂子既常輸錢，我也得先輸後贏，免得引人疑心。」擲了幾把，擲出一隻么六來，自然是給吃了。

如此輸一注，贏一注，拉來拉去，輸了五兩銀子。賭了半天，各人下注漸漸大了，韋小寶仍下五錢。莊家平威將他的竹籌一推，說道：「至少一兩，五錢不收。」韋小寶當即添了一根籌碼。莊家擲出來是張「人」牌，一注注吃了下來。韋小寶惱他不收自己的五錢賭注，這一次決意贏他，心道：「你不肯輸五錢，定要輸上一兩，好小子，有種，算盤挺精。我若用天牌贏你，不算好漢。」他右手抓了骰子，左手手肘一挺，一隻大元寶掉下地去，托的一聲，正好掉在他左腳腳面。他大叫一聲：「啊喲，好痛！」跳了幾下。同賭的七人都笑了起來，瞧著他彎下腰去拾元寶。韋小寶輕輕易易的便換過了骰子，一手擲下去，四粒三點，兩粒一點，是張「地」牌，剛好比「人」牌大了一級。平威罵道：「他媽的，小鬼今天手氣倒好。」

韋小寶心中一驚：「不對，我這般贏法，別人一留神，便瞧出我不是小桂子了。」下一次擲時，他便輸了一兩。眼見各人紛紛加注，有的三兩，有的二兩，他便下注二兩，贏了二兩，下一次卻輸一兩。

賭到中午時分，韋小寶已贏得二十幾兩，只是每一注進出都甚小，誰也沒加留神。

老吳卻已將帶來的三十幾兩銀子輸得精光，神情甚是懊喪，雙手一攤，說道：「今兒手氣不好，不賭啦！」

韋小寶賭錢之時，十次中倒有九次要作弊騙人，但對賭友卻極爲豪爽。他平時給人辱罵毆打，沒人瞧他得起，但若有人輸光了，他必借錢給此人，那人自然感激，對他另眼相看。韋小寶生平偶有機會充一次好漢，也只在借賭本給人之時。那人就算借了不還，他也並不在乎，反正這錢也決不是他自己掏腰包的。這時見老吳輸光了要走，當即抓起一把籌碼，約有十七八兩，塞在他手裏，說道：「你拿去翻本，贏了再還我！」

老吳喜出望外。這些人賭錢，從來不肯借錢與人，一來怕借了不還，二來覺得錢從己出，彩頭不好，本來贏的會成輸家。他見韋小寶如此慷慨，大爲高興，連拍他肩頭，讚道：「好兄弟，眞有你的。」

莊家平威氣勢正旺，最怕人輸乾了散局，對韋小寶的「義舉」也十分讚許，說道：「哈，小桂子轉了性，今天不怎麼小氣啦！」

再賭下去，韋小寶又贏了六七兩。忽然有人說道：「開飯啦，明兒再來玩過。」衆人一聽到「開飯啦」三字，立即住手，匆匆將籌碼換成銀子。韋小寶來不及換回水銀骰子，心想反正這些羊牯也瞧不出來，倒也沒放在心上。

韋小寶跟著老吳出來，心想：「不知到那裏吃飯去？」老吳將借來的十幾兩銀子又輸得差不多了，說道：「小兄弟，只好明天還你。」韋小寶道：「自己兄弟，打甚麼緊？」老吳笑道：「嘿嘿，這才是好兄弟呢，你快回去，海老公等你吃飯呢。」

韋小寶道：「是。」心想：「原來是回去跟老烏龜吃飯，此刻不逃，更待何時？」見老吳穿入一處廳堂，尋思：「這裏又是大廳，又是花園，又是走廊，不知大門在甚麼地方。」只好亂闖亂走，時時撞到和他一般服色之人，可不敢問人大門所在。

他越走越遠，心下漸漸慌了：「不如先回到海老烏龜那裏去再說。」可是此刻連如何回到海老公處，也已迷失了路徑，所行之處都是沒到過的，時時見到廳上、門上懸有匾額，反正不識，也沒去看。

再走一會，連人也不大碰到了，肚中已餓得咕咕直響。他穿過一處月洞門，見左側有間屋子，門兒虛掩，走過門邊，突然一陣食物香氣透了出來，不由得饞涎欲滴，輕輕推門，探頭張望。

只見桌上放著十來碟點心糕餅，眼見屋內無人，便躡手躡腳的走了進去，拿起一塊千層糕，放入口中。只嚼得幾嚼，不由得暗暗叫好。這千層糕是一層麵粉夾一層蜜糖豬油，更有桂花香氣，既鬆且甜。維揚細點天下聞名，妓院中款待嫖客，點心也做得十分考究。韋小寶往往先嫖客之嚐而嚐，儘管老鴇龜奴打罵，他還是偷吃不誤。此刻所吃的這塊糕，顯然比妓院中的細點更精致得多，心道：「這千層糕做得眞好，我瞧這兒多半是北京城裏的第一大妓院。」

他吃了一塊千層糕，不聽得有人走近，又去取了一隻小燒賣放入口中。他偷食的經驗極豐，知道一碗一碟之中不能多取，才不易爲人發覺。吃了一隻燒賣後，又吃一塊碗豆黃，將碟中糕點略加搬動，不露偷食之跡。

正吃得興起，忽聽得門外靴聲橐橐，有人走近，忙拿了一個肉末燒餅，見屋中空空洞洞，牆壁邊倚著幾個牛皮製的人形，樑上垂下來幾隻大布袋，裏面似乎裝著米麥或是沙土，此外便只眼前這張桌子，桌前掛著塊桌帷，當下更不細思，便即鑽入桌底。

注：

一、以藥粉化去屍體，中國古書上最早見於唐人傳奇《聶隱娘》，劍客老尼教徒弟聶隱娘，殺人後彈藥於屍上，屍體即化爲水。但現代科學中尚無此法。英國小說《道靈格萊的畫像》中描寫，以化學方法銷毀屍體，手續甚繁。

二、「符來袖裏」是戰國時魏如姬爲信陵君盜得虎符，用以調兵，以巧計爲趙國解圍。「錐脫囊中」是趙平原君門客毛遂說楚王聯手抗秦，平原君讚他如錐處囊中，日久必脫穎而出建功。

小玄子見韋小寶撲到，側身讓開，伸手在他背上一推。韋小寶撲了個空，本已收腳不住，再給他順力推出，登時俯身重重摔倒。

# 第四回　無跡可尋羚掛角　忘機相對鶴梳翎

靴聲響到門口，那人走了進來。韋小寶從桌底下瞧出去，見那靴子不大，來人當是個和自己差不多年紀的男孩，當即放心，將燒餅放入口中，卻也不敢咀嚼，只是用唾沫去浸濕燒餅，待浸軟了吞嚥。

只聽得咀嚼之聲發自桌邊，那男孩在取糕點而食，韋小寶心想：「也是個偷食的，我大叫一聲衝出去，這小鬼定會嚇得逃走，我便可大嚼一頓了。」又想：「剛才眞笨，該當把幾碟點心倒在袋裏便走。這裏又不是麗春院，難道短了甚麼，就定是把帳算在我頭上？」

忽聽得砰砰聲響，那男孩在敲擊甚麼東西，韋小寶好奇心起，探頭張望，只見那男孩約莫十四五歲年紀，身穿短打，伸拳擊打樑上垂下來的一隻布袋。他打了一會，又去擊打牆邊的皮人。那男孩一拳打在皮人胸口，隨即雙臂伸出，抱住了皮人的腰，將之按倒在地，所用手法，便似昨日在酒館中所見到那些摔跤的滿人一般。韋小寶哈哈一笑，從桌底鑽了出來，說道：「皮人是死的，有甚麼好玩？我來跟你玩。」

那男孩見他突然現身，臉上又纏了白布，微微一驚，但聽他說來陪自己玩，登時臉現喜色，道：「好，你上來！」

韋小寶撲將過去，便去扭男孩的雙臂。那男孩一側身，右手一勾，韋小寶站立不住，立時倒了。那男孩道：「哌，你不會摔跤。」韋小寶道：「誰說不會？」躍起身來，去抱他左腿。那男孩伸手抓他後心，韋小寶一閃，那男孩便抓了個空。韋小寶記得茅十八在酒館中與七名大漢相鬥的手法，突然左手出拳，擊向那男孩下顎，砰的一聲，正好打中。

那男孩一怔，眼中露出怒色。韋小寶笑道：「哌，你不會摔跤！」那男孩一言不發，左手虛晃，韋小寶斜身避讓，那男孩手肘陡出，撞正在他腰裏。韋小寶大叫一聲，痛得蹲了下來。那男孩雙手從他背後兩腋穿上，十指互握，扣住了他後頸，將他上身越壓越低。韋小寶右足反踢。那男孩雙手猛推，將韋小寶身子送出，啪的一聲，跌了個狗吃屎。

韋小寶大怒，翻滾過去，用力抱住了男孩的雙腿，使勁拖拉，那男孩站立不住，倒了下來，正好壓在韋小寶身上。這男孩身材比韋小寶高大，立即以手肘逼住韋小寶後頸。韋小寶呼吸不暢，拚命伸足力撐，翻了幾下，終於翻到了上面，反壓在那男孩身上。只是他人小身輕，壓不住對方，又給那男孩翻了上來壓住。

韋小寶極是滑溜，放開男孩雙腿，鑽到他身後，大力一腳踢中他屁股。那男孩反手抓住他右腿使勁一扯，韋小寶仰面便倒。那男孩撲上去扠住他頭頸，喝道：「投不投降？」

韋小寶左足鉤轉，在那男孩腰間擦了幾下，那男孩怕癢，嘻的一笑，手勁便即鬆了。韋小寶乘機躍起，抱住他頭頸。那男孩使出摔跤手法，抓住了韋小寶後領，把他重重往地下一摔。韋小寶一陣暈眩，動彈不得。那男孩哈哈大笑，說道：「服了麼？」

韋小寶猛地躍起，一個頭錘，正中對方小腹。那男孩哼了一聲，倒退幾步。韋小寶衝將上去，那男孩身子微斜，橫腳鉤掃。韋小寶摔將下來，狠命抱住了他大腿。兩人同時跌倒。一時那男孩翻在上面，一時韋小寶翻在上面，翻了十七八個滾，終於兩人互相扭住，呼呼喘氣，突然之間，兩人不約而同的哈哈大笑，都覺如此扭打十分好玩，慢慢放開了手。

那男孩一伸手，扯開了韋小寶臉上的白布，笑道：「包住了頭幹麼？」

韋小寶吃了一驚，便欲伸手去奪，但想對方既已看到自己眞面目，再加遮掩也是無用，笑道：「包住了臉，免得進來偷食時給人認了出來。」那男孩站起身來，笑道：

「好啊，原來你時時到這裏偷食。」韋小寶道：「時時倒也不見得。」說著也站了起來，見那男孩眉清目秀，神情軒昂，對他頗有好感。

那男孩問道：「你叫甚麼名字？」韋小寶道：「我叫小桂子，你呢？」那男孩略一遲疑，道：「我叫……叫小玄子。你是那個公公手下的？」韋小寶道：「我跟海老公。」小玄子點了點頭，就用韋小寶那塊白布抹了抹額頭汗水，拿起一塊點心便吃。韋小寶不肯服輸，心想你大膽偷食，我的膽子也不小於你，當即拿起一塊千層糕，肆無忌憚的放入口中。

小玄子笑了笑，道：「你沒學過摔跤，可是手腳挺靈活，我居然壓你不住，再打幾個回合，你便輸了。」韋小寶道：「那也不見得，咱們再打一會試試。」小玄子道：「很好！」兩人又扭打起來。

小玄子似乎會一些摔跤之技，年紀和力氣又都大過韋小寶，不過韋小寶在揚州市井間身經百戰，與大流氓、小無賴也不知打過了多少場架，扭打的經驗遠比小玄子豐富。總算他記得茅十八的教訓，而與小玄子的扭打只是遊戲，並非拚命，甚麼拗手指、拉辮子、咬咽喉、抓眼珠、扯耳朵、捏陰囊等等拿手的成名絕技，倒也一項沒使。這麼一來，那就難以取勝，扭打幾回合，韋小寶終於給他騎在背上，再也翻不了身。小玄子笑道：「投不投降？」韋小寶道：「死也不降。」小玄子哈哈一笑，跳了起來。

韋小寶撲上去又欲再打。小玄子搖手笑道：「今天不打了，明天再來。不過你不是我對手，再打也沒用。」韋小寶不服氣，摸出一錠銀子，約有三兩上下，說道：「明天再打，不過要賭錢，你也拿三兩銀子出來。」小玄子一怔，道：「好，咱們打個彩頭。明天我帶銀子來，中午時分，在這裏再打過。」韋小寶道：「死約會不見不散，大丈夫一言既出，……馬難追。」這「駟馬難追」的「駟」他總是記不住，只得隨口含糊帶過。小玄子哈哈大笑，說道：「不錯，大丈夫一言既出，……馬難追。」說著出屋而去。

韋小寶抓了一大把點心，放在懷裏，走出屋去，想起茅十八與人訂約比武，雖在獄中，也要越獄赴約，雖身受重傷，仍誓守信約，在得勝山下等候兩位高手，這等氣概，當眞令人佩服。他聽說書先生說英雄故事，聽得多了，時時幻想自己也是個大英雄、大豪傑，既與人訂下比武之約，豈可不到？心想明日要來，今晚須得回到海老公處，於是順著原路，慢慢覓到適才賭錢之處。先前向著右首走，以致越走越遠，這次折而向左，走過兩道迴廊，依稀記得庭園中的花木曾經見過，一路尋去，終於回到海老公的住所。

他走到門口，便聽到海老公的咳嗽之聲，問道：「公公，你好些了嗎？」海老公沉聲道：「好你個屁！快進來！」

韋小寶走進屋去，只見海老公坐在椅上，那張倒塌了桌子已換過了一張。海老公問道：「贏了多少？」韋小寶道：「贏了十幾兩銀子，不過……不過……」海老公道：「不過怎麼？」韋小寶道：「不過借給了老吳。」其實他贏了二十幾兩，除了借給老吳之外，還有八九兩賸下，生怕海老公要他交出來，不免報帳時不盡不實。

海老公臉一沉，說道：「借給老吳這小子有甚麼用？他又不是上書房的。怎麼不借給溫家哥兒倆？」韋小寶不明緣由，道：「溫家哥兒沒向我借。」海老公道：「沒向你借，你不會想法子借給他們嗎？我吩咐的話，莫非都忘了？」韋小寶道：「我……我昨晚殺了這小孩子，嚇得甚麼都忘了。要借給溫家哥兒，不錯，不錯，你老人家確是吩咐過的。」

海老公哼了一聲，道：「殺個把人，有甚麼了不起啦？不過你年紀小，沒殺過人，那也難怪。那部書，你沒有忘記？」韋小寶道：「那部書……書……我……我……」海老公又哼了一聲，道：「當眞甚麼都忘記了？」韋小寶道：「公公，我……我頭痛得很，怕……怕得厲害，你又咳得這樣，我眞躭心，甚……甚麼都胡塗了。」

海老公道：「好，你過來！」韋小寶道：「是！」走近了幾步。海老公道：「我再說一遍，你如再不記得，我殺了你。」韋小寶道：「是，是。」心想：「你只要再說一遍，我便過一百年也不會忘記。」

海老公道：「溫家哥兒倆賭錢要是輸了，便借給他們，借得越多越好。過得幾日，你便要他們帶你去上書房。他們欠了你錢，不敢不依，如果推三阻四，你就說我會去跟上書房總管烏老公算帳。溫家兄弟還不出錢來，自會乘皇上不在……」韋小寶道：「皇上？」海老公道：「怎麼？」韋小寶道：「沒……沒甚麼。」海老公道：「他們會問你，到上書房幹甚麼，你就說人望高處，盼望見到皇上，能在上書房當差。溫家兄弟不會讓你見到皇上的，帶你過去時，皇上一定不在書房裏，你就得設法偷一部書出來。」

韋小寶聽他接連提到皇上，心念一動：「難道這裏是皇宮？不是北京城裏的大妓院？啊喲喂，是了，是了，若不是皇宮，那有這等富麗堂皇的？這些人定是服侍皇帝的太監。」韋小寶雖然聽人說過皇帝、皇后、太子、公主，以及宮女、太監，但只知皇帝必穿龍袍，餘人如何模樣就不知道了。他在揚州看白戲倒也看得多了，不過戲台上的那些太監，服色打扮跟海老公、老吳他們全然不同，手中老是拿著一柄拂塵揮來揮去，唱的戲文不男不女，沒一句好聽。他和海老公相處一日，又和老吳、溫氏兄弟賭了半天錢，可不知他們都是太監，此刻聽海老公這麼說，這才漸漸省悟，心道：「啊喲，這麼一來，我豈不變成了小太監？」

海老公厲聲道：「你聽明白了沒有？」韋小寶道：「是，是，明白了，要到皇……皇帝的書房去。」海老公道：「到皇上書房去幹甚麼？去玩嗎？」韋小寶道：「是去偷一部書出來。」海老公道：「偷甚麼書？」韋小寶道：「這個……這個……甚麼書……

我……我記不起了。」海老公道：「我再說一遍，你好好記住了。那是一部佛經，叫做《四十二章經》，這部經書模樣挺舊的，一共有好幾本，你要一起拿來給我。記住了嗎？叫甚麼？」韋小寶喜道：「叫做《四十二章經》。」海老公聽出他言語中的喜悅之意，問道：「有甚麼開心？」韋小寶道：「你一提，我便記起了，所以高興。」

原來他聽海老公說要他到上書房去「偷書」，「偷」是絕不困難，「書」卻難倒了人。他西瓜大的字識不了一擔，要分辨甚麼書，可眞殺了頭也辦不到，待得聽說書名叫做《四十二章經》，不由得心花怒放，「章經」是甚麼東西不得而知，「四十二」三字卻是識得的，五個字中居然識得三個，不禁大爲得意。

海老公又道：「在上書房中偷書，手腳可得乾淨利落，倘若讓人瞧見了，你便有一百條性命也不在了。」韋小寶道：「這個我理會得，偷東西給人抓住了，還有好戲唱嗎？」靈機一動，說道：「不過我決不會招你公公出來。」海老公嘆道：「招不招我出來，也沒甚麼相干了。」咳了一陣，說道：「今天你幹得不錯，居然贏到了錢。他們沒起疑心罷？」韋小寶笑道：「嘿嘿，沒有，那怎麼會？」想要自稱自讚一番，終於忍住。海老公道：「別躱懶，左右閒著沒事，便多練練。」

韋小寶應了，走進房中，見桌上放著碗筷，四菜一湯，沒人動過，忙道：「公公，你不吃飯？我裝飯給你。」海老公道：「不餓，不吃，你自己吃好了。」

韋小寶大喜，來不及裝飯，夾起一塊紅燒肉便吃，雖然菜餚早已冷了，吞入飢腸，卻是說不出的美味，心想：「這些飯菜不知是誰送來的。這種小事別多問，睜大眼睛瞧著，慢慢的自會知道。」又想：「倘若這裏眞是皇宮，那麼老吳、溫家哥兒，還有那個小玄子都是太監了。卻不知皇帝老兒和皇后娘娘是怎麼一副模樣，總得瞧個明白才是。回到揚州，嘿嘿，老子這說起來可就神氣啦。茅大哥不知能不能逃出皇宮？賭錢時沒聽到他們說拿住了人，多半是逃出去啦。」

吃完飯後，怕海老公起疑，便拿著六顆骰子，在碗裏玎玲玲的擲個不休，擲了一會，只覺眼皮漸重，昨晚一夜沒睡，這時實在倦得很了，不多時便即睡著了。

這一覺直睡到傍晚時分，跟著便有一名粗工太監送飯菜來。

韋小寶服侍海老公吃了一碗飯，又服侍他上床睡覺，自己睡在小床上，心想：「明日最要緊的是和小玄子比武，要打得贏他才好。」閉上眼睛，回想茅十八在酒館中跟滿洲武士打架的手法，卻模模糊糊的記不明白，不禁有些懊悔：「茅大哥要教我武藝，我偏不肯學，這一路上倘若學了來，小玄子力氣雖比我大，又怎能是我對手？明天要是再給他騎住了翻不過來，輸了銀子不打緊，這般面子大失，我這『小白龍』韋小寶在江湖上可也不用混啦。」

突然心想：「滿洲武士打不過茅大哥，茅大哥又不是老烏龜的對手，何不騙得老烏龜教我些本事？」當即說道：「公公，你要我去上書房拿幾本書，這中間卻有一樁難處。」

海老公道：「甚麼難處？」韋小寶道：「今兒我賭了錢回來，遇到一個小……小太監，攔住了路，要我分錢給他，我不肯，他就跟我比武，說道我勝得過他，才放我走。我跟他鬥了半天，所以……所以連飯也趕不及回來吃。」海老公道：「你輸了，是不是？」韋小寶道：「他又高又壯，力氣可比我大得多了。他說天天要跟我比武，那一日我贏了他，他才不來纏我。」海老公道：「這小娃娃叫甚麼名字？那一房的？」韋小寶道：「他叫小玄子，可不知是那一房的。」

海老公道：「定是你贏了錢，神氣活現的惹人討厭，否則別人也不會找上你。」韋小寶道：「我不服氣，明兒再跟他鬥過，就不知能不能贏。」海老公哼了一聲，道：「你又在想求我教武功了。我說過不教，便是不教，你再繞彎兒也沒用。」

韋小寶心中暗驚：「老烏龜倒聰明，不上這當。」說道：「這小玄子又不會武功，我要贏他，也不用學甚麼武藝，誰要你教了？今兒我明明已騎在他身上，只不過他力氣大，翻了過來。明天我出力揿住他，這傢伙未必就能烏龜翻身。」他這一天已然小心收斂，不說一句髒話，這時終於忍不住說了一句。

海老公道：「你想他翻不過來，那也容易。」韋小寶道：「我想也沒甚麼難處，我明天一定牢牢揿住他肩頭。」海老公道：「哼，揿住肩頭有甚麼用？能不能翻身，全仗腰間的力道，你須用膝蓋抵住他後腰穴道。你過來，我指給你看。」

韋小寶一骨碌從床上躍下，走到他床前，海老公摸到他後腰一處所在，輕輕一按，韋小寶便覺全身酸軟無力，海老公道：「記住了嗎？」韋小寶道：「是，明兒我便去試試，也不知成不成？」海老公怒道：「甚麼成不成？那是百發百中，萬試萬靈。」又伸手在他頭頸兩側輕輕一按。韋小寶「啊」的一聲叫了出來，只覺胸口一陣窒息，氣也透不過來。海老公道：「你如出力拿他這兩處穴道，他就沒力氣和你相鬥。」

韋小寶大喜，道：「成了，明兒我準能贏他。」這個「準」字，是日間賭錢時學的。回到床上睡倒，想起明天「小白龍」韋小寶打得小玄子大叫「投降」，十分得意。

次日老吳又來叫他去賭錢。那溫家兄弟一個叫溫有道，一個叫溫有方，輪到兩兄弟做莊時，韋小寶使出手段，贏了他們二十幾兩銀子。他兄弟倆手氣又壞，不到半個時辰，五十兩本錢已輸乾了。韋小寶借了二十兩給他們，到停賭時，溫家兄弟又將這二十兩銀子輸了。

韋小寶心中記著的只是和小玄子比武之事，賭局一散，便奔到那間屋去。見桌上仍是放著許多碟點心，他取了幾塊吃了，聽得靴子聲響，只怕來的不是小玄子，心想先鑽入桌底再說，卻聽得小玄子在門外叫道：「小桂子，小桂子！」

韋小寶躍到門口，笑道：「死約會，不見不散。」小玄子也笑道：「哈哈，死約會，不見不散。」走進屋子。韋小寶見他一身新衣，甚是華麗，不禁頗有妒意，尋思：「待會我扯破你的新衣，叫你神氣不得！」一聲大叫，便向他撲了過去。

小玄子喝道：「來得好。」扭住他雙臂，左足橫掃過去。韋小寶站立不定，晃了幾下，一交跌倒，拉著小玄子也倒了下來。

韋小寶一個打滾，翻身壓在小玄子背上，記得海老公所教，便伸手去拿他後腰穴道，可是他沒練過打穴拿穴的功夫，這穴道豈能一拿便著？拿的部位稍偏，小玄子已翻了過來，抓住他左臂，用力向後拗轉。韋小寶叫道：「啊喲，你不要臉，拗人手臂麼？」小玄子笑道：「學摔跤就是學拗人手臂，甚麼不要臉了？」韋小寶乘他說話之時一口氣浮了，全身用力向他後腰撞去，將背心靠在他頭上，右手從他臂腕裏穿過，用勁向上甩出。小玄子的身子從他頭頂飛過，啪的一聲，掉在地下。

小玄子翻身跳起，道：「原來你也會這招『羚羊掛角』。」韋小寶不知「羚羊掛角」是甚麼手法，誤打誤撞的勝了一招，大爲得意，說道：「這『羚羊掛角』算得甚麼，我還有許多厲害手法沒使出來呢。」小玄子喜道：「那再好也沒有了，咱們再來比劃。」

韋小寶心道：「原來你學過武功，怪不得打你不過。可是你使一招，我學一招，最多給你多摔幾交，你的法子我總能學了來。」見小玄子又撲將過來，便也猛力撲去。不料小玄子這一撲卻是假的，待韋小寶撲到，他早已收勢，側身讓開，伸手在他背上一推。韋小寶撲了個空，本已收腳不住，再給他順力推出，登時砰的一聲，俯身重重摔倒。

小玄子大聲歡呼，跳過來騎在他背上，叫道：「投不投降？」

韋小寶道：「不降！」欲待挺腰翻起，驀地裏腰間一陣酸麻，後腰兩處穴道已讓小玄子屈指抵住，那正是海老公昨晚所教的手法，自己雖然學會了，卻給對方搶先用出。韋小寶掙了幾下，始終難以掙脫，只得叫道：「好，降你一次！」

小玄子哈哈大笑，放了他起身。韋小寶突然伸足絆去，小玄子斜身欲跌，韋小寶順手出拳，正中他腰間。小玄子痛哼一聲，彎下腰來，韋小寶自後撲上，雙手箍住他頭頸兩側。小玄子一陣暈眩，伏倒在地。韋小寶大喜，雙手緊箍不放，問道：「投不投降？」

小玄子哼了一聲，突然間雙肘向後力撞。韋小寶胸口肋骨痛得便欲折斷，大叫一聲，仰天倒下。小玄子翻身坐在他胸口，這一回合又是勝了，只是氣喘吁吁，也已累得上氣不接下氣，問道：「服……服……服了沒有？」韋小寶道：「服個屁！不……服，一百個……一……一萬個不服。你不過碰巧贏了。」小玄子道：「你不服，便……便起來打過。」韋小寶雙手撐地，只想使勁彈起，但胸口要害處給對手按住了，甚麼力氣都使不出來，僵持良久，只得又投降一次。

小玄子站起身來，只覺雙臂酸軟。韋小寶勉力站起，身子搖搖擺擺，說道：「明兒……明兒再來打過，非……非叫你投降不可。」小玄子笑道：「再打一百次，你也……也……也是個輸，你有膽子，明天就再來打。」韋小寶道：「只怕你沒膽子呢，我爲甚麼沒膽子？死約會，不見不散。」小玄子道：「好，死約會，不見不散。」

兩人打得興起，都不提賭銀子的事。小玄子既然不提，韋小寶樂得假裝忘記，倘若是他贏了，銀子自然非要不可。

韋小寶回到屋中，向海老公道：「公公，你的法子不管用，太也稀鬆平常。」海老公哼了一聲，說道：「沒出息，又打輸了。」韋小寶道：「如果用我自己的法子，雖然不一定準贏，也不見得準輸。可是你的法子太膿包，人家也都會的，有甚麼希奇？」海老公奇道：「他也知道這法子？你試給我瞧瞧。」

韋小寶心想：「你眼睛瞎了，試給你看看，難道你看得見麼？」突然心念一動：「不知他是眞瞎還是假瞎，可得試他一試。」當即雙肘向後一撞，道：「他這麼一撞，只撞得我全身三千根骨頭，根根都痛。」海老公嘆了口氣，道：「你說這麼一撞，我又怎瞧得見？」顫巍巍的站起身來，道：「你試著學他的樣。」韋小寶心下暗喜：「老烏龜是眞的瞎了。」背心向著他，挺肘緩緩向後撞去，道：「他用手肘這樣撞我。」待得手肘碰到了海老公胸口，便不再使力。

海老公嗯了一聲，說道：「這是『腋底錘』，那也算不了甚麼。」韋小寶道：「還有這樣。」拉住了海老公左手，放在自己右肩，說道：「他用力一甩，我身子便從他頭頂飛了過去。」這一招其實是他甩倒小玄子的得意之作，故意倒轉來說，要考一考海老公。海老公道：「這是『羚羊掛角』。」韋小寶道：「原來你早知道了。」跟著拉住他手臂，慢慢向後拗轉。海老公道：「嗯，這是『倒折梅』中的第三手。還有甚麼？」

韋小寶道：「原來小玄子這些手法都有名堂，我跟他亂打亂扭，那些手段可也得有幾個好聽的名堂才成啊。我向他撲過去，這小子向旁閃開，卻在我背上順勢一推，我就……」海老公不等他說完，便問：「他推在你那裏？」

韋小寶道：「他一推我便摔得七葷八素，怎還記得推在那裏。」海老公道：「你記記看。是推在這裏麼？」說著伸手按在他左肩背後。韋小寶道：「不是。」海老公道：「是這裏麼？」按在他右肩背後。韋小寶仍道：「不是。」海老公連按了六七個部位，韋小寶都說不是。海老公伸掌按在他右腰肋骨之下，問道：「是這裏麼？」說著輕輕一推。韋小寶一個踉蹌，跌出幾步，立時記起小玄子推他的正是這個所在，大聲道：「是了，一點不錯，正是這裏。公公，你怎麼知道？」

海老公不答，凝思半晌，道：「我教你的兩個法子，你說他居然也會，這話不假罷？」韋小寶道：「自然不假。貨眞價實，童叟無欺。這小子不但會按我後腰，還揿住了我胸口這個地方，我登時氣也透不過來，只好暫且投降一次。這叫做……」

海老公不理他叫做甚麼，伸出手來，說道：「他按在你胸口甚麼地方？」韋小寶拉過他手來，按在自己胸口，正是小玄子適才制住他的所在，道：「這裏。」海老公嘆了口氣，道：「這是『紫宮穴』，這孩子的師父，可是位高人哪。」

韋小寶道：「那也沒甚麼，大丈夫能屈能伸，留得青山在，不怕沒燒柴（忙亂之中，將「不怕沒柴燒」說成了「不怕沒燒柴」）。我……我韋……我小桂子今日輸了一仗，明日去贏他回來，也不是難事。」

海老公回坐椅中，右手五指屈了又伸，伸了又屈，閉目沉思，過了好一會，說道：「他會『小擒拿手』，那倒沒甚麼，可是他那一掌推在你右腰『意舍穴』上，這是武當派的『綿掌』手法。後來他按你『筋縮穴』，再按你『紫宮穴』，更是武當派的打穴手法。原來咱們宮中暗藏著一位武當高手。嗯，很好，很好！你說那小……小玄子有多大年紀？」

韋小寶道：「比我大得多了。」海老公道：「大幾歲？」韋小寶道：「好幾歲。」海老公怒道：「甚麼好幾歲？大一兩歲是幾歲，八九歲也是幾歲。他要是大了你八九歲，你還跟他打個甚麼？」韋小寶道：「好，算他只大我一兩歲罷，可是他比我高大得多。」好在對手年紀大，身材高，打輸了也不算太過丟臉，若不是要海老公傳授武藝，比武敗陣之事是決計不說的，回來勢必天花亂墜，說得自己是大勝而歸。

海老公沉吟道：「這小子十四五歲年紀，嗯，你跟他打了多少時候才輸？」韋小寶道：「少說也有兩三個時辰。」海老公臉一沉，喝道：「別吹牛！到底多少時候？」韋小寶道：「就算沒一個時辰，也有大半個時辰。」海老公哼了一聲，道：「我問你，你便好好的說。這人學過武功，你沒學過，打輸了又不丟臉。跟人打架，輸十次八次不要緊，就算是輸一百次、二百次，你年紀還小，又怕甚麼了？只要最後一次贏了，贏得對手再也不敢跟你打，那才是英雄好漢。」韋小寶道：「對！當年漢高祖百戰百敗，最後一次卻把楚霸王打得烏江上吊……」海老公道：「甚麼烏江上吊？是烏江自刎。」韋小寶道：「上吊也罷，自刎也罷，都是輸得自殺。」

海老公道：「你總有得說的。我問你，今兒跟小玄子打，一共輸了幾次？」韋小寶道：「也不過一兩次，兩三次。」海老公道：「是四次，是不是？」韋小寶道：「眞正輸的，也不過兩次，另外兩次他賴皮，我不算輸。」

海老公道：「每一次打多少時候？」韋小寶道：「我算不準時候，有時像大便，有時像小便。」海老公道：「胡說八道！甚麼有時像大便，有時像小便？」韋小寶道：「拉屎便慢些，撒一泡尿就用不了多少時候。」

海老公微微一笑，說道：「你這小子比喻雖然粗俗，說得倒明白。」尋思半晌，道：「你沒學過武功，這小玄子須得跟你纏上一會，才將你打倒，他這『小擒拿手』功夫是新學的，你不用怕。我教你一路『大擒拿手』，你好好記住了，明天去跟他打過。」

韋小寶大喜，道：「他使的是小擒拿手，咱們使大擒拿手，以大壓小，自然必勝。」海老公道：「那也不一定。大小擒拿手各有所長，要瞧誰練得好。要是他練得好過了你，小擒拿手便勝過大擒拿手了。這大擒拿手共有一十八手，每一手各有七八種變化，一時之間你也記不全，先學一兩手再說。」當下站起身來，擺開架式，演了一遍，說道：「這一招叫做『仙鶴梳翎』。你先練熟了，跟我拆解。」

韋小寶看了一遍便已記得，練了七八次，自以爲十分純熟，說道：「練熟啦！」海老公坐在椅上，左臂一探，便往他肩頭抓去，韋小寶伸手擋格，卻慢了一步，已給他抓住肩頭。海老公道：「熟甚麼？再練。」

韋小寶又練了幾次，再和海老公拆招。海老公左臂一探，姿式招數仍和先前一模一樣。韋小寶早就有備，只見他手一動便伸手去格，豈知仍慢了少許，還是給他抓住了肩頭。海老公哼了一聲，罵道：「小笨蛋！」韋小寶心中罵道：「老烏龜！」不住練那格架的姿式，到得第三次拆解，仍是給他抓住，不禁心下迷惘，不知是甚麼緣故。

海老公道：「我這一抓，你便再練三年，也避不開的。我跟你說，你不能避，我來抓你肩頭，你就須得用手掌切我手腕，這叫做以攻爲守。」

韋小寶大喜，說道：「原來如此，那容易得很！你如早說，我早就會了。」待得海老公左手抓來，韋小寶右掌發出，去切他手腕，不料海老公並不縮手，手掌微偏，啪的一聲，重重打了他一記耳光。韋小寶大怒，也是一記耳光打過去，海老公左掌翻轉，抓住了他手腕，順勢一甩，將他身子摔了出去，笑道：「小笨蛋，記住了嗎？」韋小寶這一下摔倒，肩頭撞上牆腳，幸好海老公出手甚輕，否則只怕肩骨都得撞斷。

韋小寶大怒之下，一句「老烏龜」剛到口邊，總算及時收住，隨即心想：「這兩下好得很啊，明天我跟小玄子比武，便這麼用他媽的一下，包管小玄子抵擋不了。」當即爬起身來，將海老公這兩下手法想了一下記在心裏，跟著又再去試演。

試到十餘次後，海老公神秘莫測的手法，瞧在眼裏已不覺得太過奇怪，終於練到肩頭已不會給他抓中，但那一記耳光，卻始終避不開，只不過海老公出手時已不如第一次時使勁，手指輕輕在他臉上一拂，便算一記耳光，這一拂雖然不痛，但每一次總是給拂中了。韋小寶既不回打，海老公也不抓他摔出。

韋小寶心下沮喪，問道：「公公，你這一記怎樣才避得開？」海老公微微一笑，說道：「我要打你，你便再練十年也躲不開，小玄子卻也打你不到。咱們練第二招罷。」站起身來，將第二招大擒拿手「猿猴摘果」試演了一遍，又和他照式拆解。

韋小寶天性甚懶，本來決不肯用心學功夫，但要強好勝之心極盛，一心要學得幾下巧妙手法，逼得小玄子大叫投降，便用心學招。海老公居然也並不厭煩。這天午後直到傍晚，兩人不停的拆解手法。海老公坐在椅上，手臂便如能夠任意伸縮一般，只要隨意一動，韋小寶身上便中了一記，總算他下手甚輕，每一招都未使力。但饒是如此，當晚韋小寶睡在床上，只覺自頭至腿，周身無處不痛，這大半天中，少說也挨了四五百下。他躺在床上，只是暗罵：「老烏龜，打了老子這麼多下。明日老子打贏了小玄子，老烏龜，你就向我磕三百個響頭，老子也決不跟你學功夫了。」

次日上午，韋小寶賭完錢後，便去跟小玄子比武，眼見他又換了件新衣，心道：「你這小子，天天穿新衣，你上院子嫖姑娘嗎？」妒意大盛，上手便撕他衣服，嗤的一聲響，將他衣襟撕了一條大縫，這一來，可忘了新學的手法，給小玄子一拳打在腰裏，痛得哇哇大叫。小玄子乘機伸指戳出，戳中他左腿。韋小寶左腿酸麻，跪了下來，給小玄子在後一推，立時伏倒。小玄子縱身騎在他背上，又制住了他「意舍穴」，韋小寶只得投降。

他站起身來，凝了凝神，待得小玄子撲將過來，便即使出那招「仙鶴梳翎」，去切對方手腕。小玄子急忙縮手，伸拳欲打，這一招已給韋小寶料到，一把抓住他手腕，扭了過來，跟著以左肘在他背心急撞，小玄子大叫一聲，痛得無力反抗，這一回合卻是韋小寶勝了。

兩人比武以來，韋小寶首次得勝，心中喜悅不可言喻。他雖在揚州得勝山下殺過一名軍官，在宮中又殺過小桂子，但兩次均是使詐。他生平和人打架，除了欺侮七八歲的小孩子戰無不勝之外，和大人打架，向來必輸，偶然佔一兩次上風，也必是出到用口咬、撒泥沙等等卑鄙手段。至於在小飯店桌子底下用刀剁人腳板，其無甚光采之處，也不待人言而後知。以眞本事獲勝，這一役實是生平第一次。他一得意，不免心浮氣粗，第三回合卻又輸了。

第四回合上韋小寶留了神，使出那招「猿猴摘果」，和對方扭打良久，竟然僵持不下，到後來兩人都沒了力氣，摟住了一團，不停喘氣，只得罷鬥。

小玄子甚喜，笑道：「你今天……今天的本事長進了，跟你比武有些味道，是誰……誰教你了？」韋小寶也氣喘吁吁的道：「這本事我……我早就有的，不過前兩天沒使出來，明兒我還有更……更厲害的手段，你敢不敢領教？」小玄子哈哈大笑，說道：「自然要領教的，可別是大叫投降的手段。」韋小寶道：「呸，明天定要你大叫投降。」

韋小寶回到屋中，得意洋洋的道：「公公，你的大擒拿手果然使得，我扭住了那小子的手腕，再用手肘在他背上這麼一撞，這小子只好認輸。」

海老公問道：「今日你和他打了幾個回合？」韋小寶道：「打了四場，各贏兩場。本來我可以贏足三場，第三場太不小心。」海老公道：「你說話七折八扣，倘若打了四場，你最多只贏一場。」韋小寶笑了笑，說道：「第一場我沒贏。第二場卻的的確確是我贏了，若有虛言，天誅地滅。第三場他不算輸。第四場打得大家沒了氣力，約定明天再打過。」海老公道：「你老老實實說給我聽，一招一式，細細比來。」

韋小寶記心雖好，但畢竟於武術所知太少，這四場一招一式如何打法，卻說不完全，他只記得第三場取勝的那一招得意之作。可是海老公偏要細問他如何落敗。韋小寶只想含糊其辭的混過，最後總是給逼問到了眞相。小玄子用以取勝的招式，海老公一一舉出，便如親見一般，比之韋小寶還說得詳盡十倍。他這麼一提，韋小寶便記得果是如此。

韋小寶道：「公公，你定有千里眼，否則小玄子那些手法，你怎能知道得清清楚楚？」

海老公低頭沉思，喃喃道：「果眞是武當高手，果眞是武當高手。」韋小寶又驚又喜，道：「你說小玄子這小子是武當派高手？我能跟這高手鬥得不分上下，哈哈……」海老公哼的一聲，道：「別臭美啦！誰說是他了？我是說教他拳腳的師父。」韋小寶道：「那麼你是甚麼派的？咱們這一派武功天下無敵，自然比武當派厲害得多，那也不用說啦。」他還不知海老公是何門派，便先大肆吹噓。

海老公道：「我是少林派。」韋小寶大喜，道：「那好極了，武當派的武功一遇上咱們少林派，那是落花流水，夾著尾巴便逃。」海老公哼的一聲，說道：「我又沒收你做弟子，你怎麼能算少林派？」韋小寶訕訕的道：「我又不說我是少林派，我學的是少林派武功，那總不錯罷？」海老公道：「小玄子使的既是武當派正宗擒拿手，咱們便須以少林派正宗擒拿手法對付，否則就敵他不過。」韋小寶道：「是啊，我打輸了事小，連累了咱們少林派的威名，卻大大不值得了。」少林派的威名到底有多大，他全然不知，但如自己跟少林派拉扯上一些干係，總不會是蝕本生意。

海老公道：「昨天我傳你這兩手大擒拿手，本意只想打得那小子知難而退，不再糾纏不清，你便可以去上書房拿書。可是眼前局面有點兒不同了，這小子果是武當派嫡系，這一十八路大擒拿手，便須一招一式的從頭教起。你會不會弓箭步？」

韋小寶道：「弓箭步嗎，那當然是彎弓射箭時的姿式了。」海老公臉一沉，說道：「要學功夫，便得虛心，不會的就說不會。學武的人，最忌自作聰明，自以爲是。前腿屈膝，其形如弓，稱爲『弓足』；後腿斜挺，其形如箭，稱爲『箭足』。兩者合稱，就叫做『弓箭步』。」說著擺了個「弓箭步」的姿式。韋小寶依樣照做，說道：「這有甚麼難哪？我一天擺他個百兒八十的。」

海老公道：「我不要你擺百兒八十的，就只要你擺一個。你這麼擺著，我不叫站起來，你就不許動。」說著摸他雙腿姿式，要他前腿更曲，後腿更直。

韋小寶道：「那也挺容易呀。」可是這麼擺著姿式不動，不到半炷香時分，雙腿已酸麻之極，叫道：「這可行了罷？」海老公道：「還差得遠呢。」韋小寶道：「我練這怪模樣，又管甚麼用？難道還能將小玄子打倒麼？」海老公道：「這『弓箭步』練得穩了，人家就推你不倒，用處大著呢。」韋小寶強辯：「就算人家推倒了我，我翻個身便站起來了，又不吃虧。」海老公緩緩點頭，不去理他。

韋小寶見他點頭，便挺直身子，拍了拍酸麻的雙腿。海老公喝道：「誰叫你站直了？快擺『弓箭步』！」韋小寶道：「我要拉尿！」海老公喝道：「不准！」韋小寶道：「我要拉尿！」海老公道：「不准！」韋小寶道：「這可當眞要拉出來啦！」海老公嘆了口氣，只得任由他上茅房，鬆散雙腿。

韋小寶人雖聰明，但要他循規蹈矩，一板一眼的練功，卻說甚麼也不幹。海老公倒也不再勉強，只傳了他幾下擒拿扭打的手法。拆解之時，須得彎腰轉身、蹲倒伏低，海老公卻不跟他來這一套，只是出聲指點，伸手一摸，便知他姿式手法是否有誤。

次日韋小寶又去和小玄子比武，自忖昨天四場比賽，輸了兩場，贏了一場，今日多學了許多功夫，自非四場全勝不可。那知一動手，幾招新手法用到小玄子身上之時，竟然並不管用，或是給他以特異手法化解了開去，一上來兩場連輸。韋小寶又驚又怒，在第三場中小心翼翼，才拗住了小玄子的左掌向後扳，小玄子翻不過來，只得認輸。

韋小寶得意洋洋，第四場便又輸了，給小玄子騎在頭頸之中，雙腿夾住了頭頸，險些窒息。他投降之後，站起身來，罵道：「他媽的，你……」

小玄子臉一沉，喝道：「你說甚麼？」神色間登時有股凜然之威。韋小寶一驚，尋思：「不對，這裏是皇宮，可不能說髒話。茅大哥說，到了北京，不能露出破綻，我說他媽的髒話，便露出了他媽的破綻，拆穿了西洋鏡。」忙道：「我說我這一招『他媽的』式打你不過，只好投降。」小玄子臉露笑容，問道：「你這招手法叫做『他媽的』？那是甚麼意思？」

韋小寶心道：「還好，還好！這小烏龜整天在皇宮之中，不懂外邊罵人的言語。」便胡謅道：「這式『踢馬蹄』本來是學馬前失蹄，踢了下去，教你不防，我就翻上來壓住你。那知你不上當，這『踢馬蹄』式便用不出了。」

小玄子哈哈大笑，道：「甚麼踢馬蹄，就是踢牛蹄也贏不了我。明天還敢不敢再打？」韋小寶道：「那還用說，自然要打。喂，小玄子，我問你一句話，你可得老老實實，不能瞞我。」小玄子道：「甚麼話？」韋小寶道：「教你功夫的師父，是武當派的高手，是不是？」小玄子奇道：「咦，你怎麼知道？」韋小寶道：「我從你的手法之中看了出來。」小玄子道：「你懂得我的功夫？那叫甚麼名堂？」韋小寶道：「那還有不知道的？這是武當派嫡傳正宗的『小擒拿手』，在江湖上也算是第一流的武功了，只不過遇到我少林派嫡傳正宗的『大擒拿手』，你終於差了一級。」

小玄子哈哈大笑，說道：「大吹牛皮，也不害羞！今天比武，是你贏了還是我贏了？」韋小寶道：「勝敗兵家常事，不以輸贏論英雄。」小玄子笑道：「不以成敗論英雄。」韋小寶道：「輸贏就是成敗。」他曾聽說書先生說過「不以成敗論英雄」的話，只是「成敗」二字太難，一時想不起來，卻給小玄子說了出來，不由得微感佩服：「你也不過比我大得一兩歲，知道的事倒多。」

他回到屋中，嘆了口氣，道：「公公，我在學功夫，人家也在學，不過人家的師父本事大，教的法子好。」他不說自己不成，卻賴海老公教法不佳。

海老公道：「今天定是四場全輸了！渾小子不怪自己不中用，卻來埋怨旁人。」韋小寶道：「呸！怎麼會四場全輸？多少也得贏他這麼一兩場、兩三場。我今天問過了，人家的師父的的確確是武當派嫡傳正宗。」海老公道：「他認了嗎？」語調中顯得頗為興奮。韋小寶道：「我問他：『教你功夫的師父，是武當派的高手，是不是？』他說：『咦，你怎麼知道？』那不是認了？」

海老公喃喃的道：「所料不錯，果然是武當派的。」隨即呆呆出神，似在思索一件疑難之事，過了良久，道：「咱們來學幾招勾腳的法子。」

如此韋小寶每天向海老公學招，跟小玄子比武。學招之時，凡是遇上難些的，韋小寶便敷衍含糊過去。海老公卻也由他，撇開了紮根基的功夫，只是教他躲閃、逃避，以及諸般取巧、佔便宜的法門。可是與小玄子相鬥之時，他招式多了，小玄子的招式也相應而增，打來打去，十次中仍有七八次是韋小寶輸了。

這些日子中，每日上午，韋小寶總是去和老吳、平威、溫有道、溫有方等太監賭錢。起初幾日他用白布蒙臉，後來漸漸越蒙越少。衆人雖見他和小桂子相貌完全不同，但一來賭得興起，小桂子以前到底是怎生模樣，心中也模模糊糊；二來他不住借錢於人，人人都愛交他這個朋友；三來他逐日少蒙白布，旁人慢慢的習以爲常，居然無人相詢。賭罷局散，他便去和小玄子比武，午飯後學習武功。

擒拿法越來越難，韋小寶已懶得記憶，更懶得練習，好在海老公倒也不如何逼迫督促，只是順其自然。

時日匆匆，韋小寶來到皇宮不覺已有兩個月，他每日裏有錢可賭，日子過得雖不逍遙自在，卻也快樂。只可惜不能污言穢語，肆意謾罵，又不敢在宮內偷鷄摸狗，撒賴使潑，未免美中不足。有時也想到該當逃出宮去，但北京城中一人不識，想想有些膽怯，便在宮中一天又一天的躭了下來。韋小寶和小玄子兩個月扭鬥下來，日日見面，交情越來越好。韋小寶輸得慣了，反正「不以輸贏論英雄」，賭場上得意武場上輸，倒也不放在心上。他和小玄子兩人都覺得，只消有一日不打架比武，便渾身不得勁。韋小寶的武功進展緩慢，小玄子卻也平平；韋小寶雖然輸多贏少，卻也決不是只輸不贏。

這兩個月賭了下來，溫氏兄弟已欠了韋小寶二百多兩銀子。這一日還沒賭完，兩兄弟互相使個眼色，溫有道向韋小寶道：「桂兄弟，咱們有件事商量，借一步說話。」韋小寶道：「好，要銀子使嗎？拿去不妨。」溫有方道：「多謝了！」兩兄弟走出門去，韋小寶跟著出去，三人到了隔壁廂房。

溫有道說道：「桂兄弟，你年紀輕輕，爲人慷慨大方，當眞難得。」韋小寶給他這麼一奉承，登時心花怒放，說道：「那裏，那裏！自己哥兒們，你借我的，我借你的，那打甚麼緊！有借有還，上等之人！」這兩個月下來，他已學了一口京片子，偶爾露出幾句揚州土話，在旁人聽來，也已不覺得如何刺耳。

溫有道說道：「我哥兒倆這兩個月來手氣不好，欠下你的銀子著實不少，你兄弟雖然不在乎，我二人心中卻十分不安。」溫有方道：「現下銀子越欠越多，你兄弟的手氣更越來越旺，我哥兒卻越來越霉，這樣下去，也不知何年何月纔能還你。這麼一筆債揹在身上，做人也沒味兒。」韋小寶笑道：「欠債不還，自古來理所當然，兩位以後提也休提。」

溫有方嘆了口氣，道：「小兄弟的爲人，那是沒得說的了，老實不客氣說，咱哥兒的債倘若是欠你小兄弟的，便欠一百年不還也不打緊，是不是？」韋小寶笑道：「正是，正是，便欠二百年、三百年卻又如何？」溫有方道：「二三百年嗎？大夥兒都沒這條命了。」說到這裏，轉頭向兄長望去。溫有道點了點頭。溫有方續道：「可是咱哥兒知道，你小兄弟的那位主兒，卻厲害得緊。」韋小寶道：「你說海老公？」溫有方道：「可不是嗎？你小兄弟不追，海老公總有一天不能放過咱兄弟。他老人家伸一根手指，溫家老大、老二便吃不了要兜著走啦。因此咱們得想一個法子，怎生還這筆銀子才好？」

韋小寶心道：「來了，來了，海老公這老烏龜果然料事如神。這些日子來我只記著練拳，跟小玄子比武，可把去上書房偷書的事給忘了。我且不提，聽他們有何話說。」當下嗯了一聲，不置可否。

溫有方道：「我們想來想去，只有一個法子，求你小兄弟大度包容，免了我們這筆債，別向海老公提起。以後咱哥兒贏了回來，自然如數奉還，不會拖欠分文。」

韋小寶心頭暗罵：「你奶奶的，你兩隻臭烏龜當我韋小寶是大羊牯？憑你這兩隻王八蛋的本事，跟老子賭錢還有贏回來的日子？」當下面有難色，說道：「可是我已經向海公公說了。他老人家說，這筆銀子嘛，還總是要還的，遲些日子倒不妨。」

溫氏兄弟對望了一眼，神色甚是尷尬，他二人顯然對海老公十分忌憚。溫有道道：「那麼小兄弟可不可幫這樣一個忙？以後你贏了錢，拿去交給海老公，便說……便說是我們還你的。」韋小寶心中又再暗罵：「越說越不成話了，眞當我是三歲小孩兒麼？」說道：「這樣雖然也不是不行，不過我……我可未免太吃虧了些。」

溫氏兄弟聽他口氣鬆動，登時滿面堆歡，一齊拱手，道：「承情，承情，多多幫忙。」溫有方道：「小兄弟的好處，我哥兒倆今生今世，永不敢忘。」韋小寶道：「倘若這麼辦，我也要二位大哥辦一件事，不知成不成？」二人沒口子的答應：「成，成，甚麼事都成。」

韋小寶道：「我在宮裏這許多日子，可連皇上的臉也沒有見過。你二位在上書房服侍皇上，我想請二位帶我去見見皇上。」

溫氏兄弟登時面面相覷，大有難色。溫有道連連搔頭。溫有方說道：「唉，這個……這個……這個……這個……」連說了七八個「這個」，再也接不下去。

韋小寶道：「我又不想對皇上奏甚麼事，只不過到上書房去躭上一會兒，能見到皇上的金面，那是咱們做奴才的福氣，要是沒福見到，也不能怪你二位啊。」

溫有道忙道：「這個倒辦得到。今日申牌時分，我到你那兒來，便帶你去上書房。那個時候，皇上總是在書房裏作詩寫字，你多半能見到。別的時候皇上在殿上辦事，那便不易見著了。」說著斜頭向溫有方霎了霎眼睛。

韋小寶瞧在眼裏，心中又是「臭烏龜、賤王八」的亂罵一陣，尋思：「這兩隻臭烏龜聽說我要見皇帝，臉色就難看得很。他們說申牌時分皇帝一定在上書房，其實是一定不在上書房。他們不敢讓我見皇帝，我幾時又想見了？他奶奶的，皇帝倘若問我甚麼話，老子又怎回答得出？一露出馬腳，那還不滿門抄斬？說不定連老子的媽也要從揚州給拉來殺頭。海老烏龜敎我武功，也不知敎得對不對，爲甚麼打來打去，總是打不過小玄子？我去把那部不知是《三十二章經》還是《四十二章經》從上書房偷了出來，給了海老烏龜，他心裏一喜歡，說不定便有眞功夫敎我了。」當下便向溫氏兄弟拱手道謝，道：「咱們做奴才的，連萬歲爺的金面也見不著，死了定給閻王老子大罵烏龜王八蛋。」

他去和小玄子比武之後，回到屋裏，只和海老公說些比武的情形，溫氏兄弟答允帶他去上書房之事卻一句不提，心想待我將那部經書偷來，好敎海老烏龜大大驚喜一場。

未牌過後，溫氏兄弟果然到來。溫有方輕輕吹了聲口哨，韋小寶便溜了出去。溫氏兄弟打個手勢，也不說話，向西便行。韋小寶跟在後面，有了上次的經歷，他一路上留心穿廊過戶時房舍的形狀，以免回來時迷失道路。

從他住屋去上書房，比之去賭錢的所在更遠，幾乎走了一盞茶時分。溫有道才輕聲道：「上書房到了，一切小心些！」韋小寶道：「我理會得。」

兩人帶著他繞到後院，從旁邊一扇小門中挨身而進，再穿過兩座小小的花園，走進一間大房間中。

但見房中一排排都是書架，架上都擺滿了書，也不知有幾千幾萬本。韋小寶倒抽了口涼氣，暗叫：「辣塊媽媽不開花，開花養了個小娃娃！他奶奶的，皇帝屋裏擺了這許多書，整天見的都是書，朝也書（輸），晚也書（輸），還能賭錢麼？海老公要的這幾本書，我可到那裏找去？」他生長市井，一生之中從來沒見過書房是甚麼樣子，只道房中放得七八本書，就是書房了。從七八本書中，撿一本寫有「三十二」或「四十二」幾個字的書，想必不難，此刻眼前突然出現了千卷萬卷書籍，登時眼花繚亂，不由得手足無措，便想轉身逃走。

溫有道低聲道：「再過一會，皇上便進書房來了，坐在這張桌邊讀書寫字。」

韋小寶見那張紫檀木的書桌極大，桌面金鑲玉嵌，心想：「桌上鑲的黃金白玉，一定不是假貨，挖了下來拿去珠寶店，倒有不少銀子好賣。」見桌上攤著一本書。左首放著的硯台筆筒也都雕刻精緻。椅子上披了錦緞，繡著一條金龍。韋小寶見了這等氣派，心中不禁怦怦亂跳，尋思：「他奶奶的，這烏龜皇帝倒會享福！」書桌右首是一隻青銅古鼎，燒著檀香，鼎蓋的獸頭口中嬝嬝吐出一縷縷青煙。

溫有道道：「你躲在書架後面，悄悄見一見皇上，那就是了。皇上讀書寫字的時候，不許旁人出聲，你可不得咳嗽打噴嚏。否則皇上一怒，說不定便叫侍衛將你拖出去斬首。」韋小寶道：「我自然知道，不能咳嗽打噴嚏，更加不得放響屁。」溫有道臉一沉，道：「小兄弟，上書房不比別的地方，可不能說不恭不敬的胡話。」韋小寶伸了伸舌頭，不敢說了。

只見他兩兄弟一個拿起拂塵，一個拿了抹布，到處拂掃抹拭。書房中本就清潔異常，一塵不染，但他二人還是細心收拾。溫氏兄弟抹了灰塵後，各人從一隻櫃子中取出一塊雪白的白布，再在各處揩抹，揩抹一會，拿起白布來瞧瞧，看白布上有無黑跡，眞比抹鏡子還要細心，直抹了大半天，這才歇手。

溫有道說道：「小兄弟，皇上這會兒還不來書房，今天是不來啦。待會侍衛大人便要來巡查，見到你這張生面孔，定要查究，大夥兒可吃罪不起。」韋小寶道：「你們先去，我再等一會就走。」溫氏兄弟齊聲道：「那不成！」溫有道說道：「宮裏的規矩，你也不是不知道，皇上所到的地方，該當由誰侍候，半分也亂不得。宮裏太監宮女幾千人，倘若那一個想見皇上，便自行走到皇上跟前，那還成體統嗎？」溫有方道：「好兄弟，不是咱哥兒不肯幫忙，咱二人能進上書房，每天也只這半個時辰，打掃揩抹過後，立刻便須出去。不瞞你說，別說你不能在上書房多躭，便是咱哥兒倆，過了時不出去，給侍衛大人們查到了，那也是重則抄家殺頭，輕則坐牢打板子。」

韋小寶伸了伸舌頭，道：「那有這麼厲害？」溫有方頓足道：「皇上身邊的事，也開得玩笑麼？好兄弟，你想見皇上，咱們明天這時再來碰碰運氣。」韋小寶道：「好，那麼咱們就走罷。」溫氏兄弟如釋重負，一個挽住他左臂，一個挽住他右臂，惟恐他不走，挾了他出去。韋小寶突然道：「其實你們兩個，也從來沒見過皇上，是不是？」

溫有方一怔，道：「你……你……怎麼……」他顯是要說「你怎麼知道？」溫有道忙道：「我們怎麼沒見過？皇上在書房裏讀書寫字，那是常常見到的。」韋小寶心想：「每天這時候，你們進書房裏來指抹灰塵，這時候皇帝自然不會來，難道你兩個王八蛋東摸西摸抹灰塵的孫子德性，皇帝愛瞧得很麼？」溫有道又道：「小兄弟答允還銀子給海公公，我兄弟倆日後必有補報。要見皇上嘛，那是一個人的福命，是前生修下來的福報，造橋鋪路，得積無數陰德，命中如果注定沒這福氣，可也勉強不來。」

說話之間，三個人已從側門中出去。韋小寶道：「既是如此，過幾天你們再帶我來碰碰運氣罷！」二人連說：「好極，好極！」三人就此分手。

韋小寶快步回去，穿過了兩條走廊，便在一扇門後一躲，過得一會，料想他二人已經去遠，悄悄從門後出來，循原路回去上書房，去推那側門時，不料裏面已經閂上。他一怔，心想：「只這麼一會兒，裏面便已上了閂，看來溫家兄弟的話不假，侍衛當眞來巡查過了。不知他們走了沒有？」

附耳在門上一聽，不聞有何聲息，又湊眼從門縫中向內張去，庭院中並無一人，他想了想，從靴筒中摸出一把薄薄的匕首。這匕首便是當日用來刺死小桂子的，他潛身皇宮，自知危機四伏，打從那日起，這匕首便始終沒離過身。當下將匕首刃身從門縫中插了進去，輕輕撥得幾撥，門閂向上抬起。他將門推開兩寸，從門縫中伸手進去先抓住了門閂，不讓落地出聲，這才推門，閃身入內，反身又關上了門，上了門閂，傾聽房中並無聲息，一步步的挨過去，探頭在書房中一張，幸喜無人，等了片刻，這才進去。

他走到書桌之前，看到那張披了繡龍錦緞的椅子，忽有個難以抑制的衝動：「他媽的，這龍椅皇帝坐得，老子便坐不得？」斜跨一步，當即坐入椅中。

他初坐下時心中怦怦亂跳，坐了一會，心道：「這椅子也不怎麼舒服，做皇帝也沒甚麼了不起。」畢竟不敢久坐，便去書架上找那部《四十二章經》。可是書架上幾千部書一部疊著一部。那些書名一百本中難得有一兩個字識得。他拚命去找「四」字，「四」字倒也找到了好幾次，可是下面卻沒有「十」字「二」字。原來他找到的全是《四書》，甚麼《四書集註》、《四書正義》之類。找了一會，看到了一部《十三經注疏》，識得了「十三」二字，歡喜了片刻，但知道那終究不是《四十二章經》。

正自茫無頭緒之際，忽聽得書房彼端門外靴聲橐橐，跟著兩扇門呀的一聲開了，原來那邊一座大屏風之後另行有門，有人走了進來。韋小寶大吃一驚：「那邊原來有門，老子今日要滿門抄斬。」要去開門從側門溜出，無論如何來不及了，忙貼牆而立，縮在一排書架後面。只聽得兩個人走進書房，揮拂塵四下裏拂拭。

過不多時，又走進一個人來，先前兩人退出了書房。另外那人卻在書房中慢慢的來回踱步。韋小寶暗叫：「糟糕，定是侍衛們在房中巡視了，莫非我從側門進來，給他們發見了蹤跡？」不由得背上出了一陣冷汗。

那人踱步良久，忽然門外有人朗聲說道：「回皇上：鰲少保有急事要叩見皇上，在外候旨。」書房內那人嗯了一聲。韋小寶又驚又喜：「原來這人便是皇帝。那鰲少保便是茅大哥要跟他比武之人了。此人算是甚麼滿洲第一勇士，卻不知是如何威武的模樣，非得偷瞧一下不可。下次見到茅大哥，可有得我說的了。」

只聽得門外腳步之聲甚爲沉重，一人走進書房，說道：「奴才鰲拜叩見皇上！」說著跪下磕頭。韋小寶忙探頭張去，只見一個魁梧大漢爬在地下磕頭。他不敢多看，只怕鰲拜一抬起頭便見到了自己，忙縮回腦袋，但身子稍稍移出，斜對鰲拜，心道：「你又向皇帝磕頭，又向老子磕頭。甚麼滿洲第一勇士、第二勇士，有甚麼了不起，還不是向我韋小寶磕頭？」

只聽皇帝說道：「罷了！」鰲拜站起身來，朗聲道：「回皇上：蘇克薩哈蓄有異心，他的奏章大逆不道，非處極刑不可。」皇帝嗯了一聲，卻不置可否。鰲拜又道：「皇上初親政，蘇克薩哈這廝便上奏章要『致休乞命』，說甚麼『茲遇躬親大政，伏祈睿鑒，令臣往守先皇帝陵寢，如線餘息，得以生存。』皇上不親大政，他可以生，皇上一親大政，他就要死了。這是說皇上對奴才們殘暴得很。」皇帝仍嗯了一聲。

鰲拜道：「奴才和王公貝勒大臣會議，都說蘇克薩哈共有廿四項大罪，懷抱奸詐，存蓄異心，欺藐幼主，不願歸政，實是大逆不道。按本朝『大逆律』，應與其長子內大臣察克旦一共凌遲處死；養子六人，孫一人，兄弟之子二人，皆斬決。其族人前鋒營統領白爾赫、侍衛額圖等也都斬決。」皇帝道：「如此處罪，只怕太重了罷？」

韋小寶心道：「這皇帝說話聲音像個孩童，倒和小玄子相似，當眞好笑。」

鰲拜道：「回皇上：皇上年紀還小，於朝政大事恐怕還不十分明白。這蘇克薩哈奉先皇遺命，與奴才等共同輔政，聽得皇上親政，該當歡喜才是。他卻上這道奏章，訕謗皇上，顯是包藏禍心，請皇上准了臣下之議，立加重刑。皇上親政之初，應該立威，使臣下心生畏懼。倘若寬縱了蘇克薩哈這大逆不道之罪，日後衆臣下都欺皇上年幼，出言不敬，行事無禮，皇上的事就不好辦了。」

韋小寶聽他說話的語氣傲慢，心道：「你這老烏龜自己先就出言不敬，行事無禮。你說皇帝年幼，難道皇帝是個小孩子嗎？這倒有趣了，怪不得他說話聲音有些像小玄子。」

只聽得皇帝道：「蘇克薩哈雖然不對，不過他是輔政大臣，跟你一樣，都是先帝很看重的。倘若朕親政之初，就……就殺了先帝眷顧的重臣，先帝在天之靈，只怕不喜。」

鰲拜哈哈一笑，說道：「皇上，你這幾句可是小孩子的話了。先帝命蘇克薩哈輔政，是囑咐他好好侍奉皇上，用心辦事。他如體念先帝厚恩，該當盡心竭力，赴湯蹈火，爲皇上效犬馬之勞，那才是做奴才的道理。可是這蘇克薩哈心存怨望，又公然訕謗皇上，說甚麼致休乞命，這倒是自己的性命要緊，皇上的朝政大事不要緊了。那是這廝對不起先帝，可不是皇上對不起這廝。哈哈，哈哈！」

皇帝問道：「鰲少保有甚麼好笑？」鰲拜一怔，忙道：「是，是，不，不是。」猜想起來，鰲拜此時臉上的神色定然十分尷尬。

皇帝默不作聲，過了好一會才道：「就算不是朕對不住蘇克薩哈，但如此刻殺了他，未免有傷先帝之明。天下百姓若不是說我殺錯了人，就會說先帝無知人之能。朝廷將蘇克薩哈二十四條大罪布於天下，人人心中都想，原來蘇克薩哈這廝如此罪大惡極，這樣的壞蛋，先帝居然會用做輔政大臣，和你鰲少保並列，這，這……豈不是太沒見識了麼？」

韋小寶心道：「這小孩子皇帝的話說得很有道理。」

鰲拜道：「皇上只知其一，不知其二。天下百姓愛怎麼想，讓他們胡思亂想好了，諒他們也不敢隨便說出口來。有誰敢編排一句先帝的不是，瞧他們有幾顆腦袋？」皇帝道：「古書上說得好：『防民之口，甚於防川。』一味殺頭，不許衆百姓說出心裏的話來，那終究不好。」鰲拜道：「漢人書生的話，是最聽不得的。倘若漢人這些讀書人的話對，怎麼漢人的江山，又會落入咱們滿洲人手裏呢？所以奴才奉勸皇上，漢人這許多書，還是少讀爲妙，越讀只有腦子越胡塗了。」皇帝並不答話。

鰲拜又道：「奴才當年跟隨太宗皇帝和先帝爺東征西討，從關外打到關內，立下無數汗馬功勞，漢字不識一個，一樣殺了不少南蠻。這打天下、保天下嘛，還是得用咱們滿洲人的法子。」皇帝道：「鰲少保的功勞當然極大，否則先帝也不會這樣重用少保了。」鰲拜道：「奴才就只知道赤膽忠心，給皇上辦事。打從太宗皇帝起，到世祖皇帝，再到皇上都是一樣的。皇上，咱們滿洲人辦事，講究有賞有罰，忠心的有賞，不忠的處罰。這蘇克薩哈是個大大的奸臣，非處以重刑不可。」

韋小寶心道：「辣塊媽媽，我單聽你的聲音，就知你是個大大的奸臣。」

皇帝道：「你一定要殺蘇克薩哈，到底自己有甚麼原因？」

鰲拜道：「我有甚麼原因？難道皇上以爲奴才有甚麼私心？」越說聲音越響，語氣也越來越凌厲，頓了一頓，又厲聲道：「奴才爲的是咱們滿洲人的天下。太祖皇帝、太宗皇帝辛辛苦苦創下的基業，可不能讓子孫給弄糟了。皇上這樣問奴才，奴才可當眞不明白皇上是甚麼意思！」

韋小寶聽他說得這樣兇狠，吃了一驚，忍不住探頭望去，只見一條大漢滿臉橫肉，雙眉倒豎，兇神惡煞般的走上前來，雙手握緊了拳頭。

一個少年「啊」的一聲驚呼，從椅子中跳了起來。這少年一側頭間，韋小寶情不自禁，也是「啊」的一聲叫了出來。

這少年皇帝不是別人，正是天天跟他比武打架的小玄子。

十二名小太監一齊撲上，扳手攀臂，抱腰扯腿，同時向鰲拜進攻。韋小寶看準了鰲拜的太陽穴，狠命一拳。康熙拍手笑道：「鰲少保，只怕你要輸了。」

# 第五回　金戈運啓驅除會　玉匣書留想像間

韋小寶見到皇帝，縱然他面目如同妖魔鬼怪，也決不會呼喊出聲，但一見到居然是小玄子，這一下驚詫當眞非同小可，呼聲出口，心知大事要糟，當即轉身，便欲出房逃命，但心念電轉：「小玄子武功比我高，這鰲拜更加厲害，我說甚麼也逃不出去。」靈機一動，心道：「咱們這一寶押下了！通殺通賠，就是這一把骰子。」縱身而出，擋在皇帝身前，向鰲拜喝道：「鰲拜，你幹甚麼？你膽敢對皇上無禮麼？你要打人殺人，須得先過我這一關。」

鰲拜身經百戰，功大權重，對康熙這少年皇帝原不怎麼瞧在眼裏。康熙（按：康熙本是年號，但通俗小說習慣，不稱他本名玄燁而稱之爲康熙）譏刺他要殺蘇克薩哈是出於私心，正揭破了他的痛疤。這人原是個衝鋒陷陣的武人，盛怒之下，便握拳上前和康熙理論，倒也並無犯上作亂之心，突見書架後面衝出一個小太監，擋在皇帝面前，叱責自己，不由得一驚，這才想起做臣子的如何可以握拳威脅皇帝，忙倒退數步，喝道：「你胡說甚麼？我有事奏稟皇上，誰敢對皇上無禮了？」說著又倒退兩步，垂手而立。

每天和韋小寶比武的小玄子，正是當今大清康熙皇帝。他本名玄燁，眼見韋小寶不識得自己，問自己叫甚麼名字，童心一起，隨口就說是「小玄子」。他秉承滿洲人習性，喜愛角觝之戲，只是練習摔跤這門功夫，必須扭打跌撲，扳頸拗腰。侍衛們雖教了他摔跤之法，卻又有誰敢對皇帝如此粗魯無禮？有誰敢去用力扳他的龍頭，扼他的御頸？被逼不過之時，只好裝模作樣，皇帝御腿掃來，撲地便倒，御手扭來，跪下投降，勉強要還擊一招半式，也是碰到衣衫邊緣，便即住手。康熙一再叮囑，必須眞打，衆侍衛可沒一個有此膽子，最多不過扮演得像了一些而已。和皇帝下棋，尚可假意出力廝拚，殺得難解難分，直到最後關頭方輸（據說清末慈禧太后與某太監下象棋，那太監吃了慈禧的馬，說道：「奴才殺了老佛爺的一隻馬。」慈禧怒他說話無禮，立時命人將他拖了出去，亂棒打死），這摔跤之戲，卻萬難裝假，就算最後必輸，中間廝打之時，有誰敢抓起皇帝來摔他一交？

康熙對摔跤之技興味極濃，眼見衆侍衛互相比拚時精采百出，一到做自己的對手，便戰戰兢兢，死樣活氣，心下極不痛快，後來換了太監做對手，人人也均如挨打不還手的死人一般。做皇帝要甚麼有甚麼，但要找一個眞正的比武對手，卻萬難辦到，有時眞想微服出宮，去找個老百姓打上一架，且看自己的武功到底如何，但這樣做畢竟太過危險，終究不過是少年皇帝心中偶爾興起的異想天開而已。

這天和韋小寶相遇，比拚一場，韋小寶出盡全力而仍然落敗。康熙不勝之喜，生平以這一架打得最是開心。韋小寶約他次日再比，正是投其所好。從此兩人日日比武，康熙始終不揭破自己身分，比武之時，也從不許別的太監走近，以免洩露了秘密，這小太監只要一知道對手是皇帝，動起手來便毫無興味了。

宮中太監逾千，從來沒見過皇帝的本來亦復不少，但淨身入宮，首先必當學習宮中種種規矩、品級服色等高下分別，見到康熙身穿皇帝服色而居然不識，也只韋小寶這冒牌貨一人了。就康熙而言，這個胡塗小太監萬金難買，實是難得而可貴之至。

此後康熙的武功漸有長進，韋小寶居然也能跟得上，兩人打來打去，始終旗鼓相當，而韋小寶卻又稍遜一籌。這樣一來，康熙便須努力練功，才不致落敗。他是個十分要強好勝之人，練功越有進步，興味越濃，對韋小寶的好感也是大增。

這日鰲拜到上書房來啓奏要殺蘇克薩哈，康熙早知鰲拜爲了鑲黃旗和正白旗兩旗換地之爭，與蘇克薩哈有仇，今日一意要殺蘇克薩哈，乃是出於私怨，因此遲遲不肯准奏。那知鰲拜囂張跋扈，盛怒之下顯出武人習氣，捋袖握拳，便似要上來動手。鰲拜身形魁梧，模樣猙獰，康熙見他氣勢洶洶的上來，不免吃驚，一衆侍衛又都候在上書房外，呼喚不及，何況衆侍衛大都是鰲拜心腹，殊不可靠，正沒做理會處，恰好韋小寶躍了出來相助。康熙大喜，尋思：「我和小桂子合力，便可和鰲拜這廝鬥上一鬥了。」待見鰲拜退下，更是寬心。

韋小寶情不自禁的出聲驚呼，洩露了行藏，只得鋌而走險，賭上一賭，衝出來向鰲拜呼喝，不料一喝之下，鰲拜竟然退下，不由大樂，大聲道：「殺不殺蘇克薩哈，自當由皇上拿主意。你對皇上無禮，想出拳頭打人，不怕殺頭抄家嗎？」

這句話正說到了鰲拜心中，他登時背上出了一陣冷汗，知適才行事實在太過魯莽，當即向康熙道：「皇上不可聽這小太監的胡言亂語，奴才是個大大的忠臣。」

康熙初親大政，對鰲拜原甚忌憚，見他已有退讓之意，心想此刻不能跟他破臉，便道：「小桂子，你退在一旁。」韋小寶躬身道：「是！」退到書桌之旁。

康熙道：「鰲少保，我知道你是個大大的忠臣。你衝鋒陷陣慣了的，原不如讀書人那樣斯文，我也不來怪你。」鰲拜大喜，忙道：「是，是。」康熙道：「蘇克薩哈之事，便依你辦理就是。你是大忠臣，他是大奸臣，朕自然賞忠罰奸。」鰲拜更加歡喜，說道：「皇上這才明白道理了。奴才今後總是忠心耿耿的給皇上辦事。」康熙道：「很好，很好。朕稟明皇太后，明日上朝，重重有賞。」鰲拜喜道：「多謝皇上。」康熙道：「還有甚麼事沒有？」鰲拜道：「沒有了。奴才告退。」

康熙點點頭，鰲拜笑容滿臉，退了出去。

康熙等他出房，立刻從椅中跳起，笑道：「小桂子，這秘密可給你發現了。」

韋小寶道：「皇上，我這……這可當眞該死，一直不知你是皇帝，跟你動手動腳，大膽得很。」

康熙嘆了口氣，道：「唉，你知道之後，再也不敢跟我眞打，那就乏味極了。」韋小寶笑道：「只要你不見怪，我以後仍是跟你眞打，那也不妨。」康熙大喜，道：「好，一言爲定，若不眞打，不是好漢。」說著伸出手來。韋小寶一來不知宮廷規矩，二來本是個天不怕地不怕的憊懶人物，當即伸手和他相握，笑道：「今後若不眞打，不是好漢。」兩人緊握著手，哈哈大笑。

皇太子一經封立，便注定了將來要做皇帝，自幼的撫養敎誨，就與常人全然不同，一哭一笑、一舉一動，無不是衆目所視，當眞是沒半分自由。囚犯關在牢中，還可隨便說話，在牢房之中，總還可任意行動，皇太子所受的拘束卻比囚犯還厲害百倍。負責敎誨的師保、服侍起居的太監宮女，生怕太子身上出了甚麼亂子，整日價戰戰兢兢，如臨深淵，如履薄冰。太子的言行只要有半分隨便，師傅便諄諄勸告，唯恐惹怒了皇上。太子想少穿一件衣服，宮女太監便如大禍臨頭，唯恐太子著涼感冒。一個人自幼至長，日日夜受到如此嚴密看管，實在殊乏生人樂趣。歷朝頗多昏君暴君，原因之一，實由皇帝一得行動自由之後，當即大大發洩歷年所積的悶氣，種種行徑令人覺得匪夷所思，泰半也不過是發洩過份而已。

康熙雖非自幼立爲太子，但也受到嚴密看管，直到登基接位，才得吩咐宮女太監離得遠遠的，不必跟隨左右。但在母親和衆大臣眼前，還得循規蹈矩，裝作少年老成模樣，見了一衆宮女太監，也始終擺出皇帝架子，不敢隨便，一生之中，連縱情大笑的時候也沒幾次。

可是少年人愛玩愛鬧，乃人之天性，皇帝乞丐，均無分別。在尋常百姓人家，任何童子天天可與遊伴亂叫亂跳，亂打亂鬧，這位少年皇帝卻要事機湊合，方得有此「福緣」。他只有和韋小寶在一起時，才得無拘無束，抛下皇帝架子，縱情扭打，那實是生平從所未有之樂，這些時日中，往往睡夢之中也在和韋小寶扭打嬉戲。

他拉住韋小寶的手，說道：「在有人的時候，你叫我皇上，沒人的時候，咱們仍和從前一樣。」韋小寶笑道：「那再好沒有了。我做夢也想不到你是皇帝。我還道皇帝是個白鬍子老公公呢。」

康熙心道：「父皇崩駕之時，不過二十四歲，也不是甚麼白鬍子老公公，你這小傢伙怎地甚麼也不知道？」問道：「難道海老公沒跟你說起過我麼？」韋小寶搖頭道：

「沒有。他便是教我練功夫。皇上，你的功夫是誰教的？」康熙笑道：「咱們說過沒人的時候，還是和從前一樣，怎麼叫我皇上了？」韋小寶笑道：「對，我心裏有點慌。」

康熙嘆了口氣，說道：「我早料到，你知道我是皇帝之後，再也不會像從前那樣跟我比武了。」韋小寶微笑道：「我一定跟以前一樣打，就只怕不容易。喂，小玄子，你的武功到底是誰教的？」康熙道：「我可不能跟你說。你問來幹甚麼？」韋小寶道：「鰲拜這傢伙自以爲武功了得，對你摩拳擦掌的，倒像想要打人。我想你師父武功很高，咱們請你師父來對付他。」康熙微微一笑，搖頭道：「不成的，我師父怎能做這種事？」

韋小寶道：「可惜我師父海老公瞎了眼睛，否則請他來打鰲拜，多半也贏得了他。啊，有了，明兒咱二人聯手，跟他打上一架，你看如何？這鰲拜雖說是滿洲第一勇士，但咱二人併肩子上，就未必會輸給他。」康熙大喜。叫道：「妙極，妙極！」但隨即知道此事決計難行，搖了搖頭，嘆道：「皇帝跟大臣打架，那太也不成話了。」韋小寶道：「你不是皇帝就好了！」

康熙點了點頭，一霎時間，頗有些羨慕韋小寶這小太監，愛幹甚麼便幹甚麼，雖在皇宮之中，倒也逍遙自在。又想起適才鰲拜橫眉怒目，氣勢洶洶，大踏步走上來的神態，不禁心有餘悸，尋思：「這人對我如此無禮，他要殺誰，便非殺誰不可，半點也不將我瞧在眼裏。到底他做皇帝，還是我做皇帝哪？只是朝中宮裏的侍衛都由他統率，八旗兵將也歸他調動，我如下旨殺他，他作起亂來，只怕先將我殺了。我須得先換侍衛總管，再撤他的兵權，然後再罷他輔政大臣的職位，最後才將他推出午門，斬首示衆，方洩我心頭之恨。」但轉念又想，此計也是不妥，只要一換侍衛總管，鰲拜便知是要對付他了，此人大權在握，如給他先下手爲強，自己可要遭殃，只有暫且不動聲色，待想到妥善的法子再說。

他不願在韋小寶面前顯得沒有主意，說道：「你這就回海老公那裏去罷，好好用心學本事，明日咱們仍在那邊比武。」韋小寶應道：「是。」康熙又道：「你見到我和鰲拜的事，可不許跟誰提起。」韋小寶道：「是。這裏沒旁人，我要走便走，不跟你請安磕頭了。」康熙哈哈一笑，擺手道：「不用了。明兒仍是死約會，不見不散。」

韋小寶雖然沒偷到《四十二章經》，但發現日日與他比武之人竟然便是皇帝，不禁興奮萬分。幸好海老公雙眼盲了，瞧不出他神情有異，只覺得他今日言語特多，不知遇上了甚麼高興事情，試探了幾句。韋小寶卻十分機警，不露半點口風。

次日韋小寶去和康熙比武，他心中頗想和平日一般打法，但既知他是皇帝，自衛時儘管守得嚴密，反擊的招數卻自然而然的疲弱無力。康熙明白他心意，進攻時也不出全力，心想對方既有顧忌，自己使勁攻擊，未免勝之不武。只打得片刻，韋小寶已輸了兩個回合。

康熙嘆了口氣，問道：「小桂子，昨兒你到我書房去幹甚麼？」韋小寶道：「溫有道昨天發燒，起不了身，他兄弟叫我到上書房去幫著打掃收拾。我沒做慣，手腳慢了些，不想遇到了你。」他說得煞有介事，不但面不改色，幾乎連自己也相信確是如此。

康熙道：「你知道我是皇帝之後，咱們再也不能眞打了。」頗感意興索然。韋小寶道：「我也覺得今天打來沒甚麼勁道。」康熙忽然想起，說道：「我倒有個法兒。咱們既然不能再打，我只好瞧你跟別人打，過過癮也是好的。來，你跟我去換衣服，咱們到布庫房去。」韋小寶道：「布庫房是甚麼地方？放布匹的庫房嗎？」康熙笑道：「不是的。布庫房是武士練武摔跤的地方。」韋小寶拍手笑道：「那好極了！」

康熙回去更衣，韋小寶跟在後面。康熙換了袍服，十六名太監前呼後擁，到布庫房去瞧衆武士摔跤，那就神色莊嚴，再也不跟韋小寶說笑了。

衆武士見皇上駕到，無不出力相搏。康熙看了一會，叫一名胖大武士過來，說道：「我身邊有個小太監，也學過一點摔跤，你教他幾手。」轉頭向韋小寶道：「你跟他學學。」說著左眼睞了一睞。他二人均已見到，這武士雖然身材魁梧，卻笨手笨腳，看來不是韋小寶的對手。

兩人下場之後，扭打幾轉，韋小寶使一招「順水推舟」，要將那武士推出去。不料那武士身子太重，說甚麼也推他不倒。武士首領背轉身子，連使眼色。那胖大武士會意，假裝腳下踉蹌，撲地倒了，好一會爬不起來。眾武士和太監齊聲喝采。

康熙甚是歡喜，命近侍太監賞了一錠銀子給韋小寶，又賞了一錠給那胖大武士，暗想：「這小桂子武功不及我，他能推倒這胖大傢伙，我自然也能。」心癢難搔，躍躍欲試，但礙於萬乘之尊，總不能下場動手，嘆了口氣，向近侍太監道：「你去選三十名小太監來，都要十三四歲的，叫他們天天到這裏來練功夫。那一個學得快的，像這小桂子那樣，我就有賞賜。」那太監含笑答應，心想皇帝是小孩心性，要搞些新玩意。

韋小寶回到屋中，海老公問起今日和小玄子比武的經過。韋小寶說得有聲有色，似乎一番大戰，雙方打得激烈非凡。但海老公細問之下，立即發覺了破綻，沉著臉問道：「小玄子怎麼啦？今日生了病嗎？」韋小寶道：「沒有啊，不過他精神不大好。」海老公哼了一聲，道：「你從頭到尾，一招一式的說給我聽。」韋小寶情知瞞他不過，只得照實細細說了。

海老公抬起了頭，緩緩道：「這一招你明明可以將他腦袋扳向左方，你卻想把他身子抱起，以致落敗。你不是不會，而是故意在讓他，那是甚麼緣故？」韋小寶笑道：「我也沒故意讓他。只不過他打得客氣，我也就手下留情。我和他做了好朋友，自然不能打得太過份了。」想到自己和皇帝是「好朋友」，不自禁的十分得意。

海老公道：「你和他成了好朋友？哼，不過你的打法不是手下留情，而是不敢碰他。你終於……你終於知道了？」

韋小寶心中一驚，顫聲道：「知……知道甚麼？」海老公道：「是他自己說的，還是你猜到了的？」韋小寶道：「說甚麼啊？我這可不懂了。」海老公厲聲道：「你給我老老實實說來！咳咳……咳咳……你怎麼知道小玄子身分的？」伸手抓住了他左腕。

韋小寶登時痛入骨髓，手骨格格作響，似乎即刻便會折斷，叫道：「投降，投降！」海老公道：「你怎麼知道的？」手上反而加勁。韋小寶叫道：「喂，喂，你……你……懂不懂規矩？我已叫了投降，你還不放手？」海老公道：「我問你話，你就好好回答。」

韋小寶道：「好，你如早已知道小玄子是誰，我就跟你說其中原因。否則的話，你就捏死了我，我也不說。」

海老公道：「那有甚麼希奇？小玄子就是皇上，我起始教你『大擒拿手』之時，就已知道了。」說著放開了手。

韋小寶喜道：「原來你早知道了，可瞞得我好苦。那麼跟你說了也不打緊。」於是將昨天在上書房中撞見康熙和鰲拜的事說了，講到今天在布庫房中打倒一名胖大武士，又眉飛色舞起來。海老公聽得甚是仔細，不住插口查問。

韋小寶說完後，又道：「皇上吩咐我不得跟你說的，你如洩漏出去，我兩個人都要殺頭。」海老公冷冷的道：「皇上跟你是好朋友，不會殺你，只會殺我。」韋小寶得意洋洋的道：「你知道就好啦。」

海老公沉思半晌，道：「皇上要三十名小太監一起練武，那是幹甚麼來著？多半他是技癢，跟你打得不過癮，要找些小太監來挨他的揍。」站起身來，在屋中繞了十來個圈子，說道：「小桂子，你想不想討好皇上？」

韋小寶道：「他是我好朋友，讓他歡喜開心，那也是做朋友的道理啊。」

海老公厲聲道：「我有一句話，你好好記在心裏。今後皇上再說跟你是朋友甚麼的，你無論如何不可應承。你是甚麼東西，難道眞的能跟皇上做朋友？他現下還是個孩子，說著高興高興，這豈能當眞？你再胡說八道，小心脖子上的腦袋。」

韋小寶原也想到這種話不能隨口亂講，經海老公這麼疾言厲色的一點醒，伸了伸舌頭，說道：「以後殺我的頭也不說了。不過人頭落地之後，是不是還能張嘴說話，這中間只怕大有講究。」

海老公哼了一聲，道：「你想不想學上乘武功？」韋小寶喜道：「你肯教我上乘武功，那眞是求之不得了。公公，你這樣一身好武藝，不收一個徒兒傳了下來，豈不可惜？」海老公道：「世人陰險奸詐的多，忠厚老實的少。收了個壞徒兒，讓他來謀害師父，卻又何苦？」

韋小寶心中一動：「我弄瞎了他眼睛，他心中是不是也有點因頭？這件事性命交關，非查個清清楚楚、明明白白不可。」但見他神色木然，並無惱怒之意，便道：「是啊，既要你信得過，又對你忠心，原也不大易找，這世上只怕也只我小桂子一人了。公公，你道我到上書房去幹甚麼？我是冒了殺頭的危險，想去將那部《四十二章經》偷出來給你。只不過皇上書房裏的書成千成萬，我又不大識字……」

海老公插嘴道：「嗯，你又不大識字！」

韋小寶心中突的一跳：「啊喲，不好！不知小桂子識字多不多？倘若他識得很多字，我這麼說，可露出馬腳了。」忙道：「我找來找去，也尋不著那部《四十二章經》。不過不要緊，以後我時時能到上書房去，總能教這部書成爲順手牽羊之羊，葉底偷桃之桃。」

海老公道：「你沒忘了就好。」韋小寶道：「我怎麼會忘？你公公待我眞是沒得說的，我如不想法子好好報答你，這一生一世當眞枉自爲人了。」海老公喃喃的道：「嗯，我如不想法子好好報答你，這一生一世當眞枉自爲人了。」這兩句話說得冷冰冰地，韋小寶聽在耳裏，不由得背上一陣發毛，偷眼瞧他臉色，卻無絲毫端倪可尋，心想：「老烏龜厲害得很，他早知小玄子就是皇上，卻不露半點口風。我可得小心，他如知道他這對眼珠子是我弄瞎的，我韋小寶這對眼珠子倘若仍能保得住，那定是老天爺沒了眼珠子啦。」

兩人默默相對。韋小寶半步半步的移向門邊，只要瞧出海老公神色稍有不善，立即飛奔出外，決意逃出宮去，從此不再回來。

卻聽得海老公道：「你以後再也不能用大擒拿手跟皇上扭打了。這門功夫再學下去，都是分筋錯骨之法，脫人關節，斷人筋骨，怎能用在皇上身上？」韋小寶道：「是！」海老公道：「我從今天起教你一門功夫，叫做『大慈大悲千葉手』。」韋小寶道：「這名字倒怪，我只聽過大慈大悲、救苦救難、觀世音菩薩。」

海老公道：「你見過千手觀音沒有？」韋小寶道：「千手觀音？我見過的，觀音菩薩身上生了許許多多手。每隻手裏拿的東西都不同，有的是個水瓶，有的是根樹枝，還有籃子、鈴子，好玩得緊。」海老公道：「你是在揚州廟裏見到的麼？」韋小寶道：「揚州廟裏？」這一驚當眞非同小可，一個箭步竄到門邊，便欲奪門而出。

海老公道：「千手觀音嗎，就只揚州的廟裏有，你沒去過揚州廟裏，怎能見到千手觀音？」韋小寶輕吁一口長氣，心道：「原來只揚州的廟裏才有千手觀音，險些給你嚇得拉尿。」忙道：「我怎會去過揚州？揚州在甚麼地方？千手觀音甚麼的，是聽人家說的，我可沒見過。想在你老人家面前吹幾句牛，神氣神氣，那知道你見多識廣，一下子就戳破了我的牛皮。」海老公嘆道：「要戳破你這小滑頭的牛皮，可實在不容易得很。」韋小寶道：「容易，容易。我撒一句謊，不到半個時辰，就給你老人家戳穿了西洋鏡。」

海老公嗯了一聲，問道：「你冷嗎？怎不多穿件衣服？」韋小寶道：「我不冷。」海老公道：「怎麼你說話聲音有點兒發抖？」韋小寶道：「剛才給吹了陣冷風，現下好了。」海老公道：「門邊風大，別站在門口。」韋小寶道：「是，是！」走近幾步，卻總是不敢走到海老公身邊。

海老公道：「這『大慈大悲千葉手』是佛門功夫，動起手來能制住對方，卻不會殺人傷人，乃天下最仁善的武功。」韋小寶喜道：「這門功夫不會殺人傷人，跟皇上動手過招，那再好也沒有了。」海老公道：「不過這功夫十分難學，招式挺多，可不大容易記得周全。」韋小寶笑道：「既然招式挺多，記不全就不要緊，忘了一大半，賸下來的還是不少。」海老公道：「哼，懶小子，還沒學功夫，就已在打偷懶的主意。你這一輩子，可別想學好上乘武功。」

韋小寶道：「是，是。要學到你老人家那樣厲害的武功，我這一輩子自然是老貓鼻子上掛鹹魚，嗅鮝啊嗅鮝（休想）。」心想：「就算武功練得跟你一模一樣，到頭來還是給人弄瞎了眼睛，你老烏龜挺開心嗎？」

海老公道：「你走過來。」韋小寶道：「是！」走近了幾步，離開海老公仍有數尺。海老公道：「你怕我吃了你嗎？」韋小寶笑道：「我的肉是酸的，不大好吃。」

海老公左手揚起，突然拍出。韋小寶吃了一驚，向右一避，忽然背上啪啪兩聲，已給海老公打中，登時跪倒在地，動彈不得，心下大駭：「這一下糟了，他……他要取我性命。」海老公道：「這是『大慈大悲千葉手』的第一手，叫做『南海禮佛』。你背上已給打中了兩處穴道，不過打穴功夫十分難練，要以上乘內功作根基，可是跟皇上過招，又不能眞的打他穴道，叫他跪在你面前。你只須記住了手法，裝模作樣的比比架式，也就是了。」說著伸手在他背心兩處穴道上按了按。韋小寶手足登時得能動彈，心神略定，慢慢站起身來，心道：「原來老烏龜是敎我功夫，當眞嚇得老子的靈魂出竅，這會兒也不知歸了竅沒有。」

這日海老公只敎了三招，道：「第一天特別難些，以後你如用心，便可多學幾招。」

韋小寶第二天也不去賭錢了，中午時分，自行到比武的小室中去等候康熙，知道桌上糕點是爲皇帝而設，也就不敢再拿來吃。等了大半個時辰，康熙始終不來。韋小寶心道：「是了，他跟我比武沒味道，不來玩了。」於是逕去上書房。書房門外守衛的侍衛昨天見康熙帶同韋小寶去布庫房，神色甚和，知道他是皇上跟前得寵的小太監，也不加阻攔。

韋小寶走進書房，只見康熙伸足在踢一隻皮櫈，踢了一腳又是一腳，神色氣惱，不住吆喝：「踢死你，踢死你！」韋小寶心想：「他在練踢腳功夫麼？」不敢上前打擾，靜靜的垂手站在一旁。

康熙踢了一會，抬頭見到韋小寶，露出笑容，道：「我悶得很，你來陪我玩玩。」

韋小寶道：「是。海老公教了我一門新功夫，叫做甚麼『大慈大悲千葉手』，比之先前所教的大擒拿手，那可厲害得多了。他說我學會之後，你一定鬥我不過了。」

康熙道：「那是甚麼功夫？你使給我瞧瞧。」

韋小寶道：「好！我這可要打你啦！」拉開招式，雙掌飛揚，「南海禮佛」、「金玉瓦礫」、「人命呼吸」，一共三招，出手迅捷，在康熙背心、肩頭、左胸、右腿、咽喉五處都用手指輕輕一拍。這「大慈大悲千葉手」變化奇特，和「大擒拿手」大不相同。康熙猝不及防，連一下也沒躲過。韋小寶出手甚輕，自然沒打痛他。其實韋小寶內力固然全無，膂力也微弱之極，就算當眞相鬥，給他打中幾下也無關痛癢。但這麼連中五下，畢竟是從所未有之事。康熙「咦」的一聲，喜道：「這門功夫妙得很啊。你明天再來，我也去請師父教上乘功夫，跟你比過。」韋小寶道：「好極，好極！」

他回到住處，將康熙的話說了。海老公道：「不知他師父教的是甚麼功夫，今日你再學幾招千葉手。」這一日韋小寶又學了六招，乃是「鏡裏觀影」、「水中捉月」、「浮雲去來」、「水泡出沒」、「夢裏眞幻」、「覺後空空」。這六招都是若隱若現、變幻莫測的招數，虛式多而實式少。海老公只是要韋小寶硬記招式，至於招式中的奧妙之處卻毫不講解，甚至姿式是否正確無誤，出招部位是否恰到好處，海老公一來看不見，二來毫不理會。韋小寶見他教得隨便，暗暗歡喜，心道：「你馬馬虎虎的教，我就含含糊糊的學，哥兒倆胡裏胡塗的混過便算。倘若你要頂眞，老子可沒閒功夫陪你玩了。」

次日韋小寶來到上書房外，見門外換了四名侍衛，正遲疑間，一名侍衛笑道：「你是桂公公嗎？皇上命你即刻進去。」韋小寶一怔，心道：「甚麼桂公公？」但隨即明白：「桂公公就是老子了，這侍衛知道我是皇帝親信，對我加意客氣。」當即笑著點了點頭，說道：「幸會，幸會，你四位貴姓啊？」四名侍衛跟他通了姓名。韋小寶客氣了幾句。那姓張的侍衛笑道：「你這可快進去罷，皇上已問了你幾次呢。」

韋小寶走進書房。康熙從椅中一躍而起，笑道：「你昨天這三招，我師父已教了破法，咱們這便試試去。」韋小寶道：「你師父既說破得，自然破得了，也不用試啦。」康熙道：「非試不可！你先悄悄到咱們的比武廳去，別讓別人知道了，我隨後就來。」韋小寶答應了，逕去那間小房。

康熙初學新招，甚是性急，片刻間就來了。兩人一動上手，康熙果然以巧妙手法，將韋小寶第一天所學的三招都拆解了，還在韋小寶後肩上拍了一掌。

韋小寶見他所出招數甚爲高明，心下也頗佩服，問道：「你這套功夫叫甚麼名堂？」康熙道：「這是『八卦遊龍掌』。我師父說，你的『大慈大悲千葉手』招式太多，記起來挺麻煩。我們的『八卦遊龍掌』只八八六十四式，但反覆變化，儘可敵得住你的千葉手。」韋小寶道：「那麼那一門功夫厲害些？」康熙道：「我也問過了。師父說道，這兩門都是上乘掌法，說不上那一門功夫厲害。誰的功夫深，用得巧妙，誰就勝了。」

韋小寶道：「我昨天又學了六招，你倒試試。」當下將昨天那六招使出來。雖然第二、三招全然忘記，第五招根本用得不對，康熙還是一連給他拍中了七八下，點頭道：「你這六招妙得很，我這就去學拆解之法。」

韋小寶回到住處，將康熙學練「八卦遊龍掌」的事說了給海老公聽。海老公點了點頭，道：「我少林派的千葉手，原只武當派這路八卦遊龍掌敵得住。他師父的話不錯。兩路掌法各有各的妙處，誰學得好，誰就厲害。」韋小寶道：「他是皇帝，我怎能蓋過了他去？自然該當讓他學得好些。」他不肯刻苦練功，先安排好落場勢再說。

海老公道：「你如太也差勁，皇上就沒興致跟你練了。」韋小寶道：「常言道：明師必出高徒，強將手下無弱兵。你是明師，又是強將，教出來的人也不會太差勁的。你老望安，放一百二十個心好啦！」海老公搖了搖頭，說道：「別胡吹大氣啦，桌上的飯菜快冷了，你先去喝那碗湯罷！」

韋小寶道：「我服侍你老人家喝湯。」海老公道：「我不喝湯，喝了湯要咳嗽。」韋小寶道：「是。」自行過去喝湯，心道：「我老人家喝湯，倒不咳嗽。」

此後幾個月中，康熙和韋小寶各學招式，日日比試。兩人並不眞打，少了一份各出全力以爭勝負之心，拚鬥時的樂趣不免減低，總算兩人所學的招式頗爲繁複，以之拆解，倒也變化多端，只是如此文比，更似下棋，決不像打架。康熙明知韋小寶決不敢向自己屁股狠狠踢上一腳，就也不好意思向他腦袋重重捶上一拳。

韋小寶學武只是爲了陪皇帝過招，自己全不用心，學了後面，忘了前面的。康熙的師父顯然教得也頗馬虎。兩人進步甚慢，比武的興致也即大減。到後來康熙隔得數日，才和韋小寶拆一次招。

這些時日中，康熙除了跟韋小寶比武外，也常帶他到書房伴讀。皇宮中侍衛太監，都知尙膳監的小太監小桂子眼下是皇上跟前第一紅人，大家見到他時，都不敢直呼「小桂子」，都是桂公公長、桂公公短的，叫得又恭敬又親熱。

韋小寶要討好海老公，每日出入上書房，總想將那部《四十二章經》偷出來給他，可是尋來尋去，始終不見。

這日康熙和韋小寶練過武後，臉色鄭重，低聲道：「小桂子，咱們明天要辦一件大事，你早些到書房來等我。」韋小寶應道：「是。」他知皇帝不愛多說話，他不說是甚麼事，自己就不能多問。

次日一早，他便到上書房侍候。康熙低聲道：「我要你辦一件事，你有沒有膽子？」韋小寶道：「你叫我辦事，我還怕甚麼？」康熙道：「這件事非同小可，辦得不妥，你我俱有性命之憂。」韋小寶微微一驚，說道：「最多我有性命之憂。你是皇帝，誰敢害你？再說，你照看著我，我說甚麼也不能有性命之憂。」心想須得把話說在前頭，我韋小寶如有性命之憂，唯你皇帝是問，你可不能置之不理。

康熙道：「鰲拜這廝橫蠻無禮，心有異謀，今日咱們要拿了他，你敢不敢？」

韋小寶在宮中已久，除了練武和陪伴康熙之外，極少玩耍，近幾個月來，海老公不許自己再去跟溫氏兄弟他們賭錢，只偶爾偷偷去賭上一手，而跟康熙比武，更越來越沒勁，正感氣悶，聽得要拿鰲拜，不由得大喜，忙道：「妙極，妙極！我早說咱二人合力鬥他一鬥。就算他是滿洲第一勇士，你我武功都已練得差不多了，決不怕他。」

康熙搖頭道：「我是皇帝，不能親自動手。鰲拜這廝身兼領內侍衛大臣，宮中侍衛都是他的親信心腹。他一知我要拿他，多半就會造反。衆侍衛同時動手，你我固然性命不保，連太皇太后、皇太后也會遭難。因此這件事當眞危險得緊。」

韋小寶一拍胸膛，說道：「那麼我到宮外等他，乘他不備，一刀刺死了他。要是刺他不死，他也不知是你的意思。」

康熙道：「這人武功了得，你年紀還小，不是他對手。何況在宮門之外，他衛士衆多，你難以近身，就算眞的刺死了他，只怕你也會給他的衛士們殺了。我倒另有個計較。」韋小寶道：「是。」康熙道：「待會他要到我這裏來奏事，我先傳些小太監來在這裏等著。你見我手中的茶盞跌落，便撲上去扭住他。十幾名小太監同時擁上，拉手拉腳，讓他施展不出武功。倘若你還是不成，我只好上來幫手。」

韋小寶喜道：「此計妙極，你有刀子沒有？這件事可不能弄糟，要是拿他不住，我便出刀將他殺了。」他在殺了小桂子之初，靴筒中帶得有匕首，後來得知小玄子便是皇帝，和康熙對拆掌法，時常縱躍竄跳，生怕匕首從靴中跌了出來，除了當値的帶刀侍衛，在宮中帶刀可是殺頭的罪名，就此不敢隨身再帶了。

康熙點了點頭，拉開書桌抽屜，取出兩把黃金爲柄的匕首，一把交給韋小寶，一把插入自己靴筒。韋小寶也將匕首插入靴筒，只覺血脈賁張，全身皆熱，呼呼喘氣，說道：「好傢伙，咱們幹他的！」

康熙道：「你去傳十二名小太監來。」韋小寶答應了，出去呼傳。這些小太監在布庫房中練習撲擊已有數月，雖然沒甚麼武功，但拉手扳腳的本事卻都已不差。康熙向十二名小太監道：「你們練了好幾個月，也不知有沒長進。待會有個大官兒進來，這人是咱們朝裏的撲擊好手，我讓他試試你們的功夫。你們一見我將茶盞摔在地下，便即一擁而上，冷不防的十二個打他一個。要是能將他按倒在地，令他動彈不得，我重重有賞。」說著拉開書桌抽屜，取出十二隻五十兩的元寶，道：「贏得了他，每人一隻元寶，倘若輸了，十二個人一齊斬首。這等懶惰無用的傢伙，留著幹甚麼？」最後這兩句話說得聲色俱厲。

十二名小太監一齊跪下，說道：「奴才們自當奮力爲皇上辦事。」康熙笑道：「那又是甚麼辦事了？我只是考考你們，且瞧誰學得用心，誰在貪懶。」

韋小寶暗暗佩服：「他在小太監面前也不露半點口風，以防這些小鬼沉不住氣，在鰲拜面前露出了馬腳。」

衆小太監起身後，康熙從桌上拿起一本書，翻開來看。韋小寶聽他低聲吟哦，居然聲不顫、手不抖，面臨大事，鎭定如恆，自己手心中卻滿是冷汗，掌心又熱得發燒，心下暗罵：「韋小寶你這小王八蛋，這一下你可給小玄子比下去啦。你武功不及他，定力也不及他。」轉念又想：「他是皇帝，自然膽子該比我大些。那也沒甚麼了不起。倘若我做皇帝，當然勝過他了。」但內心隱隱又覺得未必擔保能如此。

過了好半晌，門外靴聲響起，一名侍衛叫道：「鰲少保見駕，皇上萬福金安。」康熙道：「鰲少保進來罷！」鰲拜掀起門帷，走了進來，跪下磕頭。

康熙笑道：「鰲少保，你來得正好，我這十幾名小太監在練摔跤。聽說你是我滿洲勇士中武功第一，你來指點他們幾招如何？」鰲拜微笑道：「皇上有興，臣自當效力。」

康熙笑道：「小桂子，你吩咐外面侍衛們下去休息，不聽傳呼，不用進來伺候。」說著笑了笑，向鰲拜扮個鬼臉，鰲拜哈哈一笑。韋小寶走出去吩咐。

康熙低聲道：「鰲少保，你勸我別讀漢人的書，我想你的話很對，咱們還是在書房裏摔跤玩兒的好，不過別讓人聽到了。要是給皇太后知道了，可又要逼我讀書啦。」鰲拜大喜，連聲道：「對，對，對！皇上這主意挺高明，漢人的書本兒，讀了有甚麼用？」

韋小寶回進書房，道：「侍衛們多謝皇上恩典，都退下去啦。」

康熙笑道：「好，咱們玩咱們的。小監們，十二個人分成六對，打來瞧瞧。」

十二名小太監捲袖束帶，分成六對，撲擊起來。

鰲拜笑吟吟的觀看，見這些小太監武功平平，笑著搖了搖頭。康熙拿起茶盞喝了一口，笑道：「鰲少保，小孩兒們本事還使得嗎？」鰲拜笑道：「將就著瞧瞧，也過得去！」康熙笑道：「跟你鰲少保比，那自然不成！」身子微側，手一鬆，嗆啷一聲，茶盞掉在地下，呼叫出聲：「啊喲！」

鰲拜一怔，說道：「皇上……」兩個字剛出口，身後十二名小太監已一齊撲上，扳手攀臂，抱腰扯腿，同時向鰲拜進攻。康熙哈哈大笑，說道：「鰲少保留神。」鰲拜只道少年皇帝指使小太監試他功夫，微微一笑，雙臂分掠，四名小太監跌了出去。他還不敢使力太過，生怕傷了眾小監，左腿輕掃，又掃倒了兩名，隨即哈哈大笑。餘下眾小監記著皇上「倘若輸了，十二個人一齊斬首」的話，出盡了吃奶的力氣，牢牢抱住他腰腿。

韋小寶早已閃在他身後，看準了他太陽穴，狠命一拳。鰲拜只感頭腦一陣暈眩，心下微感惱怒：「這些小監兒好生無禮。」左臂倏地掃出，將三個小太監猛推出去，轉過身來，胸口又吃了韋小寶一拳。韋小寶這兩下偷襲，手法算得甚快，但他全無力道，打中的雖是鰲拜的要害，卻無效用。鰲拜見偷襲自己之人竟是皇帝貼身的小監，隱隱覺得不妙，但畢竟不信皇帝是要這些小孩兒來擒拿自己，左掌一伸，往韋小寶右肩按下。

韋小寶使一招「覺後空空」，左掌在鰲拜面前晃了兩下。鰲拜一低頭，砰的一聲，胸口已吃了一腿。韋小寶卻「啊」的一聲叫了出來，原來這一腿踢在他胸口，便如踢中一堵牆壁一般，自己腳上反而一陣劇痛。鰲拜見他連使殺著，又驚又怒，混鬥之際，也不及去想皇帝是何用意，只想推開眾小監的糾纏，先將韋小寶收拾了下來。可是眾小監抱腰的抱腰，拉腿的拉腿，摔脫了幾名，餘下的又撲將上來。

康熙拍手笑道：「鰲少保，只怕你要輸了。」

鰲拜奮拳正要往韋小寶頭頂打落，聽得康熙這麼說，心道：「原來跟我鬧著玩的，怎能跟小孩子們一般見識？」手臂偏過，勁力稍收，啪的一聲響，這拳打在韋小寶右肩，只使了一成力。但他力大無窮，當年戰陣中與明軍交鋒，雙手抓起明軍官兵四下亂擲，來去如風，當者披靡。韋小寶只馬馬虎虎的學過幾個月武功，又是個小孩，雖有衆小監相助，卻如何奈得了他？這一拳打將下來，韋小寶一個踉蹌，向前摔倒，順勢左肘撞出，撞正鰲拜腰眼。鰲拜笑罵：「你這小娃娃，倒狡猾得很！」右手在韋小寶背上輕輕一推。韋小寶撲地倒了，站起身來，手中已多了一柄匕首，猱身向鰲拜撲去。

鰲拜驀地見到他手中多了一柄明晃晃的刀子，呆了一呆，叫道：「你……你幹甚麼？」韋小寶笑道：「我用刀子，你空手，咱們鬥鬥！」鰲拜喝道：「快放開刀子，皇上跟前，不得動兇器。」韋小寶笑道：「好，放下就放下！」俯身將匕首往靴筒中插去。這時仍有七八個小太監扭住了鰲拜，韋小寶突然向前一跌，似乎立足不住，身子撞向鰲拜，挺刀戳出，想戳他肚子，不料鰲拜應變敏捷，迅速異常的一縮，這一刀刺中了他大腿。鰲拜一聲怒吼，雙手甩脫三名小太監，扠住了韋小寶的脖子。

康熙見韋小寶與衆小監拾奪不下鰲拜，勢道不對，繞到鰲拜背後，拔出匕首，奮力插入了他背心。

鰲拜猛覺背心上微痛，立即背肌一收，康熙這一刀便刺得偏了，未中要害。鰲拜順手擲開韋小寶，猶如旋風般轉過身來，眼前一個少年，正是皇帝。

鰲拜一呆，康熙躍開兩步。鰲拜大叫一聲，終於明白皇帝要取自己性命，揮拳便向康熙打來。康熙側身避過。鰲拜抓住兩名小監，將他們腦袋對腦袋的一撞，二人登時頭骨破裂。他跟著左手衝拳，直打進一名小監的胸膛，右腳連踢，將四名小監踢得撞上牆壁，一個個筋折骨斷，哼也沒哼一聲，便已斃命，接著左足踹在一名抱住他右腿的小監肚上，那小監立時肚破腸裂。他霎時之間連殺八人，餘下四名小監都嚇得呆了，不知如何是好。

韋小寶手挺匕首，向他撲去。鰲拜左拳直擊而出。韋小寶只感一股勁風撲面而至，氣也喘不過來，揮匕首向他手臂揮落。鰲拜手臂微斜，避過匕首，隨即揮拳擊出，打中韋小寶左肩。韋小寶身子飛出，掠過書桌，一交摔在香爐上，登時爐灰飛揚。

康熙始終十分沉著，使開「八卦遊龍掌」和鰲拜遊鬥，但康熙在這路掌法上的造詣頗爲有限，更遇到了鰲拜這等天生神勇的猛將，實無多大用處。鰲拜給他打中兩掌，毫不在乎，左腳踢出，正中康熙右腿。康熙站立不定，向前伏倒。鰲拜吼聲如雷，大呼：「大夥兒一起死了罷！」雙拳往他頭頂擂落。康熙和韋小寶扭打日久，斗室中應變的身法甚爲熟練迅捷，眼見鰲拜拳到，當即一個打滾，滾到了書桌底下。

鰲拜左腿飛起，踢開書桌，右腿連環，又待往康熙身上踢去，突然間塵灰飛揚，雙眼中都是細灰。鰲拜哇哇大叫，雙手往眼中亂揉，右腿在身前飛快踢出，生恐敵人乘機來攻。

原來韋小寶見事勢緊急，從香爐中抓起兩把爐灰，向鰲拜撒去。香灰甚細，一落入鰲拜雙眼，立時散開。鰲拜驀地裏左臂劇痛，卻是韋小寶投擲匕首，刺不中他胸口要害，卻插入了他手臂。這時書房中桌翻櫈倒，亂成一團，韋小寶見鰲拜背後有張椅子，正是皇帝平時所坐的龍椅，當即奮力端起青銅香爐，跳上龍椅，對準了鰲拜後腦，奮力砸落。

這香爐是西周古物，少說也有三十來斤重，鰲拜目不見物，難以閃避，砰的一聲響，正中頭頂。鰲拜身子晃動，摔倒在地，暈了過去。香爐破裂，鰲拜居然頭骨不碎。

康熙大喜，叫道：「小桂子，眞有你的！」他早已備下牛筋和繩索，忙在倒翻了的書桌抽屜中取出來，和韋小寶兩人合力，綁住了鰲拜手足。韋小寶已嚇得全身冷汗，手足發抖，抽繩索也使不出力氣，和康熙兩人你瞧瞧我，我瞧瞧你，都是喜悅不勝。

鰲拜不多時便即醒轉，大叫：「我是忠臣，我無罪！這般陰謀害我，我死也不服。」

韋小寶喝道：「你造反！帶了刀子來上書房，罪該萬死。」鰲拜叫道：「我沒帶刀子！」韋小寶喝道：「你身上明明不帶著兩把刀子？背上一把，手臂上一把，還敢說沒帶刀？」韋小寶強辭奪理，鰲拜怎辯得他過？何況鰲拜頭頂給銅香爐重重一砸，背上和臂上分別插了一刀，雖非致命，卻也受傷不輕，情急之下，只氣急敗壞的大叫大嚷。

康熙見十二名小太監中死剩四人，說道：「你們都親眼瞧見了，鰲拜這廝犯上作亂，竟想殺我。」四個小監驚魂未定，臉如土色，有一人連稱：「是，是！鰲拜犯上作亂！」其餘三人卻一句話也說不出來。康熙道：「你們出去宣我旨意，快召康親王傑書和索額圖二人進來。剛才的事，一句話也不許提起，若有洩漏風聲，小心你們的腦袋。」四名小監答應了出去。

鰲拜兀自大叫：「冤枉，冤枉！皇上親手殺我顧命大臣，先帝得知，必不饒你！」

康熙臉色沉了下來，道：「想個法兒，叫他不能胡說！」

韋小寶應道：「是！」走過去伸出左手，揑住了鰲拜的鼻子。鰲拜張口透氣，韋小寶右手拔下他臂上匕首，往他口中亂刺數下，在地下抓起兩把香灰，硬塞在他嘴裏。鰲拜喉頭嗬嗬幾聲，幾乎呼吸停閉，那裏還說得出話來？韋小寶又拔下他背上匕首，將一雙匕首並排插在書桌上，自己守在鰲拜身旁，若見他稍有異動，立即便拔匕首戳他幾刀。

康熙見大事已定，心下甚喜，見到鰲拜雄壯的身軀和滿臉血污的猙獰神情，不禁暗自驚懼，又覺適才之舉實在太過魯莽，只道自己和小桂子學了這許久武藝，兩人合力，再加上十二名練過摔跤的小太監，定可收拾得了鰲拜，那知遇上眞正的勇士，幾個小孩毫無用處，而自己和小桂子的武藝只怕也不怎麼高明，若非小桂子使計，此刻自己已讓鰲拜殺了。這廝一不做、二不休，多半還會去加害太皇太后和皇太后。朝中大臣和宮中侍衛都是他的親信，這廝倘另立幼君，沒人敢有異言。想到此處，不由得打了個寒噤。

等了好一會，四名小監宣得康親王和索額圖到來。二人走進上書房，眼見死屍狼藉，遍地血污，這一驚當眞非同小可，立即跪下連連磕頭，齊聲道：「皇上萬福金安。」康熙道：「鰲拜大逆不道，擕刀入宮，膽敢向朕行凶，幸好祖宗保祐，尙膳監小監小桂子會同衆監，力拒凶逆，將其擒住。如何善後，你們瞧著辦罷。」

康親王和索額圖向來和鰲拜不睦，受其排擠已久，陡見宮中生此大變，又驚又喜，再向皇帝請安，自陳疏於防範，罪過重大，幸得皇帝洪福齊天，百神呵護，鰲拜凶謀得以不逞。

康熙道：「行刺之事，你們不必向外人提起，以免太皇太后和皇太后受驚，傳了出去，反惹漢官和百姓們笑話。鰲拜這廝罪大惡極，就無今日之事，也早已罪不容誅。」

康親王和索額圖都磕頭道：「是，是！」心下都暗暗懷疑：「鰲拜這廝天生神勇，是我滿洲第一勇士，眞要行刺皇上，怎能爲幾名小太監所擒？這中間定然另有別情。」好在二人巴不得重重處分鰲拜，有甚麼內情不必多問，何況皇帝這麼說，又有誰膽敢多問一句？

康親王道：「啓奏皇上：鰲拜這廝黨羽甚多，須得一網成擒，以防另有他變。讓索大人在這裏護駕，不可有半步離開聖駕。奴才出去傳旨，將鰲拜的黨羽都抓了起來。聖意以爲如何？」康熙點頭道：「很好！」康親王退了出去。

索額圖細細打量韋小寶，說道：「小公公，你今日護駕之功，可當眞不小啊。」韋小寶道：「那是皇上的福氣，咱們做奴才的有甚麼功勞？」

康熙見韋小寶並不居功，對適才這番激鬥更隻字不提，甚感歡喜，暗想自己親自出手，在鰲拜背上插了一刀，此事倘若傳了出去，頗失爲人君的風度。又想：「小桂子今天的功勞大得無以復加，可說是救了我的性命。可惜他是個太監，不論我怎麼提拔，他也總是個太監。祖宗定下嚴規，不許太監干政，看來只有多賞他些銀子了。」

康親王辦事迅速，過不多時，已領了幾名親信的王公大臣齊來請安，回稟說鰲拜的黨羽已大部成擒，宮中原有侍衛均已奉旨出宮，不留一人，請皇上另派領內侍衛大臣，另選親信侍衛護駕。康熙甚喜，說道：「辦得很妥當！」

幾名親王、貝勒、文武大臣見到上書房中八名小太監給鰲拜打得腦蓋碎裂、腸穿骨斷的慘狀，無不驚駭，齊聲痛罵鰲拜大逆不道。當下刑部尙書親自將鰲拜押了下去收禁。王公大臣們說了許多恭頌聖安的話，便退出去商議，如何定鰲拜之罪。

康親王傑書稟承康熙之意，囑咐衆人道：「皇上仁孝，不欲殺戮太衆，驚動了太皇太后和皇太后，因此鰲拜大逆不道之事，不必暴之於朝，只須將他平素把持政事、橫蠻不法的罪狀，一樁樁的列出來便是。」王公大臣齊聲稱頌聖德。

行刺皇帝，非同小可，鰲拜固然要凌遲處死，連他全族老幼婦孺，以及同黨的家人、族人，無一能夠倖免，這一件大案辦下來，牽累一廣，少說也要死數千之衆。康熙雖恨鰲拜跋扈，卻也不願亂加罪名於他頭上，更不願累及無辜。

康熙親政時日已經不短，但一切大小政務，向來都由鰲拜處決，朝中官員一直只聽鰲拜的話辦事，今日拿了鰲拜，見王公大臣的神色忽然不同，對自己恭順敬畏得多。康熙直到此刻，方知爲君之樂，又向韋小寶瞧了一眼，見他縮在一角，一言不發，心想：「這小子不多說話，乖覺得很。」

衆大臣退出後，索額圖道：「皇上，上書房須得好好打掃，是否請皇上移駕，到寢宮休息？」康熙點點頭，由康親王和索額圖伴向寢宮。韋小寶不知是否該當跟去，正躊躇間，康熙向他點了點頭，道：「你跟我來。」

康親王和索額圖在寢宮外數百步處便已告辭。皇宮的內院，除了后妃公主、太監宮女之外，外臣向來不得涉足。

韋小寶跟著康熙進內，本來料想皇帝的寢宮定是金碧輝煌，到處鑲滿了翡翠白玉，牆壁上的夜明珠少說也有二三千顆，晚上不用點燈。那知進了寢宮，也不過是一間尋常屋子，只被褥枕頭之物都是黃綢所製、繡以龍鳳花紋而已，一見之下，大失所望，心道：「比我們揚州麗春院中的房間，可也神氣不了多少。」

康熙喝了宮女端上來的一碗參湯，吁了口長氣，道：「小桂子，跟我去見皇太后。」其時康熙尚未大婚，寢宮和皇太后所居慈寧宮相距不遠。到得皇太后的寢宮，康熙自行入內，命韋小寶在門外相候。

韋小寶等了良久，無聊起來，心想：「我學了海老公教的『大慈大悲千葉手』，皇上學了『八卦遊龍掌』，可是今兒跟鰲拜打架，甚麼千葉手、遊龍掌全不管用，還是靠我小白龍韋小寶出到撒香灰、砸香爐的下三濫手段，這才大功告成。那些武功再學下去也沒甚麼好玩了，在皇宮中老是假裝太監，向小玄子磕頭，也氣悶得很。鰲拜已經拿了，小玄子也沒甚麼要我幫忙了。明兒我就溜出宮去，再也不回來啦。」

他正在思量如何出宮，一名太監走了出來，笑道：「桂兄弟，皇太后命你進去磕頭。」韋小寶肚中暗罵：「他奶奶的，又要磕頭！你辣塊媽媽的皇太后幹麼不向老子磕頭？」恭恭敬敬的答應：「是！」跟著那太監走了進去。

穿過兩重院子後，那太監隔著門帷道：「回太后，小桂子見駕。」輕輕掀開門帷，將嘴努了努。

韋小寶走進門去，迎面又是一道簾子。這簾子全是珍珠穿成，發出柔和的光芒。一名宮女拉開珠簾。韋小寶低頭進去，微抬眼皮，只見一個三十歲左右的貴婦坐在椅中，康熙靠在她身旁，自然便是皇太后了，當即跪下磕頭。

皇太后微笑點了點頭，道：「起來！」待韋小寶站起，說道：「聽皇帝說，今日擒拿叛臣鰲拜，你立了好大的功勞。」

韋小寶道：「回太后：奴才只知道赤膽忠心，保護主子。皇上吩咐怎麼辦，奴才便奉旨辦事。奴才年紀小，甚麼都不懂的。」他在皇宮中只幾個月，但賭錢時聽得衆太監說起宮裏和朝廷的規矩，一一記在心裏，知道做主子最忌奴才居功，你功勞越大，越要裝得沒半點功勞，主子這才喜歡，若稍有驕矜之色，說不定便有殺身之禍，至於惹得主子憎厭，不加寵幸，自是不在話下。

他這樣回答，皇太后果然很喜歡，說道：「你小小年紀，倒也懂事，比那做了少保、封了一等超武公的鰲拜還強。孩兒，你說咱們賞他些甚麼？」康熙道：「請太后吩咐罷。」皇太后沉吟道：「你在尙膳監，還沒品級罷？海大富海監是五品，賞你個六品的品級，升爲首領太監，就在皇上身邊侍候好了！」

韋小寶心道：「辣塊媽媽的六品七品，就是給我做一品太監，老子也不做。」臉上卻堆滿笑容，跪下磕頭，道：「謝皇太后恩典，謝皇上恩典。」

清宮定例，宮中總管太監共十四人，副總管太監八人，首領太監一百八十九人，普通太監則無定額，淸初千餘人，自後增至二千餘人。有職司的太監最高四品，最低八品，普通太監則無品級。韋小寶從無品級的太監一躍而升爲六品，在宮中算得是少有的恩寵了。

皇太后點了點頭，道：「好好的盡心辦事。」韋小寶連稱：「是，是！」站起身來，倒退出去，宮女掀起珠簾時，韋小寶偷偷向皇太后瞧了一眼，只見她臉色極白，目光炯炯，但眉頭微蹙，似頗有愁色，又像在想甚麼心事，尋思：「她身為皇太后，還有甚麼不開心的？啊，是了，她死了老公。就算是皇太后，死了老公，總不會開心。」

他回到住處，將這一天的事都跟海老公說了。海老公竟沒半分驚詫之意，淡淡的道：「算來也該在這兩天動手的了。皇上的耐心，可比先帝好得多。」

韋小寶大奇，問道：「公公，你早知道了？」海老公道：「我怎會知道？我是早在猜想。皇上學摔跤，還說是小孩子好玩，但要三十名小太監也都學摔跤，學來幹甚麼？皇上自己又用心學那『八卦遊龍掌』，自然另有用意了。『大慈大悲千葉手』和『八卦遊龍掌』這兩路武功，倘若十年八年的下來，當眞學到了家，兩人合力，或許能對付得了鰲拜。可是這麼半吊子的學上兩三個月，又有甚麼用？唉，少年人膽子大，不知天高地厚，今日的事情，可兇險得很哪。」

韋小寶側頭瞧著海老公，心中充滿了驚佩：「這老烏龜瞎了一雙眼睛，卻甚麼事情都預先見到了。」

海老公問道：「皇上帶你去見了皇太后罷？」韋小寶道：「是！」心想：「你又知道了。」海老公道：「皇太后賞了你些甚麼？」韋小寶道：「也沒賞甚麼，只是給了我個六品的銜頭，升作了首領太監。」海老公笑了笑，道：「好啊，只比我低了一級。我從小太監升到首領太監，足足熬了十三年時光。」

韋小寶心想：「這幾日我就要走啦。你教了我不少武功，我卻毒瞎了你一雙眼睛，未免有點對你不住，本該將那幾部經書偷了來給你，偏偏又偷不到。」海老公道：「你今日立了這場大功，此後出入上書房更加容易……」韋小寶道：「是啊，要借那《四十二章經》是更加容易了。公公，你眼睛不大方便，卻要這部經書有甚麼用？」海老公幽幽的道：「是啊，我眼睛瞎了，看不到經書，你……你卻可讀給我聽啊，你一輩子陪著我，就……就一輩子讀這《四十二章經》給我聽……」說著突然劇烈咳嗽起來。

韋小寶見了他彎腰大咳的模樣，不由得起了憐憫之意：「這老……老頭兒眞是古怪。」本來在心裏一直叫他「老烏龜」的，這時卻有些不忍。

這一晚海老公始終咳嗽不停，韋小寶便在睡夢之中，也不時聽到他的咳聲。

次日韋小寶到上書房去侍候，只見書房外的守衛全已換了新人。

康熙來到書房，康親王傑書和索額圖進來啓奏，說道會同王公大臣，已查明鰲拜大罪一共三十款。康熙頗感意外，道：「三十款？這麼多？」康親王道：「鰲拜罪孽深重，原不止這三十款，只是奴才們秉承皇上聖意，從寬究治。」康熙道：「這就是了，那三十款？」

康親王取出一張白紙，唸道：「鰲拜欺君擅權，罪一。引用奸黨，罪二。結黨議政，罪三。聚貨養奸，罪四。巧飾供詞，罪五。擅起馬爾賽等先帝不用之人，罪六。擅殺蘇克薩哈等，罪七。擅殺蘇納海等，罪八。偏護本旗，更換領地，罪九。輕慢聖母，罪十。」他一條條的讀下去，直讀到第三十條大罪是：「以人之墳墓，有礙伊家風水，勒令遷移。」

康熙道：「原來鰲拜這廝做下了這許多壞事，你們擬了甚麼刑罰？」康親王道：「鰲拜罪大惡極，本當凌遲處死，臣等體念皇上聖意寬仁，擬革職斬決。其同黨必隆、班布爾善、阿思哈等一體斬決。」康熙沉吟道：「鰲拜雖然罪重，但他是顧命大臣，效力年久，可免其一死，革職拘禁，永不釋放，抄沒他的家產。所有同黨，可照你們所議，一體斬決。」（注）

康親王和索額圖跪下磕頭，說道：「聖上寬仁，古之明君也所不及。」

這日衆大臣在康熙跟前，忙的便是處置鰲拜及其同黨之事。衆大臣向康熙詳奏鑲黃旗和正白旗如何爭執，韋小寶也聽不大懂，只約略知道鰲拜是鑲黃旗旗主，蘇克薩哈是正白旗旗主，兩旗爲了爭奪良田美地，勢成水火。蘇克薩哈給鰲拜害死後，正白旗所屬的很多財產田地爲鑲黃旗所併，現下正白旗衆大臣求皇帝發還原主。

康熙道：「你們自去秉公議定，交來給我看。鑲黃旗是上三旗之一，鰲拜雖然有罪，不能讓全旗受牽累。咱們甚麼事都得公公道道。」衆大臣磕頭道：「皇上聖明，鑲黃旗全旗人衆均沐聖恩。」康熙點了點頭，道：「下去罷，索額圖留下，我另有吩咐。」

待衆大臣退出，康熙對索額圖道：「蘇克薩哈給鰲拜害死之後，他家產都給鰲拜佔去了罷？」索額圖道：「蘇克薩哈的田地財產，是沒入內庫的。不過鰲拜當時曾親自領人到蘇克薩哈家裏搜查，金銀珠寶等物，都飽入了鰲拜私囊。」康熙道：「我也料到如此。你到鰲拜家中瞧瞧，查明家產，本來是蘇克薩哈的財物，都發還給他子孫。」

索額圖道：「皇上聖恩浩蕩。」他見康熙沒再甚麼話說，便慢慢退向書房門口。

康熙道：「皇太后吩咐，她老人家愛唸佛經，聽說正白旗和鑲黃旗兩旗旗主手中，都有一部《四十二章經》……」韋小寶聽到「四十二章經」五字，不由得全身爲之一震。只聽康熙續道：「這兩部佛經，都是用綢套子套著的，正白旗的用白綢套子，鑲黃旗的是黃綢鑲紅邊套子。太后她老人家說，要瞧瞧這兩部經書，是不是跟宮裏的佛經相同，你到鰲拜家中清查財物，順便就查一查。」

索額圖早便停了腳步，聽康熙吩咐完，說道：「是，是，奴才這就去辦。」他知皇上年幼，對太后又極孝順，朝政大事，只要太后吩咐一句，皇上無有不聽，皇太后交下來的事，比之皇上自己要辦的更爲要緊，查兩部佛經，那是輕而易舉，自當給辦得又妥當又迅速。

康熙道：「小桂子，你跟著前去。查到了佛經，兩人一起拿回來。」

韋小寶大喜，忙答應了，心想海老公要自己偷《四十二章經》，說了大半年，到底是怎麼樣的經書，連影子的邊兒也沒見過，這次是奉聖旨取經，自然手到拿來，最好鰲拜家裏共有三部，混水摸魚的呑沒一部，拿了去給海老公，好讓他大大高興一場。

索額圖見小桂子是皇上跟前十分得寵的小太監，這次救駕擒奸，立有大功，心想取兩部佛經，又不是甚麼大不了的事，用不著派遣此人，心念一轉，便已明白：「是了，皇上要給他些好處。鰲拜當權多年，家中的金銀財寶自是不計其數。皇上派我去抄他家，那是最大的肥缺。這件事我毫無功勞，爲甚麼要挑我發財？皇上叫小桂子陪我去，取佛經爲名，監視是實。抄鰲拜的家，這小太監是正使，我索某人是副使。這中間的過節倘若弄錯了，那就有大大不便。」

索額圖的父親索尼，是康熙初立時的四名顧命大臣之首。索尼死後，索額圖升爲吏部侍郎，其時鰲拜專橫，索額圖不敢與抗，辭去吏部侍郎之職，改充一等侍衛。康熙知他和鰲拜素來不睦，因此這次特加重用。

兩人來到宮門外，索額圖的隨從牽了馬侍候著。索額圖道：「桂公公，你先上馬罷！」心想這小太監只怕不會騎馬，倒要照料著他些，別摔壞了他。那知韋小寶在宮中學了幾個月武功，雖然並無多大眞正長進，手腳卻已十分輕捷，又幸好當年茅十八教過他上馬之法，這次便不致再來一個「張果老倒騎驢，韋小寶倒騎馬」，輕輕縱上馬背，竟然騎得甚穩。

兩人到得鰲拜府中，鰲拜家中上下人衆早已盡數逮去，府門前後軍士嚴密把守。索額圖對韋小寶道：「桂公公，你瞧著甚麼好玩的物事，儘管拿好了。皇上派你來取佛經，乃是酬你的大功，不管拿甚麼，皇上都不會問的。」

韋小寶見鰲拜府中到處盡是珠寶珍玩，直瞧得眼也花了，只覺每件東西都是好的，揚州麗春院中那些器玩陳設與之相比，那可天差地遠了。初時甚麼東西都想拿，但瞧瞧這件很好玩，那件也挺有趣，不知拿那一件才是，又想這幾日就要出宮溜走，東西拿得多了，攜帶不便，只有揀幾件特別寶貴的物事才是道理。

索額圖的屬吏開始查點物品，一件件的記在單上。韋小寶拿起一件珠寶一看，寫單的書吏便在單上將這件珠寶一筆劃去，表示鰲拜府中從無此物。待韋小寶搖了搖頭，放下珠寶，那書吏才又添入清單之中。

二人一路查點，忽有一名官吏快步走出，向索額圖和韋小寶請了個安，說道：「啓稟二位大人，在鰲拜臥房中發現了一個藏寶庫，卑職不敢擅開，請二位移駕查點。」

索額圖喜道：「有藏寶庫嗎？那定是有些古怪物事。」又問：「那兩部經書查到了沒有？」那官吏道：「屋裏一本書也沒有，只有幾十本帳簿。卑職等正用心搜查。」

索額圖攜著韋小寶的手，走進鰲拜臥室。只見地下鋪著虎皮豹皮，牆上掛滿弓矢刀劍，不脫滿洲武士的粗獷本色。那藏寶庫是地下所挖的一個大洞，上用鐵板掩蓋，鐵板之上又蓋以虎皮，這時虎皮和鐵板都已掀開，兩名衛士守在洞旁。索額圖道：「都搬出來瞧瞧。」

兩名衛士跳下洞去，將洞裏所藏的物件遞上來。兩名書吏接住了，小心翼翼的放在旁邊一張豹皮上。

索額圖笑道：「鰲拜最好的寶物，一定都藏在這洞裏。桂公公，你便在這裏挑心愛的物事，包管錯不了。」

韋小寶笑道：「不用客氣，你自己也挑罷。」剛說完了這句話，突然「啊」的一聲叫了起來，只見一名衛士遞上一隻白玉大匣，匣上刻有五個大字，塡了硃砂，前面三字正是「四十二」。韋小寶急忙接過，打開玉匣蓋子，裏面是薄薄一本書，書函是白色綢子，封皮上寫著同樣的五字，問道：「索大人，這便是《四十二章經》罷？我識得『四十二』，卻不識『章經』。」索額圖喜道：「是，是。是《四十二章經》。」韋小寶道：「這『章經』兩字，難認得很，其實也不必花心思去記，只消五個字在一起，上面三字是『四十二』，下面兩字非『章經』不可。」索額圖心道：「那也未必。」含笑道：「正是。」

接著那侍衛又遞上一隻玉匣，匣裏有書，書函果是黃綢所製，鑲以紅綢邊。兩部書函都已甚爲陳舊。但寶庫裏已無第三隻匣子，韋小寶心下微感失望。

索額圖喜道：「桂公公，咱哥兒倆辦妥了這件事，皇太后一喜歡，定有重賞。」韋小寶道：「那是甚麼佛經，倒要見識見識。」說著便去開那書函。索額圖心中一動，笑道：「桂公公，我說一句話，你可別生氣。」

韋小寶自幼在妓院之中給人呼來喝去，「小畜生，小烏龜」的罵不停口。自從得到康熙的眷顧，宮中不論甚麼人見到他，都是恭謹異常。以他一個十三四歲的小孩，平生又怎受過這樣的尊敬？眼見索額圖在鰲拜府中威風八面，文武官員見到了，盡皆戰戰兢兢，可是這人對自己卻如此客氣，不由得大爲受用，對他更是十分好感，說道：「索大人有甚麼吩咐，儘管說好了。」

索額圖笑道：「吩咐是不敢當，不過我忽然想起了一件事。桂公公，這兩部經書，是皇太后和皇上指明要的，鰲拜又放在藏寶庫中，可見非同尋常。到底爲甚麼這樣要緊，咱們可不明白了。我也眞想打開來瞧瞧，就只怕其中記著甚麼重大干係的文字，皇太后不喜歡咱們做奴才的見到，這個……這個……嘻嘻……」

韋小寶經他一提，立時省悟，暗吃一驚，忙將經書放還桌上，說道：「是極，是極！索大人，多承你指點。我不懂這中間的道理，險些惹了大禍。」

索額圖笑道：「桂公公說那裏話來？皇上差咱哥兒倆一起辦事，你的事就是我的，那裏還分甚麼彼此？我如不當桂公公是自己人，這番話也不敢隨便出口了。」韋小寶道：「你是朝中大官，我……我只是個小……小太監，怎麼能跟你當自己人？」

索額圖向屋中衆官揮了揮手，道：「你們到外邊侍候。」衆官員躬身道：「是，是！」都退了出去。

索額圖拉著韋小寶的手，說道：「桂公公，千萬別說這樣的話，你如瞧得起我索某，咱二人今日就拜了把子，結爲兄弟如何？」這兩句話說得甚是懇切。

韋小寶吃了一驚，道：「我……我跟你結拜？怎……怎配得上啊？」

索額圖道：「桂兄弟，你再說這種話，那分明是損我了。不知甚麼緣故，我跟你一見就十分投緣。咱哥兒倆就到佛堂之中去結拜了，以後就當眞猶如親兄弟一般，你和我誰也別說出去，只要不讓別人知道，又打甚麼緊了？」緊緊握著韋小寶的手，眼光中滿是熱切之色。

原來索額圖極是熱中，眼見鰲拜已倒，朝中掌權大臣要盡行更換，這次皇上對自己神態甚善，看來指日就能高升。在朝中爲官，若要得寵，自須明白皇帝的脾氣心情，這小太監朝夕伺候皇帝，只要他能在御前爲自己說幾句好話，便已受益無窮。就算不說好話，只要將皇帝喜歡甚麼，討厭甚麼，想幹甚麼事，平時多多透露，自己辦起事來自然事半功倍，正中皇帝下懷。他生長在官宦之家，父親索尼是顧命大臣之首，素知「揣摩上意」是做大官的唯一訣竅，而最難的也就是這一件。眼前正有一個良機，只要能將這個小太監好好籠絡住了，日後飛黃騰達，封侯拜相，均非難事，是以靈機一動，要和他結拜。

韋小寶雖然機伶，畢竟於朝政官場中這一套半點不懂，只道這個大官當眞喜歡自己，不由暗自得意，說道：「這個……這個，我可眞想不到。」索額圖拉著他手，道：「來，來，來！咱哥兒倆到佛堂去。」

滿洲人崇信佛教，文武大臣府中均有佛堂。兩人來到佛堂之中。索額圖點著了香，拉韋小寶一同在佛像前跪下，拜了幾拜，說道：「弟子索額圖，今日與……與……與……」轉頭道：「桂兄弟，你大號叫甚麼？一直沒請教，眞是荒唐。」韋小寶道：「我叫小桂子。」索額圖微笑道：「你尊姓是桂，是不是？大號不知怎麼稱呼？」韋小寶道：「我……我……我叫桂小寶。」索額圖笑道：「好名字，好名字。你原是人中之寶！」韋小寶心想：「在揚州時，人家都叫我『小寶這小烏龜』，小寶這名字，又有甚麼好了？」

只聽索額圖道：「弟子索額圖，今日和桂小寶桂兄弟義結金蘭，此後有福共享，有難同當。不願同年同月同日生，但願同年同月同日死，弟子若不顧義氣，天誅地滅，永世無出頭之日。」說著又磕下頭去，拜罷，說道：「兄弟，你也拜佛立誓罷！」

韋小寶心道：「你年紀比我大得多了，如果我當眞跟你同年同月同日死，那可太也吃虧了。」一轉念間，已有了主意，心想：「我反正不是桂小寶，胡說一通，怕甚麼了？」於是在佛像前磕了頭，朗聲說道：「弟子桂小寶，一向是在皇帝宮裏做小太監的，人人都叫小桂子，和索額圖大人索老哥結爲兄弟，有福共享，有難同當。不願同年同月同日生，但願同月同月同日死。如小桂子不顧義氣，小桂子天誅地滅，小桂子死後打入十八層地獄，給牛頭馬面捉住了，一千年、一萬年也不得超生。」

他將一切災禍全都要小桂子去承受，又接連說了兩個「同月」，將「但願同年同月同日死」說成了「但願同月同月同日死」，順口說得極快，索額圖也沒聽出其中花樣。韋小寶心想：「跟你同月同日死，那也不打緊。你如是三月初三死的，我在一百年之後三月初三歸天，也不吃虧了。」至於他說小桂子死後打入十八層地獄，千萬年不得超生，卻是他心中眞願。小桂子是他所殺，鬼魂若來報仇，可不是玩的，如在地獄中給牛頭馬面緊緊捉住，他韋小寶在陽世自然就太平得很。

索額圖聽他說完，兩人對拜了八拜，一起站起，哈哈大笑。索額圖笑道：「兄弟，你我已是拜把子的弟兄，那比親兄弟還要親熱十倍。今後要哥哥幫你做甚麼事，儘管開口，不用客氣。」韋小寶笑道：「那還用說？我自出娘肚子以來，就不懂『客氣』二字是甚麼意思。大哥，甚麼叫做『客氣』？」兩人又相對大笑。

索額圖道：「兄弟，咱二人拜把子這回事，可不能跟旁人說，免得旁人防著咱們。照朝廷規矩，我們做外臣的，可不能跟你兄弟做內官的太過親熱。咱們只要自己心裏有數，也就是了。」韋小寶道：「對，對！啞子吃餛飩，心裏有數。」

索額圖見他精乖伶俐，點頭知尾，更是歡喜，說道：「兄弟，在旁人面前，我還是叫你桂公公，你就叫我索大人。過幾天你到我家裏來，做哥哥的陪你喝酒聽戲，咱兄弟倆好好的樂一下子。」

韋小寶大喜，他酒是不大會喝，「聽戲」兩字一入耳中，可比甚麼都喜歡，拍手笑道：「妙極，妙極！我最愛聽戲。你說是那一天？」揚州鹽商起居豪奢，每逢娶婦嫁女、生子做壽，往往連做幾日戲。韋小寶碰到這些日子，自然是在戲枱前鑽進鑽出的趕熱鬧、看白戲。人家是喜慶好日子，也不會認眞對付他這等小無賴，往往還請他吃一碗飯，飯上高高的堆上幾塊大肉。至於迎神賽會，更有許多不同班子唱戲。一提到「聽戲」兩字，當眞心花怒放。

索額圖道：「兄弟既然喜歡，我時時請你。只要那一天兄弟有空，你儘管吩咐好了。」韋小寶道：「就是明天怎樣？」索額圖道：「好極！明天酉時，我在宮門外等你。」韋小寶道：「我出宮來不打緊嗎？」索額圖道：「當然不打緊。白天你侍候皇上，一到傍晚，誰也管不著你了。你已升爲首領太監，在皇上跟前大紅大紫，又有誰敢來管你？」

韋小寶笑逐顏開，本想明天就溜出皇宮，再也不回宮去了，但聽索額圖這麼說，自己身分不同，可自由出入皇宮，倒也不忙便溜，笑道：「好，一言爲定，咱哥兒倆有福同享，有戲同聽。」索額圖拉著他手，道：「咱們這就到鰲拜房中挑寶貝去。」

兩人回到鰲拜房中，索額圖仔細察看地洞中取出來的諸般物事，問道：「兄弟，你愛那一些？」韋小寶道：「甚麼東西最貴重，我可不懂了，你給我挑挑。」索額圖道：「好！」拿起兩串明珠，一隻翡翠彫成的玉馬，道：「這兩件珠寶値錢得很。兄弟要了罷。」

韋小寶道：「好！」將明珠和玉馬揣入了懷裏，順手拿起一柄匕首，只覺極是沉重，那匕首連柄不過一尺二寸，套在鯊魚皮的套子之中，份量竟和尋常的長刀長劍無異。韋小寶左手握住劍柄，拔了出來，只覺一股寒氣撲面而至，鼻中一酸，「阿乞」一聲，打了個噴嚏，再看那匕首時，劍身如墨，半點光澤也沒有。他本來以爲鰲拜既將這匕首珍而重之的放在藏寶庫中，定是一柄寶刃，那知模樣竟如此難看，便和木刀相似。他微感失望，隨手往旁邊一拋，卻聽得嗤的一聲輕響，匕首插入地板，直沒至柄。

韋小寶和索額圖都「咦」的一聲，頗爲驚異。韋小寶隨手這麼一拋，絲毫沒使勁力，料不到匕首竟會自行插入地板，而刃鋒之利更是匪夷所思，竟如是插入爛泥一般。韋小寶俯身拔起匕首，說道：「這把短劍倒有些奇怪。」

索額圖見多識廣，道：「看來這是柄寶劍，咱們來試試。」從牆壁上摘下一柄馬刀，拔出鞘來，橫持手中，說道：「兄弟，你用短劍往這馬刀上砍一下。」

韋小寶提起匕首，往馬刀上斬落，嚓的一聲，那馬刀應手斷爲兩截。

兩人不約而同的叫道：「好！」這匕首是世所罕見的寶劍，自無疑義，奇的是斬斷馬刀竟如砍削木材，全無金屬碰撞的鏗鏘聲音。

索額圖笑道：「恭賀兄弟，得了這樣一柄寶劍，鰲拜家中的寶物，自以此劍爲首。」韋小寶甚是喜歡，道：「大哥，你如果要，你拿去好了。」索額圖連連搖手，道：「你哥哥出身是武官，以後做文官，不做武官啦。這柄寶劍，還是兄弟拿著去玩兒的好。」

韋小寶將匕首插回劍鞘，繫在衣帶之上。索額圖笑道：「兄弟，這劍很短，還是放在靴筒子裏好啦，免得入宮時給人看見。」清宮的規矩，若非當值的帶刀侍衛，入宮時不許攜帶武器。韋小寶道：「是！」將匕首收入靴中。以他這等大紅人，出入宮門，侍衛自也不會搜他身上有無攜帶違禁物事。

韋小寶得了這柄匕首，其他寶物再也不放在眼裏，過了一會，忍不住又拔出匕首，在牆壁上取下一根鐵矛，嚓的一聲，將鐵矛斬爲兩截。他順手揮割，室中諸般堅牢物品無不應手而破。他用匕首尖在檀木桌面上畫了隻烏龜，剛剛畫完，啪的一聲響，一隻檀木烏龜從桌面上掉了下來，桌子正中卻空了一個烏龜形的空洞。韋小寶叫道：「鰲拜老兄，您老人家好，哈哈！」

索額圖卻用心查點藏寶庫中的其他物事。只見珍寶堆中有件黑黝黝的背心，提了起來，入手甚輕，衣質柔軟異常，非絲非毛，不知是甚麼質料。他一意要討好韋小寶，說道：「兄弟，這件背心穿在身上一定很暖，你除下外衣，穿了去罷。」韋小寶道：「這又是甚麼寶貝了？」索額圖道：「我也識它不得，你穿上罷！」韋小寶道：「我穿著太大。」索額圖道：「衣服軟得很，稍爲大一些，打一個褶，就可以了。」

韋小寶接了過來，入手輕軟，想起去年求母親做件絲棉襖，母親張羅幾天，沒籌到錢，終於沒做成，這件背心似乎也不比絲棉襖差了，就只顏色太不光鮮，心想：「好，將來我穿回揚州，去給娘瞧瞧。」於是除下外衫，將背心穿了，再將外衣罩在上面。那背心尺寸大了些，好在又軟又薄，也沒甚麼不便。

索額圖清理了鰲拜的寶藏，命手下人進來，看了鰲拜家財的初步清單，不由得伸了伸舌頭，說道：「鰲拜這廝倒眞會搜刮，他家產比我所料想的多了一倍還不止。」

他揮手命下屬出去，對韋小寶道：「兄弟，他們漢人有句話說：『千里爲官只爲財。』這次皇恩浩蕩，皇上派了咱哥兒倆這個差使，原是挑咱們發一筆橫財來著。這張清單嗎，待會我得去修改修改。二百多萬兩銀子，你說該報多少才是？」韋小寶道：「那我可不懂了，一切憑大哥作主便是。」

索額圖笑了笑，道：「單子上開列的，共是二百三十五萬三千四百一十八兩。那個零頭仍是照舊，咱們給抹去個『二』字，戲法一變，變成一百三十五萬三千四百一十八兩。那個『一』字呢，咱哥兒倆就二一添作五如何？」韋小寶吃了一驚，道：「你……你說……」索額圖笑道：「兄弟嫌不夠麼？」韋小寶道：「不，不！我……我不大明白。」索額圖道：「我說把那一百萬兩銀子，咱哥兒倆拿來平分了，每人五十萬兩。兄弟要是嫌少，咱們再計議計議。」

韋小寶臉色都變了，他在揚州妓院中之時，手邊只須有一二兩銀子，便如是發了橫財一般，在皇宮之中和人賭錢，進出大了，那也只是幾十兩以至一二百兩銀子的事，突然聽到一分便分到五十萬兩，幾乎不相信自己的耳朵。

索額圖適才不住將珍寶塞在他手裏，原是要堵住他的嘴，要他在皇帝面前不提鰲拜財產的眞相。否則的話，只要他在皇上跟前稍露口風，不但自己吞下的贓款要盡數吐出，斷送了一生前程，勢必還落個大大的罪名。他見韋小寶臉色有異，忙道：「兄弟要怎麼辦，我都聽你的主意便是。」

韋小寶舒了口氣，說道：「我說過一切憑大哥作主的。只是分給我五十萬……五十萬兩銀子，未免……未免那個……太……太多了。」

索額圖正聽得提心吊膽，待聽得「太多了」三字，登時如釋重負，哈哈大笑，道：「不多，不多，一點兒不多。這樣罷，這裏所有辦事的人，大家都得些好處，做哥哥的五十萬兩銀子之中，拿五萬兩出來，給底下人大家分分。兄弟也拿五萬兩出來，宮裏的妃子、管事太監他們面上，每個人都有點甜頭。這樣一來，就誰也沒閒話說了。」

韋小寶愁道：「好是好。我可不知怎麼分法。」索額圖道：「這些事情，由做哥哥的一手包辦便是，包管你面面俱到，誰也得罪不了，人人都會說桂公公年紀輕輕，辦事可眞夠朋友。錢是拿來使的，你我今後一帆風順，依靠旁人的地方可多著呢。」韋小寶道：「是，是！」

索額圖又道：「這一百萬兩銀子呢，鰲拜家裏也沒這麼多現錢，咱們得儘快變賣他的產業，一切做得乾手淨腳，別讓人拿住了把柄。兄弟你在宮裏，這許多金元寶、銀元寶也沒地方存放，是不是？」

韋小寶陡然間發了四十五萬兩銀子橫財，一時頭暈腦脹，不知如何是好，不論索額圖說甚麼，都只有回答：「是，是！」

索額圖笑道：「過得幾天，我叫幾家金鋪打了金票銀票，都是一百兩一張、五十兩一張的。兄弟放在身邊，甚麼時候要使，到金鋪去兌成金銀便是，又方便，又穩妥。除非有人來摸你口袋，否則誰也不知你兄弟小小年紀，竟是咱們北京城裏的一位大財主呢，哈哈，哈哈，哈哈！」

韋小寶跟著打了幾個哈哈，心想：「眞的我有四十五萬兩銀子？眞的四十五萬兩？」又想：「我有了四十五萬兩銀子，怎樣花法？他媽的天天吃蹄膀、紅燒全鷄，一生一世也吃不完這四十五萬兩銀子。辣塊媽媽的，老子到揚州去開十家妓院，家家比麗春院漂亮十倍。」他自幼「心懷大志」，將來發達之後，要開一家比麗春院更大更豪華的妓院，揚眉吐氣，莫此爲甚。他和麗春院的老鴇吵架，往往便說：「辣塊媽媽的，你開一家麗春院有甚麼了不起？老子過得幾年發了財，在你對面開家麗夏院、左邊開家麗秋院、右邊開家麗冬院，搶光你的生意。嫖客全都來了我的三家院子，一個也不上麗春院，教你喝西北風。」想到妓院一開便是十家，手面之闊，揚州人士無不刮目相看，不由得心花怒放。

索額圖那猜得到他心中的大計，說道：「兄弟，皇上吩咐了，蘇克薩哈的家產，給鰲拜霸佔去了的，要淸查出來還給蘇克薩哈的子孫。咱們就檢六七萬兩銀子，去賞給蘇家。這是皇上的恩典，蘇家只有感激涕零，又怎敢爭多嫌少了？再說，要是給蘇家銀子太多，倒顯得蘇克薩哈生前是個贓官，他子孫的臉面也不光采，是不是？」韋小寶道：「是，是。」心道：「你我哥兒倆可都不是清官罷？也不見得有甚麼不光采哪！」

索額圖道：「皇太后和皇上指明要這兩部佛經，這是頭等大事，咱們這就先給送了去。鰲拜的財產，慢慢清點不遲。」韋小寶點頭稱是。索額圖當下取過兩塊錦緞，將兩隻玉匣包好了，兩人分別捧了，來到皇宮去見康熙。

康熙見他們辦妥了太后交下來的差事，甚感欣喜，便叫韋小寶捧了跟在身後，親自送到太后宮中。索額圖不能入宮，告退後又去清理鰲拜的家產。

康熙在路上問道：「鰲拜這廝家裏有多少財產？」韋小寶道：「索大人初步查點，他說一共有一百三十五萬三千四百一十八兩銀子。」他將這數字說成是索額圖點出來的，將來萬一給皇帝查明眞相，也好有個推諉抵賴的餘地。

這等營私舞弊、偷鷄摸狗的勾當，韋小寶算得是天賦奇才。他五歲那一年上，一個妓女給他五文錢，叫他到街上買幾個桃子，他落下一文買糖吃了，用四文錢買了桃子交給那個妓女，那妓女居然並未發覺，還賞了他一個桃子。在韋小寶看來，銀錢過手而沾些油水，原是天經地義之事，只不過如給人查到，卻總得有些理由來胡賴一番。這是他頭上挨了不少爆栗、屁股上給人踢過無數大腳，因而得來的寶貴經驗。

康熙哼了一聲，道：「這混蛋！搜刮了這許多民脂民膏！一百三十幾萬兩，嘿嘿，可了不起。」韋小寶心下暗喜：「還有個『一』字，已給二一添作五了。」說話之間，已到了太后的慈寧宮。

太后聽說兩部經書均已取到，甚是歡喜，伸手從康熙手中接了過來，打開錦緞玉匣，見到書函後更笑容滿面，說道：「小桂子，你辦事可能幹得很哪！」

韋小寶跪下請安，道：「那是託賴太后和皇上的洪福。」

太后向著身邊一個小宮女道：「蕊初，你帶小桂子到後邊屋裏，拿些蜜餞果子，賞給他吃。」那名叫蕊初的小宮女約莫十二三歲年紀，容貌秀麗，微笑應道：「是！」韋小寶又請安道：「謝太后賞，謝皇上賞。」康熙道：「小桂子，你吃完果子，自行回去罷，我在這裏陪太后用膳，不用你侍候啦。」

韋小寶答應了，跟著蕊初走進內堂，來到一間小小廂房。

蕊初打開一具紗櫥，櫥中放著幾十種糕餅糖果，笑道：「你叫小桂子，先吃些桂花松子糖罷。」說著取出一盒松子糖來，松子香和桂花香混在一起，聞著極是受用。

韋小寶笑道：「姊姊也吃些。」蕊初道：「太后賞給你吃的，又沒賞給我吃，咱們做奴才的怎能偷吃？」韋小寶笑道：「悄悄吃些，又沒人瞧見，打甚麼緊？」蕊初臉上一紅，搖了搖頭，微笑道：「我不吃。」

韋小寶道：「我一個人吃，你站著旁邊瞧著，可不成話。」蕊初微笑道：「這是你的福氣。我是服侍太后的，連皇上也不服侍，今日卻來服侍你吃糖果糕餅。」韋小寶見她巧笑嫣然，也笑道：「我是服侍皇上的，也來服侍你吃些糖果糕餅，那就兩不吃虧。」蕊初格的一笑，隨即伸手按住了嘴巴，微笑道：「快些吃罷，太后要是知道我跟你在這裏說笑話，可要生氣呢。」

韋小寶在揚州之時，麗春院中鶯鶯燕燕，見來見去的都是女人，進了皇宮之後，今日還是第一次和一個跟他年紀差不多的小姑娘作伴，甚感快慰，靈機一動，道：「這樣罷！我把糖果糕餅拿了回去，你服侍完太后之後，便出來和我一起吃。」蕊初臉上又微微一紅，道：「不成的，等我服侍完太后，已是深夜了。」韋小寶道：「深夜有甚麼打緊？你在那裏等我？」

蕊初在太后身畔服侍，其餘宮女都比她年紀大，平時說話並不投機，見韋小寶定要伴她吃糖果，其意甚誠，不禁有些心動。韋小寶道：「在外邊的花園裏好不好？半夜三更的，沒人知道。」蕊初猶豫著點了點頭。

韋小寶大喜，道：「好，一言爲定。快給我蜜餞果兒，你揀自己愛吃的就多拿些。」蕊初微笑道：「又不是我一個兒吃，你自己愛吃甚麼？」韋小寶道：「姊姊愛吃甚麼，我都愛吃。」蕊初聽他嘴甜，十分歡喜，當下揀了十幾種蜜餞果子、糖果糕餅，裝在一隻紙盒裏。韋小寶低聲道：「今晚三更，在花園的亭子裏等你。」蕊初點了點頭，低聲道：「可要小心了。」韋小寶道：「你也小心。」

他拿了紙盒，興沖沖的回到住處。他本來和假裝小玄子的皇帝玩得極爲有興，眞相揭露之後，再也不能跟他玩了。這幾日在皇宮之中，人人對他大爲奉承，雖覺得意，卻無玩耍之樂。此刻約了一個小宮女半夜中相會，好玩之中帶著三分危險，只覺最是有趣不過。他畢竟年紀尚小，雖然從小在妓院中長大，於男女情愛之事，只見得極多，自己卻似懂非懂。

注：據《清史稿・聖祖本紀》：康熙八年，「上久悉鰲拜專橫亂政，特慮其多力難制，乃選侍衛拜唐阿年少有力者，爲撲擊之戲。是日鰲拜入見，即令侍衛等掊而縶之，於是有善撲營之制，以近臣領之。庚申，王大臣議鰲拜獄上，列陳大罪三十，請族誅。詔曰：『鰲拜愚悖無知，誠合夷族。特念效力年久，迭立戰功，貸其死，籍沒，拘禁。』」